W0321350

Paul Raabe
Frühe Bücherjahre

2

Eigenhändige Unterschrift des Buchinhabers:

Zur Beachtung!

Das Studienbuch gilt für die **gesamte** Studienzeit des Inhabers.
Das **Buch** ist der alleinige Studiennachweis bei der Meldung zu den Prüfungen. Es ist also eine **wichtige Urkunde**, die sorgfältig zu verwahren ist.
Die Ausstellung einer Zweitschrift des Studienbuches ist mit Zeitaufwand und erheblichen Kosten verknüpft.

Paul Raabe
Frühe Bücherjahre

Erinnerungen

Arche

Frontispiz: Paul Raabe
Foto aus dem Studienbuch, Hamburg 1951

Copyright © 2007 by Arche Literatur Verlag, Zürich-Hamburg
Alle Rechte vorbehalten
Umschlag: Max Bartholl, b3K Hamburg-Frankfurt a. M.
Umschlagfoto: Paul Raabe, Landesbibliothek Oldenburg, 1950
Satz: Greiner & Reichel, Köln
Druck und Bindung: Clausen & Bosse, Leck
Printed in Germany
ISBN 978-3-7160-2369-3

Inhalt

Unter fremden Büchern

Lehrjahre eines Bibliothekars

Studienjahre unter Büchern

Für Mechthild Raabe
20. August 1927 bis 16. Juni 2005
in Liebe und Dankbarkeit

Kinderjahre

ABC-Schütze mit Ranzen und Brottasche, Oldenburg 1933

Ein Zeitungsartikel

Auf dem Dachboden meiner Großeltern fand ich eine Ausgabe der Oldenburger *Nachrichten für Stadt und Land* vom Montag, den 21. Februar 1927. Ich war damals elf Jahre alt, glaube allerdings kaum, daß mich die Schlagzeile über den Kampf um die Verkürzung der Arbeitszeiten in der sächsischen Textilindustrie oder die Skandalgeschichte des Danziger Völkerbundkommissars van Hamel wegen seiner Beziehung zur Gattin des Kommandeurs der Danziger Schutzpolizei interessierten oder das Feuilleton von Heinrich Mann oder die Nachricht, daß in Kopenhagen der Literaturhistoriker Georg Brandes gestorben sei. Auch nicht die Berichte über Oldenburger Sportereignisse oder den Fußball in Norddeutschland mit dem Endspiel der Bezirksmeisterschaft zwischen Hamburger SV und Altona 93 am Rothenbaum vor 10 000 Zuschauern. Ob mein Blick auf die auffällige Anzeige mit dem Hakenkreuz gefallen ist, in der die »N.S.D.A.P. Oldenburg (Hitler-Bewegung)« den Auftritt des Bauern Jan Blankemeyer bei Gastwirt Siemen in Metjendorf ankündigte, weiß ich auch nicht.

Nur der Artikel in der Beilage, *Zum 250. Todestage Spinozas* überschrieben, hat sich mir unauslöschlich eingeprägt. »Im Alter von 44 Jahren starb am 21. Februar 1677 im Haag der berühmte Philosoph Baruch de Spinoza«, beginnt der Text. Und am Ende heißt es: »Die Philosophie Spinozas, die anfänglich nur in Holland einen kleinen Kreis von Anhängern fand, sowohl wegen des echt philosophischen Ergebnisses in praktischer Hinsicht, wie wegen des auf den Zusammenhang des Ganzen als Weltorganismus gerichteten Blickes in theoretischer Hinsicht, hat ein Jahrhundert später bei Größen ersten Ranges wie Lessing, Jacobi, Herder, Goethe u. a.

Bewunderung, bei Fichte, Schelling, Hegel mehr oder weniger zugegebene Nachahmung gefunden.« Neben dem Text war der markante Kopf des Philosophen mit dem dichten schwarzen Haar auf einer Zeichnung abgebildet, dazu sein Geburtshaus in Amsterdam, das damals gerade als Spinoza-Museum eingerichtet worden war.

Sicherlich werde ich meiner Mutter von der Entdeckung erzählt und ihr das Blatt, das die Großmutter mir geschenkt hatte, triumphierend gezeigt haben: »Mutti, denk mal, ich bin am 250. Todestag von Spinoza, dem großen holländischen Philosophen, geboren.« So werde ich mich vielleicht ausgedrückt haben.

Meine Eltern hatten zwei Tage nach meiner Geburt folgende Anzeige in die Oldenburger Zeitung gesetzt:

Die glückliche Geburt ihres zweiten Jungen
zeigen hocherfreut an
Bildhauer Wilh. Raabe und Frau
Florence geb. Meyer
Oldenburg, den 21. Februar 1927, Rankenstr. 19.

Zwar bin ich kein Spinoza-Forscher geworden, hatte aber das Glück, eine Bibliothek in Wolfenbüttel leiten zu dürfen, in der die Erinnerung an Spinoza wach geblieben ist. In seinem Haus hat Lessing 1780 die berühmten Gespräche mit Friedrich Heinrich Jacobi über Spinoza geführt. Vielleicht wird er seinem Freund sogar das Originalporträt des jüdischen Philosophen gezeigt haben, das die Bibliothek bis heute als große Kostbarkeit bewahrt. Am 21. Februar 1977 fand zu Spinozas 300. Todestag eine Gedenkausstellung statt, entworfen von Wilhelm Schmidt-Biggemann. Sie wurde mit einem Festvortrag des Bochumer Philosophen Günter Gawlik in der überfüllten Augusteerhalle eröffnet, der das Publikum auf die pantheistische Philosophie Spinozas einstimmte, indem er sagte:

»Man kann sich schwerlich einen größeren Gegensatz denken als zwischen der Stille und der Einsamkeit, in der Spinoza vor dreihundert Jahren starb, und der öffentlichen Anteilnahme an der heutigen Wiederkehr seines Todestages. Derselbe Mann, der von seiner jüdischen Gemeinde verflucht und von seiner christlichen Umwelt geschmäht wurde, der nur eine Handvoll Freunde, aber eine Welt voll Feinde hatte – dieser Mann wird heute durch Kongresse und Gedenkausstellungen in aller Welt geehrt, in Zeitungsartikeln und Festschriften gewürdigt ... Daß auf die Verdammung die Apotheose folgt, ist äußerst selten. Wir dürfen vermuten, daß in Spinoza etwas Großes aufschien, das die Zeitgenossen als Bedrohung empfanden, weil sie darauf nicht vorbereitet waren, und das sie daher mit Haß quittierten, während es Späteren als etwas Befreiendes vorkam, das sie dankbar erkannten.«

So steht am Anfang die Erinnerung an eine große Persönlichkeit der Geschichte. Die Bewahrung, Pflege und Vermittlung einer Erinnerungskultur habe ich bis heute als eine meiner Lebensaufgaben gesehen.

Von den zwanziger Jahren

Die Jahre meiner frühen Kindheit, die man auch die *golden twenties* nennt, kenne ich nur aus Büchern und – während meiner Marbacher Zeit – aus den nie endenden Erzählungen meines alten Freundes, des Berliner Kritikers Kurt Pinthus, der 1937 nach Amerika emigrierte. Er verstand es, die aufregenden Zeiten der zwanziger Jahre mit ihren Premieren und Revuen, ihren Theaterskandalen und Kinoaufführungen, den Sechstagerennen und den Boxwettkämpfen in leuchtenden Farben zu schildern. Es waren die wenigen aufblühenden Jahre der Weimarer Republik von 1925 bis 1930 zwischen Aufbruch und Weltwirtschaftskrise, in denen ich zur Welt gekommen bin.

Von den aufregenden Ereignissen in der Reichshauptstadt war in dem idyllischen Oldenburg, der früheren Residenzstadt des Großherzogtums, mit seinen 54 000 Einwohnern wenig zu spüren. Handwerk und Handel nahmen nach 1918 ihren Fortgang. Die wenigen Industrieanlagen am Rande der Stadt hatten sich im Laufe des 19. Jahrhunderts über den Altstadtkern nach allen Himmelsrichtungen ausgedehnt. Im Dobbenviertel waren die Ministerien in den großen Klinkerbau eingezogen, und im benachbarten neoklassizistischen Landtag stritten die Parteien über Staatsfinanzen und Landesentwicklung. Das zentral gelegene Schloß war zum Museum umgestaltet worden. Die großherzogliche Familie hatte sich auf ihre Güter im Holsteinischen zurückgezogen. Den Sommer über bewohnte sie das Schloß in Rastede, zwölf Kilometer nördlich der Stadt, das ihnen geblieben war. Das großherzogliche Hoftheater wurde als Landestheater fortgeführt, in dem auch zeitgenössische Stücke Uraufführungen erlebten, so in den zwanziger Jahren: Paul Claudel, *Das harte Brot*, Georg Kaiser, *Mississippi* oder Ernst Penzoldt, *Die portugalesische Schlacht*.

In einem der herrschaftlichen Häuser am Cäcilienplatz hinter dem Theater war meine Mutter Florence Meyer zur Welt gekommen. Mein Großvater, Sohn eines Oldenburger Polizeidieners, stand als Theatertischler im Dienst des großherzoglichen Hoftheater-Intendanten, Leo Freiherr von Radetzky-Miculicz, und hielt mit seiner Familie die Villa des hohen Herrn in Ordnung, dem meine Mutter ihren zweiten Vornamen Leontine verdankte. Acht Jahre später machte sich mein Großvater, ein jovialer und tüchtiger Handwerksmeister, selbständig. Er erwarb das alte Haus Ziegelhofstraße 15, baute dahinter eine geräumige Tischlerwerkstatt und errichtete kurz vor Kriegsbeginn neben seinem Wohnhaus einen Neubau und verband seinen Betrieb mit einem florierenden Antiquitätengeschäft. Es heißt, daß er in Oldenburg den ersten Telefonanschluß und die erste Toilette mit Wasserspülung hat installieren lassen. Er ging gern auf Reisen, besuchte die Möbelmessen in Berlin und Leipzig und brachte seiner Frau üppige Geschenke mit. Meine Großmutter, eine Bauerntochter aus Leuchtenburg in der Nähe von Rastede, hatte in den Jahren, als die Tischlerei gut lief, bis zu elf Gesellen und Lehrlinge am Mittagstisch. Sie war von sparsamer Natur und schätzte es gar nicht, wenn ihr Mann ihr von der Messe in Breslau einen großen Hut mit Straußenfeder in einer aufwendigen Hutschachtel mitbrachte. Noch Jahrzehnte später war von dieser Geschichte die Rede, wie von einer anderen, etwas makabren, die das Wesen des Großvaters charakterisiert.

Im Ersten Weltkrieg diente mein Onkel Theo, der Bruder meiner Mutter, als Soldat an der Westfront. Mein Großvater war beunruhigt, daß seit einigen Wochen keine Nachricht von ihm gekommen war. So reiste der Tischlermeister Henry Meyer mit einem Sarg nach Frankreich. Mit der Begründung, er müsse von der Front eine Leiche abholen, brachte er es fertig, als Zivilist durch alle Stellungen und Kontrollen bis in den Schützengraben vorzudringen, wo er seinen Sohn tatsächlich wiedersah und in die Arme schloß. Er hatte seine Sehnsucht gestillt. Mit großer Befriedigung fuhr er mit seinem leeren Sarg zurück nach Hause.

Mein Großvater war, wie man in Oldenburg zu sagen

pflegte, eine »Seele von Mensch«. In dem Jahr meiner Geburt überließ er Tischlerei und Geschäft seinem nicht sehr tüchtigen Sohn und setzte sich »zur Ruhe«. Mit meiner immer kränkelnden und klagenden Großmutter, die unter starken Hustenanfällen litt und meiner Mutter stundenlang von ihrem Ärger mit ihren orthopädischen Schuhen erzählen konnte, hatte der lebensfrohe Großvater sicherlich sein Kreuz. Er ärgerte sich oft über seine Frau und redete dann wenig, sondern zog sich hinter seine Zeitung oder eine der wöchentlich mit der Lesemappe kommenden Illustrierten zurück. Meine Großmutter, fünf Jahre älter als ihr Mann, pflegte dann zu meiner Mutter zu sagen: »Opa hat einen Brumm.« Mein Großvater war von stattlicher Statur. Unter dem grauen Haar und seiner runden Stirn drückten seine wasserblauen Augen Güte und Zufriedenheit aus. Einmal oder zweimal in der Woche mußte er »zum Tragen«. Dann steckte jedesmal ein Zettel am Küchenkalender. Großvater zog seinen schwarzen Anzug an und ging zum Friedhof. Für die pensionierten Handwerksmeister war es eine Ehre, eine Leiche zu Grabe zu tragen. Die Herren standen an der Grube, beobachtet von der Trauergemeinde, und ließen den Sarg an langen Leinen in die Erde, verneigten sich, setzten ihre Kopfbedekkung auf und gingen.

Ich habe meinen Großvater als einen liebevollen und fürsorglichen Mann in Erinnerung. Als ich einmal beim Balancieren auf dem Gartenzaun gestürzt war und in der Schulter so starke Schmerzen hatte, daß meine schimpfende Mutter mich ins Bett steckte, kam mein Großvater, tröstete mich und schenkte mir eine Banane, ein Luxus, den wir als Kinder nicht kannten. So habe ich seine Geste nie vergessen. Er starb im Herbst 1938, meine Großmutter fünf Jahre später während des Zweiten Weltkriegs.

Meine Mutter, 1900 geboren, wuchs zu Anfang des neuen Jahrhunderts mit ihrem Bruder in einem behüteten Haus auf, besuchte das Lyzeum und arbeitete nach dem Ersten Weltkrieg einige Zeit als Kontoristin in dem Handelskontor Kapelle & Braun in Hildesheim. Sie lernte zu Hause einen hübschen jungen Mann kennen, der als Holzbildhauer in der Tischlerei ihres Vaters eine Stellung gefunden hatte. Wilhelm Raabe war aus Zeitz in der Provinz Sachsen gebürtig und der Sohn eines Bergmanns, der früh verstorben war. Er hatte eine Pfadfindergruppe geleitet und bei einem Meister sein Handwerk gelernt, war im Ersten Weltkrieg viermal verwundet und mit dem Eisernen Kreuz ausgezeichnet worden. Er ging nach Kriegsende auf Wanderschaft und fand in Oldenburg Arbeit. Meine Eltern heirateten am »dritten« Weihnachtsfeiertag 1922, anderthalb Jahre später wurde mein Bruder Wilhelm geboren. Mein Vater machte sich als Bildhauer selbständig: Möbelschnitzereien waren damals noch sehr begehrt. Der Bauhausstil verdrängte erst einige Jahre später das Ornament.

Anfangs ging es meinen Eltern gut. Mein Vater hatte Aufträge, und die junge Familie bezog eine Wohnung in der Rankenstraße. Auf dem frühesten der sehr wenigen Fotos aus meinen Kinderjahren sitze ich etwas aufmüpfig in einer sogenannten Sportkarre, die meine Mutter, modisch mit einem hellen Mantel und einem aparten Kapotthut bekleidet, vor sich herschiebt, ihr zur Seite mein älterer Bruder und eine Freundin, Tante Emmy, mit der meine Mutter zur Schule gegangen war und die wir oft besuchten. Offensichtlich machte meine Mutter einen der Spaziergänge durch die Stadt, die damals sehr beliebt waren. Es waren die besten Lebensjahre meiner Eltern: Nie wieder waren sie wohl so unbeschwert und sorglos und glücklich wie in dieser kurzen Zeitspanne meiner sehr frühen Kindheit.

Hineingeboren in die *roaring twenties*, übte später das kulturelle Leben dieser zwanziger Jahre des 20. Jahrhunderts eine große Faszination auf mich aus. Während ich mich in meiner wissenschaftlichen Arbeit viele Jahre mit dem ekstatischen Stil des literarischen Expressionismus beschäftigt habe, empfand ich gerade die unterkühlte Haltung der Schriftsteller, Künstler und Wissenschaftler jener Zeit, die jeder Utopie abhold waren, als wohltuende Veränderung. Sie kam zum Ausdruck in den Texten und der Typographie der Bücher und Zeitschriften dieser kurzen geistigen Epoche in der Weimarer Republik, der man den Namen »Neue Sachlichkeit« gegeben hat.

Schlechte und bessere Zeiten

Ende der zwanziger Jahre änderte sich das friedliche Leben im Lande, denn der Börsenkrach an der New Yorker Wallstreet am 25. Oktober 1929 löste eine Weltwirtschaftskrise aus, die auch in Deutschland katastrophale Folgen hatte: nie gekannte hohe Arbeitslosigkeit, politische Radikalisierung der Massen, Unruhen in den Großstädten, Ohnmacht des Staates. Der Untergang der Weimarer Republik zeichnete sich in wenigen Jahren ab. Die nationalsozialistische »Machtergreifung« am 30. Januar 1933, von der arbeitenden Klasse bejubelt, bald auch von der bürgerlichen Mittelschicht begrüßt, führte, unversehens und nur von wenigen in ihrem Ausmaß erkannt, zu einer Diktatur, die das Schlimmste noch nicht erahnen ließ.

Wie sollte ein selbständiger Bildhauer in diesen Jahren wirtschaftlicher Not bestehen, wenn sich seine Kunden die Schnitzarbeiten nicht mehr leisten konnten, wenn sie ohnedies nicht mehr gefragt und aus der Mode gekommen waren? Mein Vater war ein genügsamer Mann. Er hatte in der Nachbarschaft seiner Schwiegereltern einen Raum in einem Hinterhaus angemietet und als kleine Werkstatt eingerichtet. Neben der Tür stand vor dem großen Fenster mit dem Blick in einen Schrebergarten die Hobelbank, daneben das Regal mit den verschiedenen Schnitzeisen. Den meisten Platz nahm die Dekopiersäge ein, die mit dem Fuß bedient wurde und auf die mein Vater besonders stolz war. Ein paarmal im Monat fuhr er mit seinem Fahrrad über Land, um von den Tischlermeistern Aufträge zu erhalten. Die Holzbretter, die er bearbeiten sollte, band er dann an den Rahmen des Rades und fuhr die dreißig oder vierzig Kilometer heim. Manches Mal aber kam er unverrichteter Dinge zurück, dann war die Stimmung in der kleinen Familie gedrückt. Doch anderntags stand er wieder in der Werkstatt und schnitzte unverdrossen, ein pünktlicher und fleißiger Handwerker, der morgens, wenn die Kinder in die Schule gingen, zur Arbeit fuhr, diese mit einem Frühstück bei den Schwiegereltern unterbrach, zum Mittagessen nach Hause kam, um gleich wieder loszufahren. Zum Abendessen kehrte er dann nach getanem Werk zurück. Das ging so jahraus, jahrein. Urlaub kannten meine Eltern, auch die Leute in unserer Nachbarschaft, nicht. Ferien machten nur die Gutverdienenden, denen es möglich war, mit ihren Familien an die See oder ins Gebirge zu reisen. Meine Eltern gehörten nicht dazu.

Nur einmal mußte mein Vater unfreiwillig einige Wochen pausieren. Humpelnd, den Arm in einer schwarzen Binde und mit blutigen Schrammen im Gesicht, kam er die steile Wohnungstreppe herauf, gefolgt von einem Mann, der ihn angefahren und mit seinem Auto, das demolierte Fahrrad auf dem Dach festgebunden, hergebracht hatte.

Er erzählte von dem Unfall, bei dem sich mein Vater einen Schlüsselbeinbruch zugezogen hatte. Meine Mutter war außer sich und beschimpfte den Fremden, der bald das Weite suchte und eine verärgerte Familie zurückließ. Die Kinder werden den verletzten Vater wohl hilflos angesehen haben.

Die einzige Abwechslung, die mein Vater sich gönnte, war die Mitgliedschaft in dem »Verein ehemaliger Jäger und Schützen«. Einmal im Monat trafen sich die einstigen Kriegskameraden zu einem geselligen Abend in einer Gaststätte, wo man seine Sorgen für ein paar Stunden in feuchtfröhlicher Runde vergessen wollte. Gelegentlich gab es an einem Sonntagvormittag Kleinkaliberschießen auf dem Schießstand, und da mein Vater den Posten des Schießwarts übernommen hatte, mußte er am Tag zuvor eine Zigarrenkiste Patronen von der Waffenhandlung Köppen besorgen. Den Inhalt zeigte er dann seinen Kindern voller Stolz.

Meiner Mutter war dieses harmlose Vergnügen ein ständiges Ärgernis. Sie war sehr sparsam und hielt das wenige Geld – die »paar Kröten«, wie sie zu sagen pflegte – zusammen. Die Folge war, daß es nach solchen Veranstaltungen regelmäßig Auseinandersetzungen gab, die manchmal in einen lautstarken Krach ausarteten, was mein friedfertiger Vater nicht vermeiden konnte. Diese Schimpftiraden, die mein Bruder und ich zu später Stunde anhören mußten, überschatteten unsere Kinderjahre. Oft endete der Streit mit dem Satz: »Du bist ein Egoist.« Als in der Schule beim Besuch des Schulrats vom Eigennutz die Rede war, meldete ich mich und sagte zur Verblüffung von Lehrer und Gast: »Das ist ein Egoist.« Der Schulrat fragte verdutzt: »Woher hast du denn das Wort?« Ich antwortete wahrheitsgemäß: »Das sagen manchmal meine Eltern.« So haben die Lehrer wohl unbeabsichtigt Einblicke in unser Familienleben bekommen.

Es dauerte nach solchen Auseinandersetzungen immer ein paar Tage, bis der häusliche Friede wiederhergestellt war. Wenn meine Mutter den Streit mit ihrem Mann vom Zaune brach, so stand dahinter die Enttäuschung über die ärmliche wirtschaftliche Lage ihrer Familie, für die allein sie lebte, und der verletzte Stolz einer Oldenburger Bürgerstochter, die sorgenfrei aufgewachsen war. Es ging gegen ihre Ehre, daß sie zum Lebensunterhalt durch eigene Arbeit beitragen mußte. Noch immer verlief das Leben der Hausfrau in festgelegten Bahnen. Die Ehefrau und Mutter der Kinder besorgte das Haus, putzte, wusch, bügelte, bereitete die Mahlzeiten für die Familie, ganz so, wie es Schiller in seinem *Lied von der Glocke* dargestellt hat. Da waren verheiratete Frauen, die einen Beruf ausübten, eine Ausnahme.

Um Hausarbeit und Zuverdienst miteinander zu vereinbaren, blieb für meine Mutter nur die Heimarbeit. Da sie geschickte Hände hatte, saß sie jahrelang an ihrer Singer-Nähmaschine im Wohnzimmer und nähte oder änderte Kleider und Blusen, Hemden und Hosen. Einmal brachte man ihr zwei schwarze Decken von den Pferden, die den Leichenwagen zogen. Diese gewaltigen, schweren Stoffmassen waren kaum an der kleinen Maschine zu bewältigen. Unter Tränen und Schimpfen hat meine Mutter die Änderungen in tagelanger Arbeit geschafft. Daneben entstanden kunstgewerbliche Bastarbeiten und Stickereien: geflochtene Schalen, Tischdecken und Servietten, die meine Mutter den Kunstgewerbeläden, vor allem dem »Dürerhaus«, anbot, zusammen mit den geschnitzten Tellern, die mein Vater angefertigt hatte. Wir standen dann oft verstohlen in der Nähe des Schaufensters und warteten darauf, daß die Arbeiten Käufer finden würden.

Mitte der 1930er Jahre änderten sich die Zeiten auch für meinen Vater. So vergab die Landwirtschaftskammer infolge der Überbewertung des Bauerntums in der NS-Zeit an sogenannte Erbbauern und ihre Jahrhunderte alten Höfe Urkunden, die mein Vater dann in Form von opulenten Eichentafeln mit Namen und Daten schnitzte. Dazu kamen Aufträge für Wegweiser und – vor Weihnachten – für neue Modeln zum Backen von Spekulatiuskeksen. Volkskunst war wieder gefragt, und kleine Truhen und andere geschnitzte Möbel fanden wieder Käufer. Bald gab es auch Aufträge von der aufrüstenden Wehrmacht. Für die Sportwettkämpfe schnitzte mein Vater Plaketten mit Hoheitszeichen und Text. Die Namen der Sieger mußten jedes Jahr in größter Eile hinzugefügt werden. Da stand dann der Fahrer, der die Liste gebracht hatte, in der Werkstatt und wartete, bis mein Vater die Namen eingeschnitzt hatte. Im offenen Geländewagen ging es zur Kaserne, wo er der Siegerehrung beiwohnte.

So wurde mein Vater ungewollt zum Nutznießer des neuen Regimes. Er fand wieder Arbeit, und der Familie ging es besser. Doch von politischer Betätigung war nicht die Rede, der Partei gehörte er nicht an. Mein Vater ging nur weiterhin zu den Kameradschaftsabenden des »Jäger-Vereins«, der zwar umbenannt wurde, aber unbehelligt blieb. In der Wohnung gab es das obligatorische Führerbild an der Wand nicht, nur der kleine Volksempfänger, das Standardradio der NS-Zeit, wurde angeschafft, und mein Vater hörte stundenlang den frenetischen Reden Hitlers zu, die durch Marschmusik, besonders den sogenannten *Badenweiler Marsch*, angekündigt wurden. Er saß dann stumm und in sich gekehrt vor dem Apparat. Er war ohnehin kein sehr gesprächiger Mann. Was er dachte, erfuhren wir nicht.

Geldgeschichten

Wenn ich an meine frühe Kindheit zurückdenke, so wird mir bewußt, welch große Rolle das Geld in unserer Familie gespielt hat. Meine Eltern waren weder reich noch arm. Sie gehörten einer Mittelschicht an, in der es am häufigsten sozialen Aufstieg oder Abstieg gab, was meinen Eltern erspart blieb. Doch die ständigen Geldsorgen überschatteten ihr Leben. Manchmal mußte meine Mutter ihre Eltern, zu denen sie ein inniges Verhältnis hatte, um fünf Mark bitten. Ich habe es miterlebt, wie schwer es ihr fiel, wie sie sich überwinden mußte, die Bitte zu äußern und sich das Geldstück zu leihen. Doch solche Notsituationen führten nie zu einer Ehekrise, und aus solchen Zwischenfällen fanden meine Eltern immer wieder einen Ausweg.

Drei nur scheinbar harmlose Geschichten habe ich in Erinnerung behalten. In meiner Kindheit war es selbstverständlich, daß meine Mutter jeden Tag ein Mittagessen, sicherlich oft einfache Gerichte, kochte. Da sie gern eine Suppe als Hauptmahlzeit auf den Tisch brachte, kam es meiner Mutter vermutlich entgegen, daß in der NS-Zeit das wöchentliche Eintopfessen eingeführt wurde. Als ihr einmal zum Anrichten ein Hühnerei fehlte, schickte sie mich mit einem Fünfpfennigstück zu Kaufmann Burchard, der in der nahen Ehnernstraße seinen Laden hatte. Sie hatte mir eingeschärft, mich zu beeilen. Ich rannte also die Rankenstraße entlang, bog um die Ecke und erhielt für die fünf Pfennige das Ei, das ich in meiner kleinen Hand ebenso flink nach Hause tragen wollte. Doch dann passierte es: Das Ei rutschte mir aus der Hand, fiel zu Boden und zerbrach. Das Eigelb vermischte sich mit den Eierschalen und bot auf der Erde einen trostlosen Anblick. Heulend lief ich nach Hause und beichtete meiner Mutter das Unglück. Sie war völlig verzweifelt und schimpfte mich aus, daß ich das Geld buchstäblich in den Sand gesetzt hätte. Es fiel ihr schwer, mir noch einmal fünf Pfennige zu geben, um ein neues Ei vom Kaufmann zu holen. Dieser machte ein mitleidiges Gesicht und bedauerte mich, und ich schämte mich, daß meine sparsame Mutter durch mich Geld verloren hatte.

Bei der folgenden Geschichte geht es um einen zehnmal höheren Betrag. Meine Mutter, mein Bruder und ich besuchten Verwandte auf dem Lande bei Rastede. Mein Onkel hatte sich vor dem Bauernhaus auf einer Bank ausgestreckt und schlief in der Mittagssonne. Während meine Mutter und mein Bruder ins Haus gingen, setzte ich mich an das Ende der Bank und sah dem schlafenden Onkel zu. Plötzlich entdeckte ich eine silberne Münze auf dem Boden, die ihm aus der Hosentasche in den Sand gefallen war. Es war ein Fünfzigpfennigstück. Ich stellte mir vor, wie der Onkel reagieren würde, wenn ich ihn auf das dort liegende Geldstück aufmerksam machen und zu ihm sagen würde: »Onkel Heini, du hast Geld verloren.« Ich war ganz sicher, daß er es mir dann schenken würde, und malte mir schon aus, daß ich für die fünfzig Pfennige den kleinen gelben Traktor mit Anhänger aus Blech kaufen könnte, der im Schaufenster des Spielwarengeschäfts ausgestellt war und mit dem ich so gern spielen wollte. Der Gedanke machte mich ganz glücklich. So wartete ich geduldig, bis der Onkel aufwachte. Ich zeigte auf das Geldstück, das auf der Erde lag. Er sah es, hob es auf und steckte es schweigend in seine Tasche, ohne mich zu beachten oder sich gar zu bedanken. Ich war grenzenlos enttäuscht.

Später, in der Mittelschule, hatte ich einen Freund, den ich sehr mochte. Er hieß Wilhelm Lehmann. Seine Eltern betrieben den großen Zeitungskiosk am Pferdemarkt. Da er in der Gertrudenstraße wohnte, hatten wir denselben Schulweg. Er erzählte mir, daß er jeden Monat ein Taschengeld bekäme, das er entweder sparen oder für das er sich etwas kaufen dürfe. Daß es so etwas gab, wußte ich nicht. Manchmal ging er unterwegs in einen Laden und kam mit einer Tafel Schokolade heraus. Da er sehr großzügig war, teilte er sie mit mir. Süßigkeiten bekamen wir zu Hause nur zum Geburtstag oder zu Weihnachten. Wilhelm war ein aufgeweckter Junge, der mir viel von dem Geschäft der Eltern erzählte. Manchmal mußte er mithelfen und die Kopfzeilen der nicht verkauften Zeitungen mit der Schere ausschneiden. Sie wurden gesammelt, an den Grossisten zurückgegeben und mit der nächsten Lieferung verrechnet. Solche Arbeiten gab es bei uns zu Hause nicht, und so fand ich es ganz in Ordnung, daß Wilhelm dafür ein Taschengeld erhielt. Wilhelm Lehmann gehörte zum Jahrgang 1926, der noch 1944 zur Wehrmacht eingezogen wurde und in Südfrankreich zum Einsatz kam. Er wurde von Partisanen vom fahrenden Panzerfahrzeug heruntergeschossen und war einer der zwölf Mitschüler aus der Mittelschule, die aus dem Krieg nicht zurückkehrten.

Die Chronik der Rankenstraße

Die in sorgfältiger Sütterlinschrift beschriebenen Bögen mit meiner »Chronik der Rankenstraße« existieren nur noch in meiner Erinnerung. Ich hatte die Geschichte als Zwölfjähriger anhand des Adreßbuchs zusammengestellt, einem bei meinen Großeltern in der Wohnküche immer griffbereiten, viel benutzten Nachschlagewerk. Meine sogenannte Chronik war sicherlich nicht mehr als eine Aufzählung der Häuser und ihrer Bewohner. Angaben darüber, wann die Gebäude errichtet worden waren oder seit wann die Nachbarn dort lebten, habe ich wohl kaum machen können, und so war der Begriff »Chronik« eines der vielen sprachlichen Mißverständnisse meiner autodidaktischen Kindheit.

Aber die Idee, die Geschichte einer Straße zu erzählen, war so abwegig nicht, denn die Rankenstraße war damals durchaus etwas Besonderes in meiner Heimatstadt. Sie unterschied sich von der benachbarten Rebenstraße und der Efeustraße dadurch, daß sie ein schmaler, fast nur auf der linken Seite bebauter Weg war. Er zweigt von der Ehnernstraße, die dann einen leichten Bogen macht, ab und mündet wieder in sie ein. Die Lage war sehr idyllisch, die zwölf ein- oder zweistöckigen Häuser standen in kleinen, gepflegten Gärten mit Obstbäumen und Beerensträuchern. Es gab zwei Kolonialwarenhändler, einen Friseur und eine Hutmacherin. Die benachbarte Ehnernstraße mit Kopfsteinpflaster und einem aus Ziegeln bestehenden Mittelstreifen für die Radfahrer gab dem nördlichen Außenbezirk den Namen Ehnernviertel. Es liegt mit dem alten sagenumwobenen Gertrudenfriedhof zwischen den beiden, heute stark befahrenen Ausfallstraßen, der Nadorster und der Alexanderstraße, die früher in die Chausseen nach Rastede und Bürgerfelde übergingen.

Die Rankenstraße war Heimat und Zuhause, ein Stück meines Lebens. Der ungepflasterte Weg war so eng, daß Kraftfahrzeuge, die ohnehin noch sehr selten waren, kaum durchfahren konnten. Nur den von schweren Ackerpferden gezogenen Wagen mußten wir Platz machen, vor allem dem staubigen Müllwagen, in dessen Luken der Müllmann mit kräftigem Schwung die Ascheneimer kippte, und dem

Kohlenwagen von der Firma Tapken, wenn im Herbst der Kohlenmann die zentnerschweren Säcke von seinem Wagen auf den Rücken wuchtete und in den Stall schleppte. Dann mußten wir unsere Spiele unterbrechen, denn die Rankenstraße gehörte uns Kindern, sie war unser Eigentum. Hier konnten wir Ball spielen – damals war der Fußball noch nicht in Mode –, Wettläufe veranstalten, uns hinter den Häusern verstecken, mit Murmeln spielen oder Himmel und Hölle in den Sand zeichnen. Die oft wiederholten Worte meiner Mutter, »Geh noch etwas auf die Straße«, habe ich noch im Ohr. Damit zog sie mich von häuslichen Beschäftigungen fort, und die Begründung folgte prompt: »Du brauchst frische Luft, Pauli.«

Wir bewohnten das Obergeschoß in dem Haus Nummer 19. Dort bin ich zur Welt gekommen und aufgewachsen und erst ausgezogen, als ich mit 24 Jahren in Hamburg mein Studium aufnahm. Meine ruhelose Mutter zog später zusammen mit meiner Schwester in ihr ererbtes Elternhaus an der Ziegelhofstraße.

»Hundehütten« nannten die Oldenburger recht lieblos die für die Stadt typischen verputzten Wohnhäuser mit den weit vorgezogenen Dachgiebeln vom Anfang des letzten Jahrhunderts. Unser Haus gehörte »Tante« Varwig, einer nicht übermäßig freundlichen, mehr zurückhaltenden Witwe eines Postschaffners mit ihrer unverheirateten Tochter Paula, die als Gehilfin in einer Bank arbeitete. Sie bewohnten die mit Plüschmöbeln vollgestellte Unterwohnung und achteten darauf, daß die Raabe-Kinder nicht über ihre gepflegten Beete rund um das Haus trampelten.

Die ältere Tochter, Alma, war in Hamburg mit einem Kaufmann verheiratet, der ein gutgehendes Ledergeschäft betrieb. Das Ehepaar fuhr manchmal im offenen Sportwagen vor, den wir Kinder bewunderten, während meine

Mutter sich mit neidvollen Kommentaren nicht zurückhielt.

In dem äußersten Winkel des Gartens hatte die Hauswirtin meinem Bruder und mir eine kleine Fläche hinter unserem Sandkasten überlassen, die wir, wie wir es nannten, »urbar« machten. Wir legten ein paar Beete an, säten Blumensamen ein, die wir in kleinen Tüten hatten kaufen können. Wir waren dann gespannt, ob nach einiger Zeit zartes Grün aus dem Boden hervorkam, und glücklich, wenn wirklich im Laufe des Sommers einige Blumen zu blühen anfingen. Doch unsere harmlose Gartenfreude wurde immer wieder durch den Gestank einer Ziege beeinträchtigt, deren Stall unmittelbar neben unserem Gartenstück stand. Meine Mutter konnte sich immer erneut über den Nachbarn, Onkel Wichmann, aufregen, einen verwitweten Telegrafenassistenten außer Dienst, den seine Tochter Adele, ebenfalls im Telegrafenamt tätig, versorgte. Der Nachbar war ein gutmütiger Mann, der uns häufig Birnen oder Äpfel von seinen Obstbäumen schenkte. Aber von seiner Ziege wollte er sich nicht trennen. Doch eines Tages hörten wir sie nicht mehr meckern, und ihr strubbeliger Kopf erschien nicht mehr am Stallfenster. Sie war tot. Seither hieß es in unserer Familie: »Es hat alles einmal ein Ende, wie Onkel Wichmanns Ziege.« Mit dieser fatalistischen Äußerung kamen wir durch die Kriegszeit.

In der Rankenstraße wohnten neben einem Prokuristen, einem Lokomotivführer und einigen Handwerkern und Arbeitern bei Bahn und Post vor allem Rentner, Pensionäre und Witwen. Ihre Namen habe ich sorgfältig in meiner »Chronik der Rankenstraße« verewigt. Da lebte in einem der alten Häuser der Klavierstimmer Rosenkranz, dessen Glasauge uns Kinder immer wieder ängstigte, wie sicherlich manche Nachbarn seine dekorierte Parteiuniform. Meine

Mutter nannte ihn den »Goldfasan«. In seinem Hinterhaus hatte Otto Blüthgen seine Werkstatt: ein Kollege meines Vaters, ebenfalls Holzbildhauer, der als Junggeselle über seiner Werkstatt hauste. Er führte das Leben eines Bohemien. Wir Kinder liebten ihn, da er immer vergnügt und gutgelaunt war und manche »Döntjes« im Kopf hatte. An dem Haus des pensionierten Rechnungsrats Voigt, eines distinguierten Herrn mit grauem Haar, gingen wir immer ein wenig ängstlich vorbei, denn er hatte einen großen Schäferhund, der Faust hieß, der aber meist in seiner Hütte an einer Kette lag.

Eines Tages bezog ein jüngerer Justizangestellter namens Baumgarten mit seiner Frau und drei Töchtern eines der Häuser am unteren Ende unserer Straße. Die mittlere, Ingeborg, war ein schlankes zehnjähriges Mädchen, sie hatte so schöne braune Augen, daß sie mich verwirrte, und ich, ein schüchterner Knabe von zwölf Jahren, gestand mir nicht ein, daß ich in sie verliebt war, sondern ging ihr möglichst aus dem Weg.

Die Spielkameraden wohnten in der Ehnernstraße, deren Gärten an die Rankenstraße grenzten. Mit den beiden Jungen des Schusters Pöpken waren wir einige Jahre befreundet. Oft saß ich mit meinem Bruder in Onkel Pöpkens Schusterwerkstatt, in der es so unvergeßlich nach Leder roch. Frau Pöpken, eine resolute Frau, immer in einem schwarzen Kleid, saß dabei und erzählte, während ihr Mann schweigend die Stiefel besohlte, einige der Holznägel zwischen den Lippen. Gegenüber wohnte der taubstumme Schneider Vogelsang mit seiner ebenfalls tauben Frau und ihrem Sohn Erich, einem Schulfreund. Auch dort war ich zu Hause.

In dieser Handwerkeridylle rund um die Rankenstraße verlebte ich meine Kinderjahre. Es war eine friedliche Zeit, auch wenn der Tod Hindenburgs bei meinen Eltern Ratlosigkeit und die in Schimpftiraden ausufernden Hitlerreden eine unbestimmte Unruhe auslösten.

Mein Bruder Wilhelm

Für einen Jungen ist es ein idealer Zustand, einen drei Jahre älteren Bruder zu haben, der ihn in Schutz nimmt, an den er sich halten kann, an dem er mit kindlicher Liebe hängt und in dem er ein Vorbild sieht. Ich bin an der Seite meines Bruders Wilhelm aufgewachsen. Er war mir immer um drei Jahre voraus. Er wurde Willy, wie ich Pauli, genannt und war ein aufgeschossener blonder Junge mit hellen blauen Augen. Wir spielten und bastelten zusammen. Wir waren ein unzertrennliches Geschwisterpaar. In der Grundschule und in der Mittelschule trat ich in seine Fußstapfen, und ich trug seine Kleidung, den Mantel und die Schuhe, die Hemden und Strümpfe auf, aus denen er herausgewachsen war.

Wir teilten uns die enge Schlafkammer mit den beiden Kleiderschränken und der schrägen Decke und dem kleinen Fenster, hinter dem wir den Obstbaum in Tante Varwigs Garten im Wechsel der Jahreszeiten vor Augen hatten. Lange Zeit habe ich meinem Bruder vor dem Einschlafen Geschichten erzählt, wie sie mir gerade einfielen und die meist auch spannend waren und Willy sehr gefielen. Ich erzählte so lange, bis uns die Augen zufielen.

Die Kindheit meines Bruders war von Krankheiten überschattet. Er litt unter Asthmaanfällen, die ihn oft wochenlang ans Bett fesselten. »Willy hat es auf der Brust«, hieß es dann. Der Arzt, Dr. Ruschmann, wurde gerufen und untersuchte ihn. Er mußte tief Luft holen, und folgte dann ein lang anhaltender hoher, pfeifender Ton, wurde so lange strenge Bettruhe verordnet, bis Willy nicht mehr »hiemte«, das hieß, die Pfeiftöne aufgehört hatten. Der Arzt war Schüler und Anhänger von Dr. Wilhelm Schüßler, einem oldenburgischen Mediziner, der als erster die biochemische homöopathische Heilmethode von Samuel Hahnemann anwandte. Dr. Ruschmann verordnete Tropfen in beschrifteten Fläschchen, die im Wechsel stündlich eingenommen werden mußten, bis der Anfall abklang. In Zusammenhang mit dem Asthma standen auch die wiederkehrenden Hautausschläge vor allem in den Knie- und Armbeugen, die meinem Bruder lange Jahre sehr zu schaffen machten. Erst als er erwachsen war, verschwanden die Symptome.

Nach und nach gingen unsere Interessen auseinander. Meiner kindlichen Sammelleidenschaft und meiner Freude an Büchern konnte Willy nicht viel abgewinnen. Ihn interessierte die Technik, besonders alles, was mit Fliegen und Flugzeugen zusammenhing. Er bastelte mit Leidenschaft Segelflugmodelle und war darin sehr geschickt. In der Hitlerjugend, die er ohne jeden Ehrgeiz absolvierte, schloß er sich der Flieger-HJ an und verbrachte viele Sonntage auf einem Segelflugplatz, wo er mit Kameraden an einem langen Seil die Segelflugzeuge anschleppen mußte. Begeistert verfolgte er den Aufbau der Luftwaffe, abonnierte und sammelte den *Adler*, die einschlägige illustrierte Zeitschrift, in der die Kriegsflugzeuge der Luftwaffe beschrieben und abgebildet waren. So kannte er bald alle neuen Flugzeugtypen und erklärte sie seinem kleinen Bruder, der vorübergehend dieses Interesse teilte.

Doch dann kam der Krieg. Mein Bruder erhielt auf der Mittelschule, die ich inzwischen ebenfalls besuchte, im Frühjahr 1940 die Mittlere Reife, begann eine Ausbildung als Vermessungsinspektoranwärter im Vermessungsamt, das sich damals im Schloßbereich befand, und hatte bald gleichgesinnte Freunde. Der Jahrgang 1924, dem er angehörte, wurde ein Jahr später zum Arbeitsdienst einberufen und dann zur Wehrmacht. Zu Hause zitterten wir um sein Leben, denn seit 1942 gehörte er, der es nur zum Obergefreiten brachte, zur kämpfenden Truppe in Rußland. Er kam unversehrt über den Krieg. Einmal blieb er wie durch ein Wunder unverletzt. Seine Kameraden, die hundert Meter von ihm entfernt lagen, hatten ihn aufgegeben, als eine schwere Granate in unmittelbarer Nähe einschlug, wo Willy in Deckung gegangen war. Der Jubel war groß, als er plötzlich in der Stellung auftauchte.

Bei Kriegsende befand sich seine Truppeneinheit in der Nähe von Prag. Er geriet in amerikanische Gefangenschaft. Es gelang ihm, mehrfach zu fliehen und sich in sechs Wochen zu Fuß bis Oldenburg durchzuschlagen. Zuletzt besaß er sogar einen ordnungsgemäßen Entlassungsschein. Ich war damals als Beifahrer eines Rotkreuzkrankenwagens unterwegs und kam gerade am Gertrudenfriedhof an der Ehnernstraße vorbei, als ich dort einen Landser gehen sah. Es war mein Bruder auf dem Weg nach Hause.

Willy konnte bald seine Ausbildung zum Vermessungsinspektor fortsetzen und mit einer Prüfung abschließen. Er erhielt eine Planstelle und hatte seine Freunde und seine Welt. Wir waren beide traurig, daß wir uns nicht viel zu sagen hatten. Jeder ging seine eigenen Wege. Meine Mutter war glücklich, ihren ältesten Sohn um sich zu haben, der sich in rührender Anhänglichkeit um sie und unsere kleine Schwester kümmerte. Im August 1950 konnte er sich zum erstenmal einen Sommerurlaub leisten. Er verbrachte ihn auf der Insel Spiekeroog. Am Morgen des letzten Urlaubstages ertrank er in der Nordsee. Er war 26 Jahre alt.

Auf der Ehnernschule

Zur Grundschule hatte ich einen kurzen Weg. Das hohe Schulgebäude an der Ehnernstraße war mir vertraut, da mein Bruder sie seit drei Jahren besuchte. Am ersten Schultag wurden wir in einer kleinen Seitenstraße, dem »Knie«, einzeln fotografiert. So hat sich mein Bild erhalten: zutraulich blickende Augen, halboffener Mund, Pudelmütze und hohe Schnürschuhe, kurze Hose, lange Strümpfe und ein viel zu kleiner, enger Mantel, aus dem ich herausgewachsen war. Ich stehe vor einer mit Rauhreif bedeckten Hecke. Es muß im April offensichtlich noch kalt gewesen sein. Ich war sehr stolz, nun als ABC-Schütze in die Schule zu gehen. Meine Mutter hatte die nötigen Schulsachen, vor allem den Tornister aus Leder, mit mir zusammen gekauft, in dem alles Platz fand: die Fibel, der Griffelkasten, die Schiefertafel mit dem daran befestigten Wischlappen, das Etui mit dem angefeuchteten Schwamm. Die Frühstücksbrote befanden sich in einer Umhängetasche.

Ich hatte mich auf den Schulunterricht gefreut, denn endlich würde ich Schreiben lernen, die Fibel lesen und Rechenaufgaben lösen können, wie ich es mir so wünschte. Meine Mutter hatte uns Kinder zu Ordnung und zu gutem Betragen erzogen, und so war »der kleine Pauli« ein fleißiger, aufmerksamer und mustergültiger Grundschüler. Ich liebte die Klassenlehrerin, Fräulein Möller, sehr, die uns die vier Grundschuljahre über in den Hauptfächern unterrichtete. Sie war jung, hoch gewachsen, hatte freundliche braune Augen, das dunkle Haar war zu einem Dutt zusammengebunden. Sie hatte eine warme und sanfte Stimme. Manchmal stand sie neben meiner Schulbank und legte ihre Hand auf meinen Kopf, ich spürte ihr Wollkleid an meinem Körper und war selig. Sie ist mir als gute Fee in Erinnerung geblieben und hat mir die ersten Schritte ins Leben leichter gemacht.

Von der zweiten Klasse an gab es Unterricht im Singen. Es zeigte sich bald, daß ich völlig unmusikalisch war. Zu Hause ging es meist ernst zu, meiner Mutter stand in den schwierigen Zeiten der Sinn nicht danach, ein Lied zu singen. Mein einziger Beitrag zum Singunterricht bei Fräulein Drees, einer lebhaften, etwas pummeligen Lehrerin, war ein Schild, das ich zeichnen mußte, ein Junge mit aufgerissenem Mund. Darunter stand die Warnung: »Nicht brüllen.« Auch der Turnunterricht in der Turnhalle neben der Schule gefiel mir ganz und gar nicht. Ich war ein schwächlicher, ängstlicher Knabe, der mit den Geräten seine Schwierigkeiten hatte.

Mein Lieblingsfach war die Heimatkunde, die Fräulein Möller vom dritten Schuljahr an unterrichtete. Wir lernten unsere Stadt mit ihren Straßen und Plätzen, Gewässern und Brücken, ihren Kirchen und öffentlichen Bauwerken kennen. Wir besuchten das Dobbenviertel mit den Regierungsgebäuden und den Stau, den Oldenburger Hafen, an dem hin und wieder kleine Schiffe anlegten und Güter an Land brachten. Auch die Geschichte der Stadt wurde uns vertraut: die mittelalterliche Burg, von der nur noch der Name erhalten geblieben war, und Graf Anton Günther, den wir auf dem Freskogemälde an einem der schönsten Altstadthäuser, hoch zu Roß, bewunderten. Der lange Schweif seines Schimmels beeindruckte uns sehr. Auch Herzog Peter Friedrich Ludwig, der als erster Fürst die jüngere Oldenburger Geschichte entscheidend prägte, wurde uns durch sein Denkmal gegenüber dem Schloß vertraut.

Im Unterricht mußten wir den Plan der Altstadt mit dem Schloß, dem Markt, den engen Straßen und den beiden

Flüssen, der Hunte und der Haaren, zeichnen, und wir lernten die Herkunft der Straßennamen kennen und wußten, was es mit der Achternstraße und der Gartenstraße, der Baumgartenstraße und der Heiliggeiststraße auf sich hatte. Wir mußten die Kirchen der Stadt hersagen. Wir lernten auch die Karte des Oldenburger Landes kennen, die kleinen Orte zwischen Jadebusen und Dümmer See, die unter Naturschutz stehenden Wälder, den Neuenburger Urwald und den Hasbruch. Wir mußten erzählen, wo wir mit unseren Eltern gewesen waren: in Rastede mit dem großherzoglichen Schloß, am Zwischenahner Meer und an der Klosterruine bei Hude. So wußten wir Zehnjährigen, wo wir zu Hause waren. Wir wurden zur Heimatliebe erzogen, und sie hat ein Leben lang vorgehalten, wenngleich ich der Heimat früh den Rücken kehrte und der Begriff aus ideologischen Gründen in Verruf kam. Daß ich mich auch heute noch als Oldenburger fühle, hängt mit dieser frühen Erziehung zusammen. Sie hat mich geprägt.

Zu den Erinnerungen an die Grundschulzeit gehören auch die vielen Besuche bei den Großeltern. Für einen neugierigen Jungen gab es dort immer etwas zu entdecken. Zwar lagen keine Bücher auf dem Tisch. Wohl aber erhielt man allwöchentlich die Mappe mit den neuesten Heften der illustrierten Zeitschriften: *Die Woche*, *Die Koralle*, die *Berliner Illustrierte*. Ihre Lektüre war für mich jedesmal eine kindliche Freude.

So machte ein illustrierter Artikel über den Maler und Erfinder Leonardo da Vinci auf mich einen unauslöschlichen Eindruck. Ich träumte davon, ein Entdecker zu werden wie Leonardo, die Welt zu bewegen. Für so viel Phantasie hatte mein Bruder keinen Sinn. Er lachte mich aus, was für Flausen ich mir in den Kopf gesetzt hätte. Doch ich blieb dabei: Ich wollte so berühmt wie Leonardo da Vinci werden.

Der Junge mit dem Holzbein

Ich habe eine behütete Kindheit gehabt, in der meine stets um das Wohl ihrer Söhne besorgte Mutter alles Traurige von uns Kindern fernhielt. Um so schlimmer war dann eines Tages die Erkenntnis, daß es unabwendbar Schreckliches gab, dem man sich nicht entziehen konnte. Schon der Tod des siebenjährigen glatzköpfigen Schulkameraden, der an Diphtherie starb, beschäftigte mich lange, und die Beisetzung auf dem Friedhof, an der unsere Klasse teilnahm, erschütterte uns alle sehr.

Daß das Leben enden würde, prägte sich uns Kindern auf eine heute grotesk erscheinende Weise ein. Wir standen oft an der Heiligengeiststraße vor dem Schaufenster einer Lebensversicherung, in dem sich als eine Art Reklame vor unseren Augen Werden und Vergehen der Menschen abspielte. Gestalten aus Pappe, Männer und Frauen, bewegten sich auf einer Art Lebensbahn hinter- und nebeneinander ruckartig von links nach rechts, aber plötzlich kippte eine Figur nach vorn und verschwand von der Fläche, dann die nächste, die übernächste und so fort. An der Bahn waren die Lebensjahre zu lesen: zwanzig Jahre, dreißig Jahre, vierzig Jahre usw. Die dichte Anzahl der Pappmachémenschen in ihrer bunten Kleidung lichtete sich immer mehr, und nur wenige Figuren erreichten das Alter von siebzig oder achtzig Jahren. Schließlich verschwand auch die letzte Gestalt. Das Leben aller Menschen war zu Ende und die Bühne des Lebens leer. Voller Mitleid hatten wir dem mechanischen Spiel zugeschaut. Doch nach einem Augenblick begann das Schauspiel von vorn, und wieder begannen die Figuren, sich auf ihre Zukunft hinzubewegen. Auch sie starben alle, früher oder später. Immer wieder kamen wir an dem Schaufenster der Lebensversicherung vorbei, und allmählich wurde die Geschichte zur Routine. Unser anfängliches Mitleid mit den verschwindenden Figuren verwandelte sich in Schaulust, und wir fanden das Geschehen allmählich nur noch langweilig.

Doch an einem Frühlingstag erfuhr ich unmittelbar, wieviel Leid es manchmal schon in den frühen Jahren gab. Hin und wieder fand der Unterricht im Singen in der Gertrudenschule statt, einige Straßen vom Ehnern entfernt. Die Lehrerin hatte die hohen Fenster geöffnet. Ich sah hinaus, und mein Blick fiel in einem Augenblick der Unaufmerksamkeit auf die Straße. Da sah ich ihn auf dem gegenüberliegenden Bürgersteig humpeln, einen Jungen meines Alters, armselig gekleidet, den Ranzen auf dem Rücken. Langsam und mühsam bewegte er sich die Straße auf einem Bein entlang, das andere war durch eine Art Stuhlbein ersetzt, das am Oberschenkel festgeschnallt war. Es war ein erschreckender Anblick, ich konnte meine Augen nicht abwenden, wie der Junge sich ohne jede fremde Hilfe ganz allein abmühte, vorwärts zu kommen. Ich erinnere mich, daß ich nicht begreifen konnte, was ich sah. Als er aus meinem Blickfeld verschwunden war, erfaßte mich eine tiefe Traurigkeit.

Der Gedanke an den Jungen mit dem Holzbein ging mir über Monate nicht aus dem Sinn. Immer hatte ich auf der Gertrudenstraße panische Angst, ihm wieder zu begegnen. Sein Unglück beschäftigte mich unablässig. Was mochte ihm zugestoßen sein, hatte er einen Unfall gehabt, war er das Opfer einer bösen Krankheit, weshalb mußte ihm das Bein amputiert werden? War das die Welt, in der ich lebte, konnte mir das auch zustoßen? Ich ahnte, wie schrecklich das Leben sein konnte, und wußte nicht, daß wenige Jahre später die Straßen voll sein würden von Kriegsversehrten.

Mit der Erinnerung an den Jungen mit dem Holzbein vermischt sich ein anderes Erlebnis aus der gleichen Zeit. Wir Kinder freuten uns jedes Jahr auf den Kramermarkt, der auf dem Pferdemarkt immer Anfang Oktober stattfand. Meine Mutter schenkte Wilhelm und mir fünfzig Pfennige, und wir waren glücklich, damit einmal Karussell fahren und uns ein Los kaufen zu können. Wir ließen uns auf dem Rummelplatz treiben und kamen aus dem Staunen nicht heraus, wenn es eine neue Attraktion gab. Eines Tages sah ich einen nicht sehr alten Mann am Boden sitzen und Geld erbetteln. Er hatte keine Beine mehr, und der Rumpf steckte in einem Autoreifen. Beide Beine waren bis zur Hüfte amputiert. Ich mochte meinen Augen nicht trauen und war wohl so entsetzt, daß ich meinen Bruder mitzerrte und wir gemeinsam nach Hause rannten, um zu erzählen, was uns Schlimmes widerfahren war.

Meine fürsorgliche Mutter wird den zartbesaiteten Sohn getröstet haben. Doch seit dieser Zeit war mir bewußt, daß Trauer und Kummer, Schmerz und Tod in der Welt waren und vor der Tür unseres kleinen Schlafzimmers nicht haltmachten, in dem ich nicht einschlafen konnte, da ich immer an den Jungen mit dem Holzbein und den Mann ohne Beine denken mußte.

Kindliche Bücherlust

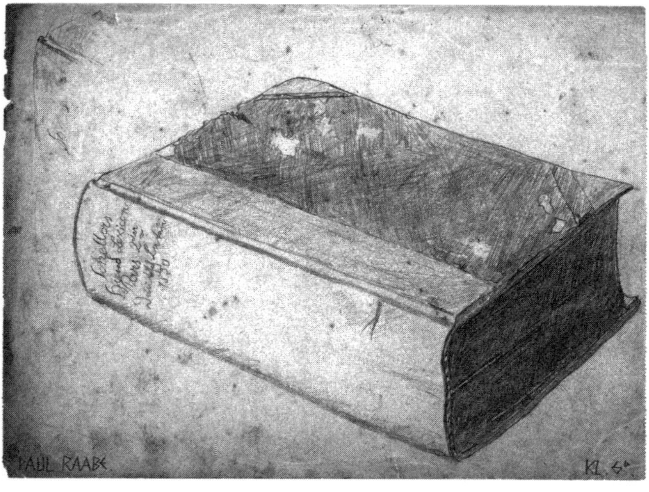

Das alte Buch. Bleistiftzeichnung von Paul Raabe, 1942

Auf der Mittelschule

Mit zehn Jahren kam ich als Sextaner auf die Knabenmittelschule. Der Klinkerbau an der Margaretenstraße war in der Weimarer Republik errichtet worden, ein modernes Gebäude, an den Seitenflügeln mit Turnhalle und Hausmeisterhaus verbunden. Montags fand regelmäßig vor Beginn des Unterrichts der Flaggenappell auf dem Schulhof statt. Die Klassen hatten Aufstellung genommen, und der Direktor, Herr Schwarting, ein honoriger Mann, sprach über die Losung der Woche. Dann mußten zwei Schüler die Hakenkreuzfahne hissen, und wir sangen das Deutschlandlied, an das sich das Horst-Wessel-Lied ohne Pause anschloß. Wir hatten den rechten Arm zum Hitlergruß zu erheben, der uns allmählich so schwer wurde, daß wir ihn auf der Schulter des Vordermannes »ablegten«. Währenddessen wippte Herr Schwarting mit seiner erhobenen Rechten zum Takt der Lieder. Daß er die ganze Zeremonie nicht aus innerer Leidenschaft, sondern lediglich als Pflicht absolvierte, sah man seinem immer gleichbleibenden, unbeweglichen Gesichtsausdruck an. Er war seit 1925 Direktor der Schule und war 1933 der NSDAP beigetreten, weil die Vorgesetzten es taten und der Landeslehrerverband dazu aufgerufen hatte. So konnte er immerhin unberechtigte Übergriffe der Parteistellen in das Schulleben abwehren.

Wie ich bei meinen Nachforschungen im oldenburgischen Staatsarchiv auch feststellen konnte, wurden erst 1939 »Bestimmungen über Erziehung und Unterricht in den Mittelschulen« veröffentlicht, in denen es hieß, daß es »die unerläßliche Pflicht der Leiter und Lehrer der Mittelschulen« sei, »die erzieherischen Kräfte des Elternhauses plan- und taktvoll mit denen der Schule zu verbinden«.

Die Schule solle »zur Einsatzbereitschaft im künftigen Beruf erziehen«, »das Verhältnis zur Hitlerjugend« solle »auf gegenseitigem Vertrauen beruhen«. So versuchten offensichtlich Beamte in den Ministerien und Behörden damals noch, den Einfluß der Partei auf die »Erziehung des deutschen Menschen« in Grenzen zu halten.

Es war das Jahr 1937. Daß ein politisches Regime bis in das Privatleben der Menschen einzudringen versuchte, haben wir Kinder aus der Rankenstraße nicht gespürt. Dennoch waren wir dem Einfluß weltanschaulichen Denkens ständig ausgesetzt, und ein eigenes politisches Urteil hatten wir nicht. Meine Eltern waren Durchschnittsbürger, die vor allem mit dem eigenen Lebensunterhalt beschäftigt waren, die »neue Zeit« nahmen sie so hin, an Aufmärschen und Versammlungen hatten sie keinen Anteil.

In der Lehrerschaft gab es stramme Parteigenossen und solche, die sich mit ihrer persönlichen Meinung zurückhielten. Unser Klassenlehrer hieß Karl Risch. Er unterrichtete uns in Englisch, was mir sehr viel Spaß machte. Jedenfalls war ich mit großem Eifer bei der Sache. Herr Risch mochte den strebsamen Knaben, der sich lebhaft am Unterricht beteiligte. Er pflegte stets zu sagen: »Der Paul steckt euch noch alle in den Sack.« Aber ich habe ihn auch anders erlebt. Wir Kinder standen am Bürgersteig und sahen zu, wie die Braunhemden in langen Formationen an uns vorbeimarschierten. Plötzlich entdeckte ich meinen Lehrer an der Spitze einer SA-Einheit. Herr Risch schritt als SA-Sturmführer mit dem erhobenen rechten Arm, die Linke am Koppelschloß, an der Spitze seines Trupps vorbei: ein Anhänger Hitlers, seit 1933 Mitglied der SA. Im Unterricht aber war ihm seine Überzeugung nicht anzumerken. Offensichtlich trennte er Partei und Beruf. Wegen seines Alters wurde er nach Kriegsbeginn nicht zur Wehrmacht eingezogen.

Mit dem Schulwechsel hatte für mich ein neuer Lebensabschnitt begonnen. Hatte sich in der Grundschule der Lehrplan auf Lesen und Schreiben, Rechnen und Zeichnen, Singen und Turnen sowie auf Religion und Heimatkunde bezogen, so waren Englisch und Geschichte, Erdkunde und Lebenskunde – worunter Biologie zu verstehen war – hinzugekommen, und statt Rechnen und Turnen hieß es nun: Mathematik und Leibesübungen. In den meisten Fächern war ich wie ein Schwamm, der alles Wissen aufsog. Und so stand es dann auch im Zeugnis, daß ich ein »strebsamer und zuverlässiger Junge mit erfreulichen Leistungen« gewesen sei. Die Beurteilung kehrte so oder ähnlich immer wieder. Dann aber folgte, ebenfalls stereotyp, der Zusatz: »In den Leibesübungen muß er viel härter werden« oder »Körperliche Leistungsfähigkeit mangelhaft«.

Die »Leibesübungen«, wie es in der NS-Zeit hieß – »Sport« war schließlich ein Fremdwort –, überschatteten meine Schulzeit, denn ich war ein schwächlicher Junge, dem vermutlich hin und wieder ein kräftiges Essen fehlte, da zu Hause oft »Schmalhans Küchenmeister« war. Als eines Tages eine Fürsorgerin meiner Mutter erklärte, ich sei unterernährt, wurde sie von meiner in ihrer Ehre gekränkten Mutter kurzerhand des Hauses verwiesen. Vermutlich aber war die Bemerkung so abwegig nicht. Jedenfalls waren die Turnstunden für mich ein Martyrium. Das Geräteturnen machte mir beträchtliche Schwierigkeiten, und am Kletterseil hing ich wie ein Mehlsack und konnte mich zur Belustigung der Schulkameraden nicht hochziehen. Von körperlicher Ertüchtigung, wie es auf dem Lehrplan an erster Stelle stand, war ich weit entfernt.

In den Sommermonaten allerdings konnte ich meine Leistungen in Leichtathletik auf dem Sportplatz etwas ausgleichen, denn Laufen bereitete mir keine Mühe, auch nicht Weitsprung, und Ballspiele machten mir sogar Freude, die mir dann aber eines Tages für einige Zeit verging. Auf dem Haarenesch war unsere Klasse zum Schlagballspiel angetreten, und die beiden Mannschaften, die gegeneinander spielen sollten, waren aufgestellt. Es lief alles gut und zügig, und ich war mit Feuereifer dabei. Doch da trat plötzlich rechts vor mir mein Schulkamerad Bruno Struthoff ein paar Schritte zurück und mit seinem Nagelschuh in meinen rechten Fuß und Unterschenkel und riß tiefe, stark blutende Wunden in das Bein. Notdürftig verbunden, wurde ich auf dem Gepäckträger eines Fahrrads ins Krankenhaus gebracht, wo man die Wunden von Schmutz säuberte und nähte, nachdem man mir eine Tetanusspritze gegeben hatte. Mit einem dicken Verband und einer festen Schiene wurde ich nach Hause transportiert und ins Bett verfrachtet. Bald darauf kam der Turnlehrer, Herr Ohlhoff, und entschuldigte sich bei meiner Mutter, die den Mann aber zunächst einmal herunterputzte: »Wie können Sie so etwas zulassen: ein Junge mit Nagelschuhen auf dem Sportplatz beim Ballspiel« usw.

Schiller verdirbt die Augen

Nach dem Unfall verbrachte ich die Wochen der allmählichen Genesung lesend auf dem Sofa im Wohnzimmer. Auf dem Aufsatz des Sekretärs, an dem mein Bruder und ich im Wechsel die Schularbeiten machten, standen Schillers Werke in vier roten Leinenbänden. Es handelte sich um die von dem Münchner Theaterwissenschaftler Arthur Kutscher um die Jahrhundertwende herausgegebene Auswahl in zehn Teilen in *Bongs Goldener Klassiker-Bibliothek*, die mein Vater als Prämie für »Fleiß u. gutes Betragen« auf der gewerblichen Fortbildungsschule Zeitz am 10. November 1913 erhalten hatte, wie es in der handschriftlichen Widmung heißt. Jedenfalls habe ich die Prosawerke des Dichters in jenen Wochen verschlungen, die unheimliche Geschichte des *Geistersehers*, die *Geschichte des Abfalls der vereinigten Niederlande von der spanischen Regierung* und die ebenso umfangreiche *Geschichte des Dreißigjährigen Krieges.* Ich erinnere mich, wie mich die rätselhaften Erlebnisse des Prinzen in Venedig fesselten und mich das Schicksal Egmonts rührte, wie ich die Feldherren des Dreißigjährigen Krieges bewunderte. Zum erstenmal in meinem Leben – ich war 12 oder 13 Jahre alt – war ich von der Lektüre eines Buches so hingerissen, daß ich alles um mich herum vergaß. Doch meine Schillerbegeisterung hatte, als ich wieder laufen konnte, unangenehme Folgen. Auf dem Sofa in der Zimmerecke war es am Tage relativ dunkel. Dadurch hatte ich mir meine Augen verdorben, wie der Augenarzt meiner Mutter erklärte, denn ich hatte geklagt, daß ich die Bäume, Häuser und Menschen nicht mehr scharf erkennen könne. Die aufgetretene Kurzsichtigkeit führte dazu, daß ich fortan eine Brille tragen mußte. Aber diese Beeinträchtigung im Sehen hat mir vielleicht sogar am Ende des Krieges das Leben gerettet. Wegen dieser an sich harmlosen Behinderung wurde ich im Frühjahr 1945 ausgemustert, von dem verständigen Militärarzt als »arbeitsverwendungsfähig« eingestuft und so nicht mehr wie fast alle Gleichaltrigen zur Wehrmacht eingezogen.

Übrigens verdanke ich meine ersten literaturgeschichtlichen Kenntnisse einer Werbeschrift für die erwähnte *Goldene Klassiker-Bibliothek. Lebensbilder unserer Klassiker* hieß das kleine vergilbte Heft, das ich auf dem Dachboden der Großeltern fand. Daraus lernte ich in den Kurzbiographien von Achim von Arnim bis Heinrich Zschokke zwar deren Lebensläufe und in den wiedergegebenen Porträts die Gesichter der deutschen Dichter kennen, nicht aber ihre Texte.

Meine Eltern waren, soweit ich mich erinnere, in meiner frühen Kindheit keine Bücherleser. Dazu fehlte ihnen das Geld und die Muße oder, um einen Gedichtanfang Gottfried Benns abzuwandeln: »In meinem Elternhaus gab es keinen Bücherschrank.« Gewiß, es gab ein paar wenige Bücher, Mirza Schaffys abgenutzter Gedichtband lag, immer wieder gelesen, in der Küchentischschublade, und Emanuel Geibels Gesamtausgabe, in blaues Leinen gebunden, stand allein neben Schillers Werken. Dennoch würde ich meinen Eltern im nachhinein unrecht tun. Sie haben mich gefördert, meine in diesen Jahren einsetzende Sammelleidenschaft unterstützt und mir letzten Endes den Zugang zur Welt des Gedruckten ermöglicht. Meine Mutter unterstützte später meinen Büchereifer. Sie hat, als sie jung war, viel gelesen, selbst Geschichten geschrieben und Bilder gemalt. Erst im Alter kehrte sie zu diesen Beschäftigungen zurück.

Wenn ich zurückdenke, so ist wohl Heinrich Scharrelmanns *Berni* eines der frühesten Bücher, das ich im Grundschulalter gelesen habe. Im ersten Heft erzählt ein kleiner Junge, »was er sah und hörte, als er noch nicht zur Schule ging«, im zweiten werden die Geschichten aus seiner ersten Schulzeit erzählt. Ich liebte Berni, war er doch mein Spiegelbild. Die meisten bekannten Erzählungen und Sagen habe ich dann in der im Hillger Verlag erschienenen *Deutschen Jugendbibliothek* gelesen, schmalen Heften mit farbigen Umschlägen: Robinson Crusoe und Gullivers Reisen, den Rübezahl und die Schildbürger, Kriemhilds Rache, Dietrich von Bern, überhaupt die Helden des Nibelungenliedes. Mich fesselte Wilhelm Hauffs *Geschichte von Kalif Storch* und Frederick Marryats *Sigismund Rüstig*. Es waren auch die Figuren aus Theodor Storms Novellen *Pole Poppenspäler*, *Die Regentrude*, *Der Schimmelreiter* oder eine Erzählung des heute fast vergessenen Wilhelm Heinrich Riehl, *Der stumme Ratsherr*, und vieles andere. Selbstverständlich gehörten die Märchen der Brüder Grimm, von Hans Christian Andersen und Wilhelm Hauff zu dieser frühen Lektüre, und *Der Schmied von Jüterbog*, jene unheimliche Geschichte Ludwig Bechsteins, brachte mich um den Schlaf.

Besonders liebte ich die Jugendbücher von Erich Kloss. Nach und nach schenkten mir die Eltern zu Weihnachten die vier Bücher über das Leben in einem Försterhaus im Walde, die sich jeweils auf eine Jahreszeit bezogen. Eigentlich wollte ich als Kind Bauer werden. Auf diese recht abwegige Idee brachte mich die Abbildung von einem Bauernjungen mit den Händen in den Hosentaschen und trotzigem Gesichtsausdruck, die ich in einer Jugendzeitschrift gesehen hatte. Mich fesselte der Text in Plattdeutsch unter dem Bild: »Mien Opa war 'n Buer, mien Vadder is 'n Buer, un ick will ook 'n Buer weern.« Doch nach der Lektüre von Erich Kloss hatte ich die Vorstellung, Förster werden zu müssen. So gut gefielen mir die Geschichten des Ferienkindes in dem idyllischen Waldhaus. Mein Bruder fand das recht lächerlich, da mich als Stadtkind nichts mit der freien Natur verband.

Glas und Steine

Die Freude am Sammeln ist sicherlich eine allgemeine Kindheitserfahrung. Mein Bruder sammelte Briefmarken und tauschte sie mit seinen Freunden. Mir machte es Spaß, Glas und Steine zu sammeln. Zusammen mit Gertrud, die auch in der Rankenstraße wohnte, suchte ich die Ehnernstraße ab, ob wir zwischen den Pflastersteinen nicht bunte Glasscherben finden könnten, und meist hatten wir Glück und entdeckten hier grüne oder blaue oder rote Glasstücke. Wir freuten uns an den leuchtenden Farben, und ich war stolz auf meine kleine bunte Sammlung. Nachdem wir die Straße abgesucht hatten, gingen wir auch durch die benachbarten Straßen. Doch dort fuhren hin und wieder Autos und vertrieben uns von der Fahrbahn. So erschöpfte sich die Freude an Glasscherben in kurzer Zeit.

Dagegen war das Sammeln von Steinen für einen neugierigen Jungen eine spannendere Beschäftigung. Auf der Straße und auf Feldwegen suchte ich sie, und nach und nach konnte ich eine kleine Sammlung mein eigen nennen, in der es nicht nur Kieselsteine und Feuersteine gab, sondern auch Granite und Porphyrbrocken, Kalksteine und Schieferstücke. Mit Hilfe von Bestimmungsbüchern konnte ich bald Mineralien von Gesteinen unterscheiden und Eruptivgesteine nach ihrer Zusammensetzung bestimmen. Außerdem fand ich auf dem Hof einer Marmorwerkstatt die schönsten Marmorbrocken. Auch hatte ich meine Mitschüler gebeten, in ihren Ferienorten im Harz oder im Schwarzwald, in Oberbayern oder im Elbsandsteingebirge kleine Felsbrocken für mich zu sammeln. So erhielt ich funkelnde Granite und dunkle Basalte, schimmernde Quarze und leuchtende Glimmerschiefer.

Zu Anfang hatte ich meine Funde in Zigarrenkästen aufbewahrt. Nun, da ich kostbare Stücke besaß, bastelte ich kleine Schachteln, in die ich auf Watte meine Steine legte, und fügte einen Zettel mit der Beschriftung hinzu. Ich hatte das im Naturhistorischen Museum gesehen, das ich häufiger besuchte und wo ich die herrlichen Gesteine und Kristalle bewunderte. Ich erwarb das Bändchen über Petrographie aus der *Sammlung Göschen* für 1,62 Reichsmark, lernte auch die Gesteine kennen, die unerreichbar für mich waren: die Trachyte, Diorite und Granulite. Da ich mir sehr gelehrt vorkam, legte ich mir den Titel eines »Professors der Petrographie« zu. So unterzeichnete ich auch die handschriftliche Einladung an Mutter und Bruder und meinen Freund Horst Rakelmann zur Eröffnung einer Ausstellung meiner Steinsammlung. Auf dem Wohnzimmertisch hatte ich meine Schätze ausgebreitet: die Steine in den kleinen Schachteln, davor jeweils das Blättchen mit der Beschriftung. Ich machte dann eine Führung durch die Ausstellung und erläuterte jeden Stein. Vielleicht hat meine Mutter ihre Bewunderung zum Ausdruck gebracht und gesagt – sie liebte Redensarten –, »Früh übt sich, was ein Meister werden will«.

Meine Mutter sollte recht behalten: Ich habe in meinem späteren Berufsleben viele und folgenreiche Ausstellungen vorbereitet und veranstaltet. Die erste mit den Lithographien von Alfred Kubin im Februar 1949 brachte mir die Mitarbeit an der Oldenburger *Nordwest-Zeitung* ein; die Ausstellung über den literarischen Expressionismus im Schiller-Nationalmuseum Marbach 1960 stand am Anfang meiner Forschungen zu dieser künstlerisch-literarischen Epoche; die Wolfenbütteler Ausstellung *Barocke Bücherlust* im Frühjahr 1972 lenkte die Aufmerksamkeit der Barockforscher auf die Schätze der Herzog August Bibliothek; die

Ausstellung über Lessings Italienreise im Herbst 1991 in Neapel beschloß die Reihe meiner kulturgeschichtlichen Ausstellungen; die folgende über die *Pietas Hallensis Universalis* in Halle 1995 stand am Anfang der Ausstellungen der Franckeschen Stiftungen zu Halle, und am Ende meine letzte über *Goethe und die Stillen im Lande*, die zum Goethejahr 1999 in Halle gezeigt wurde, in der die schönsten Goetheporträts von Georg Melchior Kraus bis Joseph Karl Stieler im Original zu sehen waren und mit der ich meinen endgültigen Abschied vom Berufsleben vorbereitete. Den Anfang aber bildete die Ausstellung meiner Steinsammlung.

Entdeckungen auf dem Dachboden

Wenn ich bei meinen Großeltern, allein in der guten Stube sitzend, die neuesten Illustrierten durchgeblättert und die Bildergeschichten von e. o. plauen, *Vater und Sohn*, gelesen hatte, bat ich manchmal meine Großmutter, die mit meiner Mutter in der Wohnküche saß, auf dem Dachboden stöbern zu dürfen. Die Treppe war steil, die Bodentür knarrte, wenn man sie öffnete. Der Boden unter dem spitzen Dach stand voll mit Gerümpel, Truhen und Kisten, ausgedientem Geschirr und alten Lampen.

Hier fand ich nicht nur den eingangs erwähnten Zeitungsartikel, sondern machte eine aufregende Entdekkung: Unter einem alten Teppich lagen gedruckte Mitteilungen einer ornithologischen Gesellschaft in etlichen Heften mit Einladungen zu Vorträgen und Exkursionen. Außerdem fand ich zwei Hefte mit Beschreibungen und farbigen Abbildungen von Vögeln.

Die Großmutter überließ ihrem Enkel die Hefte, und ich studierte gründlich die ornithologischen Mitteilungen. Die beiden Vogelbestimmungsbücher aber liebte ich sehr. Anhand der Abbildungen lernte ich nicht nur die verschiedenen Arten der Meisen und Finken, der Sing- und Raubvögel, der Eulen und Krähen an ihrem bunten Äußeren kennen, sondern fing an, in unserem Garten Vögel zu beobachten. Zwar beherrschten die Sperlinge und die um die Häuser kreisenden Schwalben die Lüfte. Doch nach und nach stellte ich fest, wie viele Kohlmeisen und Blaumeisen, Buchfinken und Stare es in den Gärten an der Rankenstraße gab. Ich führte ein Tagebuch über meine Beobachtungen, wobei mir mein kleines Fernglas zugute kam, das meine Mutter mir geschenkt und mit dem ich die Vögel ganz dicht vor meinen Augen hatte: den kleinen Zaunkönig in der Hecke und die große Elster auf dem Rasen. Nun waren es die ausgestopften Vögel aller Größen und Arten, die mich in den Vitrinen des Naturkundlichen Museums am Damm fesselten und deren Namen ich nach und nach auswendig lernte.

Noch aufregender war die zweite Entdeckung auf dem Dachboden: In einem Schrank standen fünfzehn Bände eines alten Konversationslexikons aus dem 19. Jahrhundert, umfangreiche Halblederbände. Meine Freude war groß, als meine Großmutter ihrem Enkel gestattete, die Bände nach und nach mit nach Hause zu nehmen. So kam ich in den Besitz der elften Auflage der *Allgemeinen deutschen Real-Encyklopädie für die gebildeten Stände* mit dem Untertitel: *Conversations-Lexikon,* erschienen bei F.A. Brockhaus 1864 bis 1868. Für einen wißbegierigen Jungen war die Lektüre der Artikel eine spannende Beschäftigung, und da ich mich für alles, für Erlaubtes und Unerlaubtes, interessierte, habe ich mir viel Wissen aus den langen Artikeln angeeignet.

Der alte Brockhaus hat mich mehrere Jahrzehnte durchs Leben begleitet, bis ich ihn eines Tages gegen die 14. Jubiläumsausgabe in 17 Bänden, die 1901–1903 erschienen war, eintauschen konnte. Der Käufer interessierte sich gerade für meine älteren, noch einspaltig gedruckten, selten gewordenen Bände. Dagegen erwarb ich das mit Tafeln, Karten und Abbildungen reich illustrierte Lexikon, das noch heute der beste Ratgeber ist.

In einer öffentlichen Bibliothek gehört das Konversationslexikon nach wie vor trotz des Internets zu den wichtigsten Nachschlagewerken. In der Zeit, als ich in der Landesbibliothek Oldenburg Dienst tat, erschien eines Tages ein Mann mit dem ersten Band des Brockhaus in der Ausleihe und erklärte mir, daß er gerade Rentner geworden sei und nun endlich Zeit habe, sich das Wissen anzueignen, das ihm im Leben gefehlt habe und das er nun durch die Lektüre des Brockhaus Band für Band von A bis Z nachholen wolle. Daß man das Werk nicht ausleihen könne, da es von den Lesern ständig an Ort und Stelle benutzt würde, wollte der Mann nicht gelten lassen und war sehr gekränkt, als ich ihm die Ausleihe verweigerte. Ich hatte selbstverständlich ein schlechtes Gewissen, daß ich ihm nicht geholfen habe.

Meine Hefte

Mit etwa elf Jahren legte ich mir eine Sammlung von Kladden und Oktavheften an, in die ich meine Beobachtungen und Einfälle eintrug. Leider sind sie fast alle verlorengegangen. Ich weiß nur noch, daß ich mich wochenlang mit den Heften beschäftigte, die ich in Unkenntnis der Bedeutung des Wortes meine »Lektüre« nannte.

Beispielsweise führte ich Buch über die Mitschüler, die in meiner Klasse waren, oder ich beschrieb die Vögel, die ich im Garten beobachtet hatte, vermerkte Ereignisse, die in unserer Straße passierten, und notierte die Abzeichen des VDA und des Winterhilfswerks, die ich mir ansteckte, wenn meine Mutter ein Geldstück in die Sammelbüchse getan hatte. Oder ich schrieb die Namen der Schiffe auf, die zur Kriegsmarine gehörten, und notierte die Typen der Flugzeuge der Luftwaffe, für die sich mein Bruder interessierte, und die Abkürzungen für die Jagd- und Kampfflugzeuge von Junkers und Heinkel, Messerschmidt und Focke-Wulff.

Mich interessierten die kuriosesten Dinge: so zum Beispiel, wie ein Schokoladenautomat funktionierte. Ich zeichnete ihn im Schnitt und erläuterte in einem Text, wie sich durch eine hinabfallende Münze ein Hebel in Bewegung setzte, der die Tafel Schokolade freigab. Ich befaßte mich mit der Brailleschrift, zog mein Konversationslexikon zu Rate und trug das Alphabet der Blindenschrift in mein Heft ein. Besonders gern beschäftigte ich mich mit Geheimschriften und dachte mir aus, wie man die Buchstaben durch Zahlen in allen möglichen Reihenfolgen verschlüsseln könnte. Säuberlich trug ich die Resultate in mein Heft ein.

Als Kind habe ich versucht, Tagebuch zu schreiben. Aber es blieb stets nur bei kurzen Versuchen. Selbstverständlich fühlte ich mich auch als Dichter. Für meine Poesien legte ich eine eigene Kladde an, für die gereimten und ungereimten Sprüche, die mir einfielen, reichte ein Oktavheft. Diese Weisheiten hörten sich etwa so an: »Ein Mensch ohne Ziel / taugt nicht viel« oder: »Zum rechten Esser / gehören Gabel und Messer.« Auch ein paar Kurzgeschichten habe ich als Junge verfaßt. So heißt es in dem erhaltenen

Tagebuch unter dem 1. Oktober 1939: »Heute ist Sonntag. Am Morgen lernte ich. Am Mittag machte ich eine kleine Erzählung *Die beiden Dummen.* Ich schrieb sie ein. Dann las ich Oma aus meinem Gedichtheft vor. Am Abend fuhren wir mit Schwesterlein aus.«

Sprachspielereien

Die Geburt meiner Schwester und sechs Wochen später die Einberufung meines Vaters zur Wehrmacht waren zwei einschneidende Ereignisse. Wie ein Kind zur Welt kommt, geschweige denn wie es gezeugt wird, erfuhren wir von den Eltern nicht. Das Thema war tabu. Daß es nicht vom Klapperstorch in die Wiege gelegt worden war, stand für uns zwar fest, aber wieso meine Mutter mit dem Neugeborenen im Arm im Krankenhaus lag, blieb so lange ein Rätsel, bis ich die Artikel in meinem Konversationslexikon unter Geburt und Befruchtung nachgelesen und halbwegs verstanden hatte. In meinem Tagebuch mit Aufzeichnungen aus vier Monaten des Jahres 1939 heißt es in meiner deutschen Schreibschrift: »12. Juli. Heute, am 12. Juli 7.15 Uhr bekam ich ein kleines Schwesterlein! Sieben Pfd. wiegt es. Das ist eine Freude! Ein kleines Schwesterlein! – Am Nachmittag besuchten Oma, Vater, Willy und ich Mutter im Pius-Hospital. Sie ist fein gestellt. Dann besuchten wir Schwesterlein. Es schlief in einem blauen Babykorb. Es hat ganz kleine Finger, blaue Augen und blondes Haar.«

So habe ich meine Schwester, meine heutige Verlegerin, ein unerwarteter Nachkömmling, in ihrem ersten und zweiten Lebensjahr oft im Kinderwagen oder in der kleinen Sportkarre spazierengefahren, da meine Mutter in jener

Zeit viel kränkelte. Ich erlebte intensiv mit, wie meine Schwester zu sprechen anfing, und notierte alle Abweichungen ihrer Aussprache mit kindlicher Ernsthaftigkeit in meine Hefte. Es fiel mir auf, daß Elisabeth h statt r und p statt k aussprach, also »Had« statt »Rad« und »pommen« statt »kommen«. Zuweilen hatte sie Schwierigkeiten mit den Konsonanten. Sie sagte: »Der Tiß ist sauwer« (Der Tisch ist sauber) oder »Mama pocht Pachee« (Mama kocht Kaffee). Die Doppelkonsonanten wie sch, st, sp waren Stolpersteine: »Der Dein is ssön« (Der Stein ist schön) oder »Ich will bieln« (Ich will spielen). Oder: »Es is Kriech« (Es ist Krieg). Auch Konsonantenverbindungen, also schl, schn, schw, str, machten Probleme, und so sagte sie: »Es meckt mir« (Es schmeckt mir) oder »Es is 'Nee draußen auf d'r Daße« (Es ist Schnee draußen auf der Straße). Ich fand heraus, daß Elisabeths Aussprache eine »Neigung zum Niederdeutschen« hatte, wenn sie »Kinner« oder »Appel« sagte oder »Fieger'larm« (Fliegeralarm) rief.

Begeistert war ich über die lautmalerischen Wortbildungen, die meine Schwester erfand. So bezeichnete der »Abededa« einen Bleistift, was ich so erklärte: »enthält die Folge a b c (letzteres ersetzt durch d), da als Nachsilbe. Zusammengefaßt: A = Gerät zum ABC-Schreiben.« Wenn sie einen undefinierbaren Gegenstand meinte, so sagte sie »Fuckelung« oder auch »Lingel-lungel«, was ich besonders lustig fand. So hat mir meine Schwester Elisabeth Gelegenheit gegeben, mich mit ihrer frühkindlichen Aussprache zu beschäftigen, die sich selbstverständlich nach einer gewissen Zeit normalisierte.

Mein Vater, damals schon 42 Jahre alt, wurde am 26. August 1939 nachts aus dem Bett geholt und mußte sich in einer Schule melden, in der sich die Einberufenen sammelten. Dort wurde er eingekleidet und mit Gewehr und Gasmaske ausgerüstet. In den ersten Septembertagen nahm er Abschied von seiner Familie. Meine Mutter war ratlos, wie sie ihr Leben ohne Mann an ihrer Seite bestehen sollte.

Da mein Vater meinen Sammeleifer kannte, schickte er mir, wo immer er war, kleine Münzen und Medaillen, Briefmarken und Broschüren, Zettel und Zeitungen aus Polen, Belgien und Frankreich, sogar aus Rußland eine Fibel. Die Texte in den fremden Sprachen fesselten mich. Um die Nummer einer niederländischen Tageszeitung lesen zu können, erstand ich den *Metoula-Sprachführer Niederländisch.* Es war mein erstes Fremdsprachenbuch. Ich war von der Ähnlichkeit mit dem Plattdeutschen, das wir noch in der Grundschule geübt hatten, fasziniert. Ich erwarb bald darauf ein Miniaturwörterbuch von Langenscheidt, in dem ich nun einzelne Wörter nachschlagen und mit dem Deutschen vergleichen konnte.

So fing alles an. In den nächsten Jahren beschäftigten mich meine Sprachbücher immer mehr. Ich hatte mir ein Kurzlehrbuch Spanisch und dazu das Junkersche Wörterbuch gekauft. Aber dabei blieb es nicht. Ich kaufte kurzgefaßte italienische und französische Lehrbücher und verglich die Wörter mit den spanischen Ausdrücken. So begriff ich, was es mit den romanischen Sprachverwandtschaften auf sich hatte. Daß auch das Portugiesische dazugehörte, fand ich heraus, als ich in der Ecke eines Antiquariats, das ich in den späteren Kriegsjahren häufig aufsuchte, ein älteres, kleines Buch entdeckte mit dem anschaulichen Titel *Der perfekte Portugiese.* So weit habe ich es natürlich nie gebracht. Es blieb bei der Neugier und der Lust, Wörter und Ausdrücke in den verschiedenen Sprachen miteinander zu vergleichen.

Aber ich beschränkte mich nicht allein auf die westeuropäischen Sprachen und das Norwegische. In der *Lehr-*

meister-Bücherei, einer altmodischen Reihe von Broschüren aus der Zeit des Ersten Weltkriegs, fand ich auch polnische und russische Sprachführer. Sie waren relativ leicht zu verstehen. Das galt für die billigen Bändchen einer *Miniatur-Bibliothek* im Sedezformat, in der ich nicht nur einen polnischen, sondern auch einen ungarischen Sprachführer entdeckte. In einem finnischen »Reisedolmetscher« fesselte mich der exotische Wortschatz mit der Anhäufung von Vokalen. Intensiv beschäftigte mich auch ein Lehrbuch der russischen Sprache. Ich hatte mir das kyrillische Alphabet angeeignet, studierte die russische Grammatik und lernte russische Ausdrücke auswendig.

Eine wahre Fundgrube für meine Sprachstudien war eine Buchhandlung an der Sögestraße in Bremen, wo ich meinen Bruder besuchte, der zum Reichsarbeitsdienst eingezogen und mit seiner Einheit in einem Barackenlager hinter dem Bahnhof untergebracht worden war. An den Auslagen konnte ich mich nicht satt sehen: Da lagen Sprachbücher, Lehr- und Wörterbücher in allen Formaten, meist mit grellen Umschlägen. Ich hatte mir immer wieder etwas Geld von meiner Mutter erbeten und erwarb aus dem überwältigenden Angebot neu erschienene Soldatenwörterbücher oder Wehrmachtsprachführer Deutsch-Russisch, Deutsch-Griechisch usw.

Eines Tages entdeckte ich die Bilder-Duden in den verschiedenen Sprachen. Die gesamte Lebenswelt war in ganzseitigen Zeichnungen abgebildet. Ich glaube allerdings, daß mich in diesem Fall die anschaulichen Abbildungen sehr viel mehr interessierten als die Texte in den mir meist unverständlichen Sprachen.

Dagegen war das Esperanto für mich eine besondere Entdeckung. Ich hatte ein Bändchen in der schon erwähnten *Miniatur-Bibliothek* gefunden und erstand auch ein Wörterbuch Deutsch-Esperanto. Die einfache Grammatik und der aus romanischen Sprachen und dem Englischen abgeleitete Wortschatz machten mich für eine kurze Zeit zu einem glühenden Anhänger dieser künstlichen Welthilfssprache.

Da ich mich bei der Beschäftigung mit einer Fremdsprache bereits von der nächsten angezogen fühlte, bin ich in jeder über einige Sprachbrocken und höchst zweifelhafte Wortvergleiche nicht hinausgekommen. So meinte ich zum Beispiel, daß die »Quaste« von russisch *chvost* = Schwanz, das Wort »blöde« vom norwegischen *bløt* = weich, »Kitsch« von ungarisch *kicsi* = klein, der »Pickelstein« (ein spitzer Stein) von englisch *peak* = Bergspitze herzuleiten seien wie das volkssprachliche »plärren« von französisch *pleurer* = weinen und der »Wasserkran« (im Oldenburgischen für Wasserhahn) von russisch *kran* = Hahn eines Gefäßes. Dennoch haben meine Sprachspielereien eines in meinem Leben bewirkt: die Neugier auf jede fremde Sprache, auch wenn ich sie nicht gelernt habe oder verstehe.

Das alte Buch

In die Zeit als Mittelschüler fällt ein Erlebnis, das meine Liebe zu alten Büchern in meinem Leben nachhaltig bestimmt hat. Im Zeichenunterricht mußten wir Gegenstände abzeichnen, die Herr Terveen in einer großen Kiste aufbewahrte: Würfel, Bälle, Kästen, Figuren, Kegel. Ich entdeckte unter den Sachen ein altes, etwas schäbig aussehendes Buch, das ich dann in der Schulstunde sehr treffend abgezeichnet habe. Das fiel mir nicht schwer, denn mein Vater, der für seine Schnitzarbeiten oft Vorlagen zeichnen mußte, hatte mich gelehrt, mit dem Bleistift umzugehen, Schatten wiederzugeben und Schraffierungen anzufertigen. Ich kann noch heute das Blatt mit dem Original vergleichen, denn sowohl die Zeichnung wie auch den Gegenstand selbst habe ich über die vielen Jahrzehnte meines Lebens bewahren können.

Als ich die Zeichnung zur Begutachtung dem Zeichenlehrer abgeliefert hatte, mußte ich auch das alte Buch zurückgeben. Das fiel mir schwer, denn ich hatte noch Zeit gehabt, darin zu blättern, und war von dem Inhalt fasziniert: Es handelte sich um ein deutsch-lateinisches Lexikon. Ich faßte mir ein Herz und fragte Herrn Terveen, ob ich das Buch nicht behalten dürfte. Ein solches Ansinnen überraschte ihn, er konnte nicht verstehen, weshalb sich der Schüler für den alten Schinken interessierte. Das Buch gehöre der Schule, er könne es mir nicht schenken, erklärte er. Da ich aber nicht nachließ, um das Buch zu betteln, meinte er schließlich, er werde es sich überlegen und die Sache im Lehrerzimmer besprechen. Nach der nächsten Zeichenstunde erklärte mir Herr Terveen, seine Lehrerkollegen hätten zugestimmt, und so überließ er mir das alte Buch. Es war meine früheste Bucherwerbung.

Ich war hoch erfreut über den dicken, abgeschabten Kalbspergamentband mit den Pergamentecken, dem roten Schnitt und dem verblaßten, von Hand geschriebenen Rückentitel, übrigens mit einer falschen Jahreszahl. Es handelte sich um Immanuel Johann Gerhard Schellers *Lateinisch-deutsches und deutsch-lateinisches Handlexikon vornehmlich für Schulen*, und zwar um den zweiten, deutsch-lateinischen Teil der »Zweyten, von neuem genau durchgesehenen und verbesserten, auch hier und da vermehrten Auflage. Leipzig bey Caspar Fritsch, 1796«. Das zweispaltig gesetzte, 916 Seiten zählende Wörterbuch war für mich eine Fundgrube. Stundenlang konnte ich darin studieren und mir die lateinischen Wörter merken, die den deutschen Bezeichnungen folgten. Das Buch wurde für einige Zeit meine Lieblingslektüre. Lateinunterricht wurde in der Mittelschule nicht erteilt. Ich hätte dafür das Gymnasium oder die Oberrealschule besuchen müssen. Doch das Schulgeld konnten meine Eltern für meinen Bruder und mich nicht aufbringen. So blieb es bei den lateinischen Vokabeln, die Sprache selbst war mir über Jahre verschlossen.

Nach dem Krieg kam mir das Lexikon abhanden. Eines Tages vermißte ich es und war über den Verlust traurig. Jahre später entdeckte ich meinen Band ganz zufällig auf dem Dachboden der Landesbibliothek Oldenburg in einem Haufen von Dubletten. Darin lag der Zettel eines Bibliothekars: »Herkunft? 30.7.54. Bo.« Ich war glücklich, mein Buch wiedergefunden zu haben, und zeigte es meinem Kollegen Bonhagen, der mir meine Geschichte nicht abnahm. Doch da weder ein Besitzvermerk noch eine Signatur in dem Buch stand, mußte er schließlich meinen Anspruch akzeptieren. Offensichtlich hatte ich den Band jemandem in der Bibliothek zeigen wollen, hatte ihn dann liegengelassen, und mein Buch geriet in Vergessenheit. Aber nun hatte ich es auf einem verschlungenen Wege wiedergefunden. In meinem geliebten Wörterbuch wird das Verb so erklärt: »Wieder finden, i. e. 1) finden, reperio, invenio: 2) nochmals finden, denuo invenio (reperio). Wiederfinden (das), Wiederfindung, i. e. 1) das Finden, inventio: 2) das nochmalige Finden, inventio repetita: ists Wiederbekommung, auch receptio.« Ja, Wiederbekommung: Das war es.

Mein erstes Bücherverzeichnis

Meine Sprachstudien kann ich durch Büchertitel belegen. Nicht nur einige Originalbändchen haben sich erhalten, sondern auch das kurze *Verzeichnis der Bücher meiner kleinen Bücherei.* Da der Umgang mit Büchern mein späteres Leben bestimmt hat, ist die schwarze Kladde für mich von besonderem Reiz, sie ist der früheste Beleg meiner bibliothekarischen Betätigung. Dem Heft, das ich etwa Ende 1943 angelegt haben muß, kommt sogar ein dokumentarischer Wert zu: Es gibt Antwort auf die Frage, wie die Bibliothek eines sechzehnjährigen Jungen im zehnten Jahr der NS-Herrschaft und im vierten Kriegsjahr aussah.

Das Verzeichnis nennt 202 Büchertitel. Das älteste Buch ist das schon erwähnte deutsch-lateinische Handlexikon von 1796, die jüngsten Titel sind fünf Bücher, die 1943 erschienen sind. »Sprachen«, die erste der fünf Abteilungen, ist mit 124 Titeln in 24 Sprachen die umfangreichste Gruppe: Verzeichnet sind 44 Sprachführer, 31 Wörterbücher, 21 sprachwissenschaftliche Werke, 15 Sprachlehren, d.h. Grammatiken, und 13 Lehrbücher. Die meisten Sprachen wurden bereits erwähnt. Hinzu kamen u.a. Griechisch, Lateinisch, Tschechisch, Ukrainisch, Serbisch, Bulgarisch, Rumänisch, Neugriechisch und Türkisch. 17 Bücher betreffen das Russische, jeweils 10 das Französische und Spanische, jeweils 7 das Englische und Niederländische, 6 das Italienische, jeweils 5 das Lateinische, Norwegische, Ungarische usw. Zum Studium des Türkischen besaß ich einen türkischen Sprachführer von 1916, eine türkische Grammatik und ein türkisch-deutsches Gesprächsbuch in der *Sammlung Göschen* sowie eine kleine Sprachlehre und einen *Türkischen Dolmetscher* in der *Miniatur-Bibliothek.*

Auch interessierte ich mich für die semitische Sprachwissenschaft, die arabischen Schriftzeichen und die Entzifferung der Keilschrift. Aus der erwähnten *Sammlung Göschen* – »Unser heutiges Wissen in kurzen, klaren, allgemeinverständlichen Einzeldarstellungen« – besaß ich Bücher über Fremdwörter, Orts- und Flurnamen in Deutschland, ein Verdeutschungswörterbuch und anderes, was zeigt, daß ich mich auch viel mit der eigenen Sprache beschäftigte.

Nun darf man sich aber nicht ein großes Bücherregal mit meinen Sprachbüchern vorstellen. Unter den Wörterbüchern gab es viele im kleinsten Format, und die Sprachführer waren meist broschierte Bändchen, ganz zu schweigen von den billigen und dünnen kleinformatigen Heften der *Miniatur-Bibliothek.* Auch finden sich darunter einige Wehrmachtsprachbücher, sogenannte Feldpostausgaben, die eigens für die Soldaten gedruckt wurden und Platz in einer Uniformtasche hatten.

Es ist nicht leicht, in den anderen Abteilungen einen roten Faden zu finden. Diese Bücher, die ein knappes Drittel des Ganzen ausmachen, sind offensichtlich mehr oder weniger zufällig in meinen Besitz gekommen. Am ehesten noch spiegeln die 2. und 3. Abteilung meine damalige Lieblingsbeschäftigung wider. Da ist die kleine Gruppe der 18 naturwissenschaftlichen und mathematischen Bücher. Darunter finden sich die Schriften zur Mineralogie, Petrographie und Ornithologie. Die 3. Abteilung, die 23 Titel zu Länder- und Völkerkunde auflistet, enthält mehrere Titel einer Schriftenreihe *Schlag nach über …*, aus der ich Bücher über viele europäische und außereuropäische Länder besaß. Sie ergänzten meine Fremdsprachenliteratur. Über die Sowjetunion, die mich damals besonders interessierte, besaß ich sogar drei Bücher, zwischen 1941 und 1943 erschienen, darunter ein Werk: *UdSSR. Staatssystem, Parteiaufbau, Komintern.*

Die 4. Abteilung, »Geschichte, Literatur- und andere Wissenschaften« überschrieben, ist wiederum eine Ansammlung von 30 unpolitischen Büchern älteren Datums, die ich bei der Suche nach Sprachbüchern erworben hatte, darunter Ausgaben von Homer, Livius und Horaz sowie eine Auswahl englischer Gedichte und mehrere Hefte der *Münchener Lesebogen,* die man ins Feld schickte. Das jüngste Werk ist ein Wörterbuch der deutschen Kurzschrift von 1939, die ich in der Schule lernte.

Mein Bücherverzeichnis endet mit einer Liste von 15 Titeln der 5. Abteilung, mit »Unterhaltung« überschrieben. Da möchte man am ehesten den Zeitgeist in Erzählungen und Gedichten von NS-Schriftstellern wie Heinrich Anacker oder Gerhard Schumann vermuten. Man sucht sie vergebens. Nur vier Kriegsbücher – Helmut Eckert, *Studenten sind Soldaten* (1942), Siegfried Hutter, *Am Rande der Front* (1942), Benno Wundshammer, *Flieger, Ritter, Helden* (1941), Anton Zischka, *Erfinder brechen die Blockade* (1943) – habe ich möglicherweise gelesen. Vielleicht hatte ich sie sogar von meinem fliegerbegeisterten Bruder »geerbt«. Wie die »Tornisterschrift« des OKW, *Der Bombenkrieg der Briten* (1943), offensichtlich über meinen Vater in mein Verzeichnis geraten ist, kann ich nicht rekonstruieren. Zwei Schachbücher und zwei Jugendbücher des Loewe Verlags sind noch zu erwähnen: Wilhelm Hauffs *Lichtenstein* und Johannes Gillhoffs Abenteuerroman *Jürnjakob Swehn, der Amerikafahrer* – das Konfirmationsgeschenk meiner Eltern –, und schließlich Ernst Jüngers Schrift *Geheimnisse der Sprache* (1941) mit dem berühmten Essay *Lob der Vokale,* den ich immer wieder gelesen habe.

Mein erstes Bücherverzeichnis zeigt, daß ich mich in

meiner Kindheit und Jugend mit dem Nachschlagen und Studieren von Sprachbüchern und nicht mit der Lektüre von Indianergeschichten und Abenteuerromanen befaßt habe. Ich war keine Leseratte, die früh viele Bücher verschlungen hat, sondern ein junger Mann, der sich für die Wissenschaften und die Sprachen interessierte und dafür die Bücher heranzog. Dabei spielte auch das Äußere eine Rolle. Das älteste Buch in meiner kleinen Sammlung, das deutsch-lateinische Handlexikon, liebte ich sehr, weil es einerseits ein historisches Zeugnis aus der frühen Zeit des Buchdrucks und andererseits ein Werk zum Nachschlagen war. Diese manuelle Benutzung gehörte für den Bibliothekar, bevor es das Internet gab, zur täglichen Arbeit. Lexika, Wörterbücher und Bibliographien waren seine Hilfsmittel, die er kennen mußte und mit deren Hilfe er Auskünfte erteilte.

Zeitgeschichte

Mit Mutter und
Schwester Elisabeth, 1943

»Es wird ernst«

»Hindenburg ist tot!« Das ist die früheste politische Nachricht, die ich aus dem Gespräch von Leuten auf der Straße im Gedächtnis behalten habe. Das war vermutlich am 2. August 1934, einen Tag nach dem Tod des Reichspräsidenten Paul von Hindenburg. Ich war damals sieben Jahre alt. An den 30. Januar 1933, den Tag der »Machtergreifung« Hitlers, kann ich mich ebensowenig erinnern wie an den Röhmputsch anderthalb Jahre später. Was diese Morde bedeuteten und wie dann der Terror um sich griff, haben wir Kinder aus einem unpolitischen Elternhaus in der Idylle unserer engen Welt nicht miterlebt. Wir wunderten uns zwar, daß die jüdische Familie Jakobs, die uns gegenüber an der Ehnernstraße wohnte, plötzlich nach Argentinien auswanderte, nur die alte Mutter zurückblieb und der Platz in der Bank meines Mitschülers Werner in der Klasse leer war, aber wir fragten nicht. Die Hintergründe begriffen wir erst nach Kriegsende.

Daß sich allmählich die Sprache veränderte, immer mehr Schlagwörter zum Allgemeingut einer gleichgeschalteten Gesellschaft wurden, immer häufiger Siegesfeiern und Fahnenappelle stattfanden, habe ich frühestens in den Tagen nach der Volksabstimmung an der Saar, Anfang 1935, bewußt miterlebt. Durch den Versailler Vertrag war das Saarland für 15 Jahre an Frankreich abgetreten worden. Die Zeit war um, es fanden die vereinbarten Wahlen statt, und die Saarländer votierten mit überwältigender Mehrheit für die Zugehörigkeit zum Deutschen Reich. In der Aula der Grundschule versammelten sich alle Klassen, Rektor Wolff hielt eine Rede über den »Sieg an der Saar«, pries die Entscheidung der Landsleute, schloß mit dem markigen »Sieg

Heil!« und stimmte die Nationalhymne an, die in das Horst-Wessel-Lied überging: »Die Fahne hoch! Die Reihen dicht geschlossen!« Die Saarländer kehrten »heim ins Reich«: Das war eine der Wendungen, die bis zum Kriegsende zum Sprachgebrauch gehörten. Es war die Zeit kerniger Sprüche. Dazu gehörte auch die Schlußformel in den Briefen, die sich immer mehr einbürgerte und schließlich zur Pflicht wurde: »Heil Hitler!« Meine Mutter schrieb dies übrigens nie.

Hitler hatte am 1. Dezember 1936 das Gesetz über die Hitlerjugend erlassen, in dem es heißt: »Die gesamte deutsche Jugend innerhalb des Reichsgebietes ist in der Hitlerjugend zusammengefaßt« und ist »außer in Elternhaus und Schule in der Hitlerjugend körperlich, geistig und sittlich im Geiste des Nationalsozialismus zu erziehen«. So gehörte ich als Zehnjähriger seit Frühjahr 1937 dem »Deutschen Jungvolk« an. Meine Mutter ärgerte sich, daß sie mir ein Braunhemd und dunkle Hose, dazu Koppel und Schulterriemen, schwarzes Tuch und Lederknoten kaufen mußte. Auf dem Schulhof an der Ehnernstraße hatte ich mich bei dem Jungenschaftsführer zu melden, er war einige Jahre älter als ich, hieß Werner Sieling und zeichnete sich durch eine rotweiße Schnur aus, die er auf der Brust angeheftet hatte. Wir waren eine Gruppe von etwa zehn gleichaltrigen Jungen.

Die Übungen nach soldatischem Vorbild waren kein Spiel mehr, wie ich es mit den Jungen und Mädchen aus der Nachbarschaft in unserer Straße gewohnt war. Wir mußten strammstehen und marschieren und den Befehlen gehorchen, die man bis ans Lebensende nicht vergißt, zumal sie sich in den nächsten Jahren immer wiederholten: »Augen rechts«, »Augen gerade aus«, »diiie Augen – links«. Der »Dienst« strengte mich mächtig an. So kam es, daß ich oft fehlte und meine Mutter in sich wiederholender Monotonie die Entschuldigung schrieb: »Werter Jungenschaftsführer, mein Sohn kann nicht zum Dienst erscheinen, da er erkältet ist. Mit deutschem Gruß Frau Raabe.«

Es gab aber auch weniger anstrengende Tätigkeiten. Wir mußten Altmaterialien sammeln, gingen von Haus zu Haus und hörten eine Frau rufen: »Die Pimpse sind da!« Oder man schickte uns mit der Sammelbüchse für das Winterhilfswerk auf die Straße, wir sprachen die Leute an und klapperten mit der Büchse. Es fanden Nachmittage in unserem »Heim« statt, an denen Lieder gesungen und Gedichte vorgetragen wurden. Den Sportstunden aber blieb ich im allgemeinen fern, das »Gelobt sei, was hart macht« war meine Sache nicht. Für die Geländespiele im Bürgerbusch war ich ungeeignet, und Ferienlager habe ich nicht mitgemacht. So wurde ich auch nicht wie viele Schulkameraden zum Jungenschaftsführer befördert, geschweige denn zu einem Jungzugsführer, der eine grüne Schnur trug, oder gar zum Fähnleinführer, der mit seiner grünweißen Schnur angab. Der meinige war, wie so viele andere, ein großmauliger Typ und überschätzte seine Wichtigkeit.

Der Besuch von Bookholzberg, einer »nationalsozialistischen Weihestätte« in der Nähe von Hude, wurde von der Schule organisiert. Das muß 1937 gewesen sein. Im Mittelpunkt einer Freilichtbühne, auf deren Rängen wir Platz nahmen, stand ein Dorf mit reetgedeckten Bauernhäusern, in der Mitte die Kirche, umgeben von einem Gewässer, über das eine Zugbrücke führte. Hier erlebten wir die Aufführung des Festspiels *Die Stedinger. Spiel vom Untergang eines Volkes*, verfaßt von dem Oldenburger Heimatdichter August Hinrichs, der sich als williges Werkzeug des neuen Regimes erwies. Das Stück, zuerst auf plattdeutsch geschrieben, handelte von dem letzten Kampf der Stedinger Bauern, die früher hier gelebt hatten und ihre althergebrachten germanischen Rechte und Freiheiten gegen die Feudalherren unter der Führung des Bremer Erzbischofs verteidigten und 1234 in der Schlacht bei Altenesch untergingen. Es waren die Heldentaten der Bauern und ihrer Anführer Bolko von Bardenfleth, Thammo von Huntorp und Detmar vom Diek. Ihr Gelöbnis »Leever dood als Slav« sollte uns Kindern Lebenswillen, Opfermut und Heldentum als Tugenden der »neuen Zeit« beibringen.

Alfred Rosenberg, der Reichsleiter zur geistigen und weltanschaulichen Schulung der NSDAP, hatte bei der Grundsteinlegung der Gedenkstätte im Oktober 1934 verkündet: »Stedingsehre soll für ganz Deutschland ein Wallfahrtsort werden als Zeichen der Wiederherstellung der Ehre und Freiheit deutschen Bauerntums ... Heiliges Land ist für uns nicht Palästina, sondern Deutschland. Heiliger Boden ist für uns immer dort, wo er von Deutschen mit dem Blute verteidigt wurde, wo deutsche Bauernfäuste den Pflug durch die Muttererde führen«, und nach den Vorstellungen des Gauleiters Carl Röver sollte Bookholzberg eine »politische und weltanschauliche Kraftquelle aller Menschen im Raume Weser-Ems« werden. Mit der Spielstätte als »Gauschulungsburg« wurde der Anfang gemacht und ein Gästehaus für 2000 Personen gebaut – »eines der größten und imposantesten Fachwerkbauten unserer weiteren Heimat«. Geplant wurden »ein riesiger Appellplatz mit Glockenturm und Ehrenmal, eine Kongreßhalle für größere Tagungen und Feierstunden, mit Raum für 5000 Teilnehmer, ein Stadion als sportliche Ausbildungsstätte für sämtliche Schulen, eine Adolf-Hitler-Schule, eine HJ-Gebietsführerschule, eine BdM-Obergau-Führerinnenschule, verbunden mit einer BdM-Haushaltungsschule, eine Führerinnenschule für den weiblichen Arbeitsdienst und als

Krönung sämtlicher Schulen die politische Akademie des Gaues als Nachwuchsschule« – so 1940 dargestellt in dem ersten Band der Schriftenreihe *Die Nordwestmark (Oldenburg)*.

In einem Land, in dem derartige Zuchtanstalten für künftige Herrenmenschen geplant wurden, sollte für die nichtarische Bevölkerung kein »Lebensraum« bleiben. Die jüdische Bevölkerung in Oldenburg hatte gute und schlechte Zeiten erlebt. Im 19. Jahrhundert waren die wohlhabenden jüdischen Familien Goldschmidt, Ballin, Reyersbach und andere zu Ansehen gekommen. In der Weimarer Republik erreichte der Anteil der Juden mit 320 Personen seinen Höchststand. Unter den Parolen der Nationalsozialisten und den einsetzenden Boykotts jüdischer Geschäfte vor und vor allem nach 1933 wanderten zahlreiche Familien aus, so daß die jüdische Gemeinde sehr schrumpfte. Auch in Oldenburg brannte in der Nacht vom 9. zum 10. November 1938 die große Synagoge an der Peterstraße. Mein Vater mußte von Nachbarn davon gehört haben. Jedenfalls sehe ich mich noch auf dem Weg zur Schule mit ihm an einem der Lautsprecher auf dem Pferdemarkt stehen. Die Peterstraße war abgesperrt. In der Ferne sah man Rauch aufsteigen. Mein Vater stand ganz still und sagte kein Wort, während Marschmusik und Reden aus den Lautsprechern zu hören waren.

Als einige Wochen später meine Mutter mit uns Kindern die Großmutter besuchte, saßen dort Herr und Frau Hesse, die jüdischen Nachbarn, mit denen meine Großeltern gut bekannt waren, in der Wohnküche und waren verzweifelt. Herr Hesse war mit anderen Juden wie Verbrecher durch die Stadt geführt und für einige Wochen in das Konzentrationslager Sachsenhausen gebracht worden, und die Familie wußte nun nicht, was sie tun sollte. Hesses konnten mit ihren beiden Kindern nicht auswandern, da sie weder Verwandte im Ausland noch Geld hatten. Heute weiß ich, daß die ganze Familie mit den in Oldenburg gebliebenen 90 Leidensgenossen zu Anfang des Krieges nach Hamburg verschleppt und in den Osten deportiert wurde, wo sie bei Minsk umkam. Als Kinder ahnten wir diese Greuel nicht.

Hitlers Name wurde in der damaligen Zeit selten verwendet. Man sprach vom Führer: »unser Führer«, »unser (heiß) geliebter Führer«. Das waren verführerische Wörter, die den meisten Menschen bedenken- und gedankenlos über die Lippen gingen. Im Kriege hieß es, wenn Verbrechen ans Licht kamen: »Wenn das der Führer wüßte.« Die Masse der Bevölkerung glaubte an ihn, an Hitlers moralische Integrität. Immer waren es die anderen, die anonymen Kräfte im Staat, die man nicht kannte. Der Führer tat so etwas nicht!

Wir kannten Hitler von seinem massenhaft verbreiteten Foto her und den zahlreichen Bildern in der Zeitung und den illustrierten Blättern, in heldenhafter Pose oder in volksnahen Szenen. Die endlosen Führerreden im Rundfunk waren für uns Kinder uninteressant. Einmal habe ich Hitler leibhaftig gesehen. Das war am 1. April 1939. Er fuhr in einem Sonderzug von Berlin über Oldenburg nach Wilhelmshaven zum Stapellauf des neuesten Schlachtschiffs der Kriegsmarine, das auf den Namen »Tirpitz« getauft wurde. Wir standen als Pimpfe am Neuen Haus, an dem damals noch bestehenden Bahnübergang an der Heiligengeiststraße. Dann kam der Zug, Hitler stand am Fenster, für einen kurzen Augenblick sahen wir ihn, er hatte die Rechte in bekannter Pose zum Gruß erhoben, ein starrer Gesichtsausdruck, kein Lächeln. Am nächsten Tag berichteten die *Oldenburger Nachrichten* in einem hymnischen Artikel über den Besuch – »Oldenburg jubelt dem Führer zu« – und schlossen mit der kompromittierenden Feststellung: »Der 1. April wird als einer der schönsten Tage im Leben unserer Stadt vermerkt werden.« Es ist nicht zu leugnen: Oldenburg war eine braune Stadt.

Aber was wußten wir Kinder von den Parteigrößen, die immer mehr Hitlers Stimme in der Öffentlichkeit vertraten? Unüberhörbar war der Propagandaminister Joseph Goebbels, dessen Stimme aus dem Volksempfänger drang. Hermann Göring, dessen Eitelkeiten bekannt waren, wurde im Kriege als Hermann Meyer verspottet: Er hatte angekündigt, daß er, wenn auch nur eine Bombe auf deutschen Boden fallen würde, Meyer heißen wolle. So kam es also. Heinrich Himmler war für uns nur ein Name, eher kannten wir Robert Ley, der die Gewerkschaften beerbt hatte und die »Deutsche Arbeitsfront« an ihre Stelle setzte. Die Aktion »Kraft durch Freude« und die Propagandareisen nach Madeira, die er ins Leben rief, fanden in der Bevölkerung Anklang. Großes Aufsehen erregte später Rudolf Heß, der »Stellvertreter des Führers«, sein getreuester Paladin, mit seinem Flug nach Schottland.

Seit der Wiedereinführung der Wehrpflicht im Frühjahr 1935 wurde in Deutschland aufgerüstet, Kasernen, Flugplätze und Waffenfabriken gebaut, Autobahnen geplant. Da mit diesen Rüstungsaufgaben die Massenarbeitslosigkeit beseitigt wurde, fand Hitler breite Unterstützung in der Bevölkerung, so auch in Oldenburg. Als dann im Sommer 1939 die Kriegsvorbereitungen auf Hochtouren liefen, blieben sie auch in der Provinz nicht verborgen.

Anfang August 1939 fanden dreitägige Luftmanöver und Küstenschutzübungen im Oldenburger Land und an der Nordseeküste statt. Als Kinder wurden wir Zeuge der Einsätze, die die Kampf- und Jagdflugzeuge flogen. Fasziniert sahen wir sie über unsere Köpfe hinwegrasen. Mein

Bruder Willy kannte die neuen Flugzeugtypen aus seinen Zeitschriften und übertrug seine Begeisterung auf den jüngeren Bruder. So erlebten wir auch Mitte August den Großflugtag, den die Luftwaffe auf dem Oldenburger Fliegerhorst veranstaltete.

In den nächsten Wochen gingen die militärischen Übungen weiter. Mein Vater wurde am 25. August nachts aus dem Bett geholt und mußte sich in einer Ersatzkaserne melden. Er war inzwischen 42 Jahre alt und wurde noch einmal Soldat. Am Abend des 8. September standen wir winkend auf dem Bahnsteig: meine untröstliche Mutter, ihre Söhne und im Kinderwagen die kleine Elisabeth, die knapp acht Wochen alt war. Inzwischen hatten die deutschen Truppen am 1. September Polen überfallen und damit den Zweiten Weltkrieg entfacht. Aber es gab, anders als 1914, keine allgemeine Kriegsbegeisterung. Ich erinnere mich, wie ich an diesem Morgen auf dem Wege zum Kaufmann eine Frau zu einer anderen sagen hörte: »Es wird ernst.«

Tausendstimmiges Leben

Als der Krieg ausbrach, schrieb ich in meiner kindlichen Naivität Kriegsgedichte, schon im Juli/August 1939: *Der Sieg, Wir marschieren, Deutschland erwache!* und nach dem Einmarsch in Polen einen Gedichtzyklus *Danzigs Heimkehr, Vorwärts!, Warschau genommen, Gesiegt.* Nur wenige Gedichte hatten einen friedlichen Inhalt: *Die junge Natur* (7. Juli), *Schwesterlein* (14. Juli), *Leise wiegen die Wellen* (26. September). Ich hatte die Titel in meinem Tagebuch notiert. Doch dieses bricht am 11. Oktober ab.

Im Schuljahr 1940/41 bekamen wir einen neuen, älteren Deutschlehrer mit grauem Haar, Herrn Bührmann. Er war Oberrealschullehrer gewesen und offensichtlich an die Mittelschule versetzt worden. Im Staatsarchiv in Oldenburg habe ich vergeblich versucht, seinen Lebenslauf zu ermitteln. In einer der Schulstunden meldete sich ein Mitschüler und sagte: »Paul schreibt Gedichte.« Herr Bührmann saß hinter seinem Pult und forderte mich auf, sie ihm zu zeigen. Ich legte ihm mein Gedichtheft vor. Ich ging auf meinen Platz zurück. Herr Bührmann blätterte. Herr Bührmann las. Atemlose Stille, gespannte Erwartung. Was wird er sagen? Herr Bührmann las noch immer, Herr Bührmann hörte auf zu lesen. Herr Bührmann klappte das Heft zu, legte es zur Seite und fragte: »Wo sind wir stehengeblieben?« Nach der Stunde nahm ich mein Gedichtheft entgegen. Herr Bührmann sagte kein Wort, ich schämte mich. Wollte er mir eine Lektion erteilen? Ich weiß es nicht. Eines ist sicher: Ich habe seither in meinem langen Leben kein Gedicht mehr geschrieben. Damals war ich dreizehn Jahre alt.

Das einzige Schulbuch, das ich noch besitze und sehr geliebt habe, ist Hirts Sammlung deutscher Gedichte *Tausendstimmiges Leben* für das 5. bis 8. Schuljahr, herausgegeben und erschienen 1933 in zweiter Auflage im Ferdinand Hirt Verlag in Breslau. Anhand dieser Anthologie machte uns Herr Bührmann mit der deutschen Lyrik vertraut, viele Gedichte, insbesondere Balladen, lernten wir auswendig. Der Band im quadratischen Format, in Fraktur gedruckt und in graues Leinen gebunden, umfaßt mehr als 400 Gedichte, nach 23 Themen geordnet wie Tages- und Jahreszeiten, das Elternhaus, der Sinn des Lebens, Schicksal, Opfer, Glauben und Hoffen, die letzten Dinge. Es folgen die Abschnitte *Die deutschen Lande, Volk und Vaterland, Aus deutscher Geschichte.* Für den Schlußteil wurden Balladen, Schnurren und

Schwänke zusammengestellt. Das Ganze endet auf fünf Seiten mit Dichtersprüchen wie: »Ein jeder lern' nur, was er lernen kann, / der den Augenblick ergreift, das ist der rechte Mann« (Goethe); »Schweig, leid, meid und vertrag / dein Not allein Gotte klag!« (Luther). Am Schluß ist ein Holzschnitt von Hans Baldung Grien abgebildet: Eine Eule hockt auf einem Totenkopf zwischen Ruinen, und an der Mauer steht der Spruch: »Ich Fyrch Den Tag.«

Das *Tausendstimmige Leben* wurde zuerst zum Goethejahr 1932, am Ende der Weimarer Republik, in dem konservativen und auch nationalen Geist der Zeit zusammengestellt. In dem literarischen Kanon mit 130 Autoren sind Goethe, Eduard Mörike, Theodor Storm, Klaus Groth, Theodor Fontane, Detlev von Liliencron, Gustav Falke, Richard Dehmel und Börries von Münchhausen am häufigsten vertreten. Der zeitliche Bogen ist, von einigen frühen Beispielen abgesehen, von Gellert bis Rilke gespannt, aus dem 20. Jahrhundert sind die Arbeiterdichter wie Karl Bröger und Heinrich Lersch vertreten, moderne Lyriker des Expressionismus und der zwanziger Jahre kommen nicht vor, übrigens auch nicht die Dichter des Barock und der Romantik. Um den veränderten ideologischen Vorgaben Rechnung zu tragen, wurden 1933 das Horst-Wessel-Lied, einige Gedichte von Will Vesper, Baldur von Schirach und Heinrich Anacker, dem Lyriker des Dritten Reichs, der zweiten Auflage hinzugefügt.

Als wir das Buch im Unterricht durchnahmen, realisierten wir nicht, daß in unserem Lesebuch auch Gedichte geschmähter, verfemter und verjagter Dichter standen. Hat unser Deutschlehrer, Herr Bührmann, seine heimliche Freude gehabt, als wir Heinrich Heines *Belsazar* lasen und nicht wußten, daß der Autor ein Jude war? Im Dichterverzeichnis heißt es sogar: »Heine, Heinrich, geboren 1797 in

Düsseldorf, verbrachte viele Jahre seines Lebens in Paris, wo er nach langjähriger Krankheit starb, noch heute unvergessen wegen seiner Balladen, Romanzen und sanglichen, zu Volksliedern gewordenen Gedichte (Lorelei).«

Von Hermann Hesse stehen vier Lieder im *Tausendstimmigen Leben*, einem Dichter, der in der Nazizeit zwar nicht verboten war, aber der die NS-Herrschaft entschieden ablehnte. Dagegen wurde sein Freund Stefan Zweig, dessen Gedicht *Schneewinter* in unserem Lesebuch stand, in der Zeit, als wir es möglicherweise gelesen haben, aus Verzweiflung in den Tod getrieben. Er nahm sich 1942 im fernen Brasilien zusammen mit seiner Frau das Leben. Und schließlich Alfred Mombert, ebenfalls ein jüdischer Dichter. Auch er ist mit einem Gedicht in der Anthologie vertreten. Der Verfasser einer kosmischen, sphärischen Lyrik, Rechtsanwalt von Beruf, lebte in Karlsruhe, als er, inzwischen fast 70 Jahre alt, 1940 von der Gestapo verhaftet und in das Lager Gurs in den Pyrenäen verschleppt wurde. Nur den Bemühungen seines Freundes, des Dichters Hans Carossa, ist es zu verdanken, daß er im April 1941 in die Schweiz ausreisen konnte, wo er 1942 starb. Das Gedicht Momberts steht auf der gegenüberliegenden Seite von Mörikes *Denk es, o Seele:*

Spaziergang

Sie wandeln durch des Waldes Grün.
Vögel singen, und Blumen blühn.

Ein blasser Mann und ein stilles Kind.
Sie schlürfen durstig den Frühlingswind.

Und der Knabe bleibt verwundert stehn:
»Ich glaub', ich kann die Mutter sehn.«

Sie starren in das junge Grün …
Vögel singen, und Blumen blühn.

Das *Tausendstimmige Leben* benutzten wir seit 1940/41 in der Ausgabe von 1933. Daran ist kein Zweifel, denn ich habe in den Buchdeckel zu meinem Namen »Klasse 4b« gestempelt. Aber wie kamen wir an diese 2. Auflage mit Texten einiger jüdischer Dichter? Hatte Herr Bührmann sie beschafft? 1936 war die 3. Auflage und im Kriege 1941 die 5. im Hirt Verlag herausgekommen. Die Gedichte von Paula und Richard Dehmel, Heinrich Heine, Hermann Hesse, Alfred Mombert und Stefan Zweig sind entfernt und ihre Biographien im Anhang getilgt worden. Auch eine Zeichnung von Käthe Kollwitz und zwei Blätter zur Weihnachtsgeschichte entsprachen schon 1936 nicht mehr den Vorstellungen der Partei. Daß sich keine der sonst üblichen Huldigungen an Adolf Hitler in den neuen Auflagen findet, ist verwunderlich, denn sie fehlte sonst in keinem Lesebuch.

Ein Trauermarsch

Der Krieg nahm seinen Lauf, zunächst von Erfolg zu Erfolg, in Polen, Dänemark, Norwegen, Frankreich, dann, im Sommer 1941, der Überfall auf die Sowjetunion, der im darauffolgenden Winter die Wende brachte. Meine Mutter bangte um unseren Vater, der nun in Rußland war. Sie stand am Gartenzaun und wartete auf den Briefträger, stundenlang. Wenn er endlich kam und wieder kein Brief dabei war, war die Enttäuschung bitter, aber wenn der Vater endlich geschrieben hatte, daß es ihm gutgehe und Mutter sich keine Sorgen machen solle und wie es den Kindern ginge, insbesondere der kleinen Elisabeth, war die Freude groß. Mein Bruder Wilhelm war inzwischen zum Arbeitsdienst eingezogen worden, und ich war seit 1941 mit meinem Jahrgang in die Hitlerjugend überführt worden. Wir hatten nur noch unregelmäßig Dienst, die HJ-Führer wurden eingezogen, und so gab es viel freie Zeit, in der ich mich neben den Schularbeiten um so intensiver mit meinen Fremdsprachen beschäftigen konnte.

Doch noch einmal hatten wir Hitlerjungen einen »großen Auftritt«. Der langjährige Gauleiter und Reichsstatthalter Carl Röver war im Alter von 53 Jahren von einem zum anderen Tag am 15. Mai 1942 in der Charité in Berlin gestorben. Röver, ein »alter Kämpfer«, war offiziell schon 1925 in die NSDAP eingetreten. 1928 nannte er sich bereits »Gauleiter« und trat als Mitglied des oldenburgischen Landtags oft durch sein Rabaukentum hervor, ein politischer Emporkömmling, der jedoch als »erster Mann« im Freistaat Oldenburg seiner hoheitlichen Aufgabe nicht gewachsen war und die Regierungsgeschäfte seinem Stellvertreter Georg Joel überließ.

Zu Beginn des Krieges kursierten Gerüchte, daß es in Carl Rövers Landhaus in Ahlhorn wilde Gelage gäbe, bei denen der Gauleiter seinem Mißmut über die Parteioberen freien Lauf ließ. Man hatte ihn längst abgeschrieben. So war es verständlich, daß es hieß, er sei in Berlin vergiftet worden. Wie dem auch sei, Carl Röver kam als toter Mann mit einem Sonderzug nach Oldenburg zurück.

Tage vorher mußten wir den Trauermarsch üben: den rechten Fuß einen Schritt vor, einen Moment stille halten, dann den linken Fuß vor, einen Moment stille halten usf. Die Parteibonzen, die verschiedenen Einheiten der Partei von der SA bis zum NSKK, dann die Fähnlein der Hitlerjugend hatten auf dem Platz vor dem Fürstenbahnhof Aufstellung genommen. Der Zug fuhr ein, der Sarg, mit der Hakenkreuzfahne bedeckt, wurde auf eine von Pferden gezogene Lafette gelegt. Der Trauerzug setzte sich in langsamem Marsch in Bewegung, führte durch die Innenstadt bis zum Neuen Friedhof am Ende der Ziegelhofstraße, eine endlose Strecke, die wir mit langsamen Schritten hinter uns bringen mußten. Von der Beisetzung selbst haben wir nichts sehen können, da wir am Ende des Zuges marschierten und die kurze Zeremonie vorbei war, als wir am Friedhof eintrafen.

Luftwaffenhelfer und Oberschüler

Als wir, die Schüler der letzten Mittelschulklasse, am 15. Februar 1943 als Luftwaffenhelfer eingezogen wurden, waren wir noch immer davon überzeugt, daß Deutschland den Krieg gewinnen würde. Deutsche Truppen hatten von Sieg zu Sieg Teile Europas im Westen, Norden und Osten erobert, die U-Boot-Flotte hatte der alliierten Handelsschifffahrt schwere Schäden zugefügt, und auf den Einsatz des Afrikakorps waren alle stolz. Doch nun kamen die Rückschläge. Englische und amerikanische Bomber griffen die Städte an, und die sowjetischen zwangen die deutschen Truppen nach ihrer Kapitulation in Stalingrad zum Rückzug. »Aber bald begannen die Sowjets unter ungeheurem Menschen- und Materialaufwand wieder von neuem ihre pausenlosen Angriffe gegen die deutschen Stellungen. Ihr

Ziel, einen umfassenden Durchbruch zu erzielen und die Front aufzurollen, haben sie nicht erreicht.« Das war die Sprache der Propaganda, der die Masse der Bevölkerung, besonders die Jugend, kritiklos Glauben schenkte. Ich war keine Ausnahme. »Durchhalten bis zum Endsieg!« war die Parole. Diese Zitate stehen in dem Fragment meines Tagebuchs, niedergeschrieben Ende Dezember 1943.

Die Jugendlichen waren, was sie nicht wußten, das letzte Aufgebot. Sie sollten Soldaten an den Geschützen ersetzen. In einer vierwöchigen Ausbildung lernten wir, fünfzehn-, sechzehnjährig, auf dem Fliegerhorst in Oldenburg den Einsatz an leichten Flugabwehrkanonen, der 2 cm-Flak, und wurden gedrillt, als seien wir Rekruten. Wir waren uniformiert wie die Angehörigen der Luftwaffe, mußten aber die Hakenkreuzbinde um den Ärmel tragen, da wir als Hitlerjungen eingezogen wurden. Wir fühlten uns dagegen als Soldaten. In Erinnerungen ehemaliger Luftwaffenhelfer kann man nachlesen, daß sie die Binde abnahmen, wann immer es ging. Es war so etwas wie ein kollektives Gefühl der Zugehörigkeit zur militärischen Einheit der Luftwaffe. Wir bezogen unsere erste Stellung an der Schleuse des Kanals am Stadtrand von Oldenburg und teilten künftig unsere Tage zwischen Schulunterricht und Bereitschaftsdienst.

Meine Schulzeit war Ende März 1943 mit der Mittleren Reife zu Ende gegangen. Meine Mutter, von den Fähigkeiten ihres Sohnes überzeugt, hatte sich mit dem Direktor der Mittelschule in Verbindung gesetzt. Herr Schwarting stellte den Kontakt zur Schulleitung der Graf Anton-Günther-Schule, einer Staatlichen Oberschule für Jungen in Aufbauform, her. Der dortige Direktor, ein gestrenger Herr mit Nickelbrille, übrigens überzeugter Nazi, legte mir einen lateinischen Text vor, unterbrach mich unwirsch, als ich das Wort *ipsorum* auf der ersten Silbe betont hatte, und griff korrigierend ein: »Das heißt *ipsooo-rum.*« Dabei formte er den häßlichen Mund zu einem Kreis. Ich hatte mir die lateinischen Grundkenntnisse selbst beigebracht, aber auf die Aussprache nicht geachtet. Ich wurde aufgenommen und übersprang nach zwei Monaten die nächste Klasse, da ich in Latein und Englisch die besten Noten im Zeugnis erhalten hatte. Fünfzehn weitere Monate verbrachte ich dann zusammen mit meinen neuen Klassenkameraden, die meisten von ihnen Kinder vom Lande, die ein paar Jahre zuvor von der Volksschule zur Oberschule gewechselt waren, handfeste Bauernburschen: unkompliziert und immer zu Streichen aufgelegt.

Im Sommer 1943 lagen wir auf den Dächern der Fleischwarenfabrik GEG und der Kaserne am Pferdemarkt in Stellungen. Auf den Flachdächern standen drei Flakgeschütze gefechtsbereit, daneben waren Holzbaracken errichtet worden. Die Lehrer kamen zu uns, und der provisorische Unterricht fand in einer der Baracken statt. Die Barackentür wurde als Schultafel benutzt. An einen geregelten Unterricht war nicht zu denken. Als einer unserer älteren Lehrer, Dr. Karl Gabler, der ein Buch über Goethes *Faust* geschrieben hatte, die hundert Stufen zu unserer Stellung hinaufgestiegen war und sich einen Moment erholen mußte, traf er auf unseren Unteroffizier, einen etwas primitiven, gutmütigen Mann mit einem roten Gesicht und einer Gaumenspalte, Fleischer von Beruf, aus dem Ruhrgebiet stammend. Er empfing unseren distinguierten Oberstudienrat mit den Worten: »Es ist doch alles Scheiße!« Der Angesprochene war entsetzt: »Aber, Herr Unteroffizier, so etwas sagt man doch nicht.« Heute frage ich mich, ob der Ausdruck nicht als Volksverhetzung mißbilligt wurde und nicht als ein Satz, der in dem Wortschatz des Lehrers sicherlich nicht vorkam.

Warum unsere Flakbatterie immer wieder Stellungswechsel vornahm, ist im nachhinein unverständlich. Was sollten sie bewirken? Sollten wir an der Heimatfront in Bewegung gehalten werden? Waren es Übungszwecke oder strategische Überlegungen, die doch eigentlich nicht einsichtig waren? Wie auch immer, im Herbst hatten wir unsere 2 cm-Vierlingsflakgeschütze auf hohen Geschütztürmen am Stadtrand von Oldenburg in Stellung gebracht. Unter uns lagen die Baracken, in denen wir unsere Stuben hatten, sechs bis acht Mann in einem dieser primitiven Provisorien mit einem Kanonenofen.

Oft gab es Alarm, denn die englischen und amerikanischen Bomber flogen immer häufiger ihre tödlichen Einsätze. Dann war jeder auf seinem Posten an dem Geschütz auf dem Turm. Ich war diesmal als Telefonist eingeteilt und hatte den Hörer des Feldtelefons am Ohr. Es war eine unruhige Stimmung. Plötzlich sah ich am Horizont ein Flugzeug und brüllte, ohne mich zu besinnen, in das Telefon: »Feindmaschine Richtung Zwozehn.« Und schon ballerte die Nachbarstellung. Wir aber sahen im nächsten Moment, daß es ein deutsches Flugzeug war, auf das geschossen wurde. »Sofort Feuer einstellen«, hörte ich den Befehl im Telefon, und dann die Frage: »Wer hat die Meldung gemacht?« Ich mußte mich bekennen, der verantwortliche Unteroffizier war entsetzt und stauchte mich zusammen.

Am anderen Tag – es war ein Sonntagvormittag – standen wir beide in feldmarschmäßiger Uniform mit dem Stahlhelm auf dem Kopf vor dem Kriegsgericht, das umgehend zusammengerufen worden war. In einem offenen Karree saßen die Offiziere, manche hoch dekoriert, mit verschlossenen Gesichtern. Der Hergang der Tat wurde dargestellt, der Pilot der beschossenen Maschine, die zum Glück nicht getroffen worden war, hatte seiner Verwunderung Ausdruck gegeben. Die Verhandlung nahm einen ernsten Verlauf.

Der Unteroffizier wurde verhört, er schob zu Recht und verständlicherweise alle Schuld auf den Luftwaffenhelfer Raabe, der nun Rede und Antwort stehen mußte und nichts beschönigen konnte. Man forschte nach den Motiven, ob ich vorsätzlich oder aus Übereifer gehandelt hatte. Wie der Fall beurteilt wurde, weiß ich nicht mehr. Daß ich schuldig war, mußte ich eingestehen. Da ich aber unter das Jugendschutzgesetz fiel, wurde ich freigesprochen, und auch der Unteroffizier kam ohne Strafe davon. Im übrigen wurde ich zwei Monate später während der Weihnachtsfeier unserer Flakbatterie von unserem väterlichen Batteriechef Hauptmann Helm, wie die anderen, die seit zehn Monaten im Einsatz waren, zum Luftwaffenoberhelfer befördert.

Am 22. September 1943 fand der erste schwere Luftangriff auf Oldenburg statt. Wir lagen in Donnerschwee in Stellung und kamen ohne Schaden davon, während nicht weit von uns in Osternburg eine Stellung getroffen und ein Klassenkamerad, Harm Pleines, tödlich verwundet wurde. Er war erst fünfzehn Jahre alt, ein blonder Ostfriesenjunge aus Wangerooge.

Im Januar 1944 war ich vierzehn Tage zu Hause. Ich begann, wieder Tagebuch zu schreiben. »Zwei Wochen frei vom Wachestehen, Essenholen und Waffenreinigen. Aber es scheint, als sei es gar keine rechte Erholungszeit. Irgend etwas bahnt sich an. Ich habe nun die langersehnte Zeit, um in meinen Büchern zu studieren. Leider ist meine kleine Schwester ein unruhiger Geist und läßt mir wenig Zeit zum Lernen. Aber was soll man sagen von dieser Kinderfreude, wenn der Bruder Urlaub hat! Augenblicklich befasse ich mich mit dem französischen Wortschatz und der romanischen Sprachwissenschaft.« Und am Tag danach heißt es: »... habe alle meine Bücher geordnet, so daß ich wirklich stolz sein kann auf meine Bibliothek, die ich innerhalb von ein paar Jahren zusammengekauft habe.«

Wenige Tage nach der Rückkehr in die Flakstellung wurde unsere Batterie von Oldenburg an den Flugplatz Sanderbusch bei Varel verlegt. Zum erstenmal gab es eine Trennung vom Elternhaus. In meinem Tagebuch habe ich die unglücklichen Ereignisse des Monats notiert: den Tod meines Vetters Henry, der als Soldat in Dänemark starb, die Sorge um den Bruder in Rußland, von dem immer noch kein Brief gekommen war, und die Nachricht von meinem Vater, der in das Lazarett in Oldenburg eingeliefert worden war. Am 5. Februar fand die Musterung unseres Jahrgangs statt. Die letzte Eintragung im Tagebuch: »Nach einer, ich muß sagen, etwas oberflächlichen Musterung wurde ich k(riegs) v(erwendungsfähig) geschrieben und zur Flak vorgemerkt. Der Arbeitsführer meinte, meine Einberufung zum R.A.D. [Reichsarbeitsdienst] würde noch etwas dauern. Erst sollte ich mir das Versetzungszeugnis in die 8. Klasse und vielleicht auch noch das Abitur erwerben.« In Klammern fügte ich hinzu: »Aber bestimmt nicht bei solchem Unterricht, den wir jetzt haben.«

Am 9. März starb mein Vater im Lazarett an inneren Blutungen. Er war im Jahr zuvor aus Rußland zurückgekommen und in Hamburg eingesetzt worden: ein gebrochener Mann, Opfer eines mörderischen Krieges. Was er erlebt hat, haben wir nie erfahren. An seinem Grab sang ein Trupp Soldaten *Ich hatt' einen Kameraden* und schoß eine Salve Salut in den verhangenen Himmel.

Im April wurde unsere Flakbatterie erneut verlegt, nun an den Flugplatz bei Bad Zwischenahn. Immer seltener reisten die Lehrer an, um uns zu unterrichten. Wir exerzierten an den Geschützen und reinigten zum hundertsten Mal die nie benutzten Waffen. Ich war wieder zum Telefondienst eingeteilt und hatte die Wand meiner Stube mit lateinischen Sprüchen beklebt: *Nulla dies sine linea* oder *Carpe diem* oder *Vita brevis, ars longa.* Besonders über das Wort *Omnia praetereunt* (Alles geht vorüber) rätselten meine Kameraden und sahen die Richtigkeit des Plurals nicht ein.

Die Siegesgewißheit wich einem Fatalismus. Was sollte geschehen? Wo blieb unser Glaube an das »heilige Vaterland«? An einem strahlenden Maitag war wieder einmal ein Geschwader amerikanischer Langstreckenbomber im Anflug. Die ersten Flugzeuge hatten Zielmarkierungsbomben abgeworfen und exakt das Gebiet eingegrenzt, das dann dem Bombenhagel ausgesetzt war. Der unheimliche, langgezogene, Tod und Verderben ankündigende Ton des Teppichalarms ging in dem aberwitzigen Krachen der explodierenden Bomben unter. Wir hatten unsere Geschütze im Stich gelassen, jeder hatte sich in ein Erdloch verkrochen, das Bombardement um uns herum wollte nicht enden, es kam immer näher. Dann hörte ich plötzlich das helle Pfeifen einer Sprengbombe unmittelbar neben mir. Es schoß mir durch den Kopf, daß sie mir gelten würde. Doch dann kam nichts mehr, für den Bruchteil einer Sekunde eine unheimliche Stille. Die Bombe, ein Blindgänger, der neben mir den Abhang hinuntergerutscht war, hatte nicht gezündet. Als wir aus den Löchern krochen, sahen wir, daß unsere Stellung vollkommen verwüstet war. Wie durch ein Wunder waren alle unverletzt davongekommen. In der benachbarten Stellung dagegen starben mehrere Schulkameraden, andere wurden verwundet.

Die Luftangriffe wurden immer heftiger, unsere Abwehr war zwecklos. Wir hatten eine neue Stellung am Flugfeld bezogen. Ich saß als Flugwachposten in einem der Vierlingsflakgeschütze, die Munition in den vier Rohren geladen, aber gesichert. Die Baracken standen hundert Meter entfernt. Es war alles ruhig, es fand Unterricht statt, an dem ich nicht teilnehmen konnte, da ich an diesem Morgen zum Wachdienst eingeteilt war. Im Deutschunterricht lasen wir die Klassiker, Schillers Dramen, Kleists Erzählungen, Goethes frühe Schriften. Ich hatte als Lektüre *Die Leiden des jungen Werthers* mitgenommen und las und las, alles um mich vergessend, in dem Geschützsitz die Briefe des unglücklichen Werther und litt mit ihm. Doch plötzlich wurde ich jäh aus meiner Versenkung gerissen. Dicht vor mir sah ich entsetzt in das rot angelaufene Gesicht des laut brüllenden Obersten, der mit seinem Kraftwagen über die holprigen Bohlen bis an das Geschütz herangefahren war, ohne daß ich es bemerkt hatte. Er schrie mich an. Ich zitterte wie Espenlaub, denn ich hatte meine Wachpflicht aufs schwerste verletzt und war auf frischer Tat von dem ranghöchsten Offizier erwischt worden.

Wie danach der Morgen verlief, wie Leutnant Wolf, der Vorgesetzte, sich verhielt und wie meine Kameraden, weiß ich nicht mehr. Nur die Strafe habe ich nicht vergessen. Ich wurde angewiesen, einen Aufsatz zu schreiben, wie sich ein Flugwachmeldeposten zu verhalten habe. Ich studierte also die Dienstvorschriften und schrieb in meiner akkuraten Handschrift auf mehreren Seiten eines liniierten DIN A4-Bogens alles nieder, was mir zu dem Thema einfiel. Der Leutnant reichte den Text weiter über die verschiedenen Instanzen an die oberste Dienststelle. Nach einigen Wochen kam eine Kopie meines nunmehr mit der Schreibmaschine abgetippten Aufsatzes *Wie hat sich ein Flugmeldeposten in seinem Wachdienst zu verhalten* an unsere Stellung zurück, mit dem Befehl an alle Batterien, den Text zur Grundlage einer einstündigen Dienstbelehrung zu machen. Dieser Text ist gewissermaßen meine erste, allerdings »nur für den Dienstgebrauch« bestimmte Veröffentlichung.

Im August 1944 wurde wieder ein Angriff auf unseren Flugplatz geflogen. Da es sinnlos war, sich nochmals dem Bombenhagel auszusetzen, sind wir alle getürmt: die Soldaten, die Luftwaffenhelfer, die russischen Hilfswilligen. Nur zwei Mann waren in der Stellung zurückgeblieben. Wir liefen auf der Landstraße in Richtung des nächsten Dorfes um unser Leben. Als uns dann englische Tiefflieger beschossen, suchten wir Schutz in den Gräben und blieben wie durch ein Wunder unversehrt.

Der Unterricht in den Stellungen war inzwischen selten geworden. Mitte September wurden wir aus dem Dienst als Luftwaffenhelfer entlassen. Das Abgangszeugnis als Oberschüler der 8., der letzten Klasse wurde uns später zugestellt. Der sogenannte Reifevermerk schloß die Berechtigung zum Studium ein. Doch davon konnte keine Rede sein.

Bis der Krieg zu Ende war

Ende September 1944 hatte ich mich im Arbeitsdienstlager Ritschenwalde bei Obornik, nicht weit von Posen entfernt, im damaligen Warthegau zum Dienstantritt beim Reichsarbeitsdienst zu melden. Ich war inzwischen 17 Jahre alt, an eine Fortführung meiner Sprachstudien – mein »Lernen«, wie ich das nannte – war nicht mehr zu denken. Die militärische Ausbildung war für einen schlecht ernährten jungen Mann, der keinen Sinn für »körperliche Ertüchtigung« entwickelt hatte, anstrengend und mühsam.

Der Morgen begann um 6 Uhr mit einem Waldlauf, bei dem ich jedesmal meine Schwierigkeiten mit den »Schlappen« hatte: Turnschuhe gab es nicht mehr. Die fanatischen Arbeitsdienstführer hatten mich »auf dem Kieker«. Nur beim Stubenappell fiel ich positiv auf. »Wessen Bett ist das?« raunzte der diensttuende Unterfeldmeister. Ich meldete mich: »Arbeitsmann Raabe.« »Ach, Sie sind ja der Schlappschwanz. Aber Bettenbauen können Sie ja wenigstens.« Dann verschwand er. An den rüden Ton mußten wir uns gewöhnen. Allerdings hatte ich eine Genugtuung: Auf dem Schießstand fand ein Scheibenschießen statt. Ich legte sehr ruhig mein Gewehr an und erzielte 35 von 36 Ringen. Der untaugliche, kurzsichtige »Arbeitsmann Raabe« war der beste Schütze der 180 Mann starken Einheit.

Meine Kameraden waren zumeist Wiener Gymnasiasten mit einer hervorragenden Schulausbildung. Sie waren helle Köpfe, die mit Lust Szenen aus Schillers *Wallenstein* rezitierten, und waren den beschränkten Arbeitsdienstführern weit überlegen, was mit verstärktem Strafexerzieren vergolten wurde. Das gemeinsame Mittagessen wurde mit einem zackigen Spruch eingeleitet: »Wir sind nicht Heiden, wir sind nicht Christen, wir sind Nationalsozialisten.«

Um den täglichen Schikanen zu entgehen, meldete ich mich zum Dienst in der Krankenstube. So wurde ich Heilgehilfe, der auf Anordnung des Feldarztes gegen alle Verletzungen die gleiche schwarze Salbe verabreichen mußte. Der Andrang in der Krankenstube war jeden Morgen groß. Viele wollten sich drücken und behaupteten, daß sie krank seien. Ich mußte ihnen die Thermometer aushändigen, und manche versuchten, ihr Fieber nachzuweisen, indem sie sie in die Glut des Kanonenofens hielten, was hin und wieder sogar Erfolg hatte.

Manchmal mußte ich für den Feldarzt Medikamente aus der Apotheke in Obornik holen. Ich fuhr dann mit meinem Fahrrad über die menschenleeren Landstraßen. Die Apotheke befand sich an dem weitläufigen, öden Marktplatz und wurde von einem freundlichen deutschen Apotheker geleitet. Beim Betreten fiel mein Blick auf die Gläser und Krüge, und ich war fasziniert, denn hier sah ich wieder, was ich seit einiger Zeit so sehr vermißte: lateinische Wörter an den Gefäßen, die reihenweise auf dem Regal standen. Meine Heimat! Fortan erklärte mir der Apotheker bei jedem Besuch einige der lateinischen Bezeichnungen. Zum erstenmal dachte ich darüber nach, ob ich nicht Pharmazie studieren und Apotheker werden sollte. Dann hätte ich es doch immer mit meinem geliebten Latein zu tun.

Warum unsere Mannschaft eines Tages für kurze Zeit nach Łódź, dem damaligen Litzmannstadt, im sogenannten Generalgouvernement beordert wurde, kann ich mir nicht erklären. Ich habe es auch nachträglich nicht ermitteln können. Ich erinnere mich nur noch, wie unheimlich mir unser Barackenlager war. Es wurde gemunkelt, daß in der Ferne schreckliche Dinge passierten. Immer wieder wurden wir gedrillt. Eine ganze Stunde mußten wir in der winterlichen Kälte in Reih und Glied, ohne uns zu rühren, strammstehen, der kleine sadistische Unterfeldmeister mit den kurzen Beinen und dem Eisernen Kreuz im Knopfloch schrie uns an, wenn jemand es wagte, sich zu bewegen. Noch schlimmer war der Oberfeldmeister, der vorwegging, wenn wir durch die Straßen von Łódź marschierten. Die Polen auf dem Bürgersteig mußten stehenbleiben und die Hand zum Hitlergruß hochstrecken. Sah er jemanden, der das nicht tat, rannte er auf ihn zu und ohrfeigte ihn. Wir sahen entsetzt hinüber, und schon waren wir dran: Wir mußten uns zu Boden werfen und zur Strafe auf dem kalten Kopfsteinpflaster robben, erniedrigt wie die Polen.

Nach Ritschenwalde zurückgekehrt, bekam ich als Heilgehilfe kurz vor Weihnachten 1944 zusammen mit einem Kameraden den Befehl, die aus dem Arbeitsdienst entlassenen Österreicher in einem Sonderzug nach Wien zu begleiten. Als wir dort angekommen waren und die bisherigen Kameraden sich verabschiedet hatten, verabredete ich mit meinem Kumpel, der ebenfalls in Wien zu Hause war, daß wir uns am nächsten Tag zu einer bestimmten Zeit an der Sperre des Bahnhofs treffen wollten. Ich bummelte am Nachmittag durch die Innenstadt, besichtigte den Stephansdom und die Hofburg. Doch am nächsten Tag stellte ich fest, daß mich mein Kumpel bewußt irregeführt hatte, denn ich hatte die Wahl zwischen dem West- und dem Ostbahnhof. An einer der beiden Stationen habe ich dann vergebens gewartet. Mein Wiener war untergetaucht. Ich fuhr allein zurück und hatte auf dem Bahnhof in Breslau einen Aufenthalt, den ich dazu nutzte, mich in einer Fotokabine selbst zu fotografieren. Das Bild zeigt den Arbeitsmann mit der Arbeitsdienstkopfbedeckung, die wir »Arsch mit Griff« nannten. In Ritschenwalde war die Aufregung groß, als ich allein zurückkam. Daß ich mit dem Deserteur unter einer Decke steckte, war nicht zu beweisen.

Über Weihnachten war nur noch eine kleine Truppe im Lager. Am 10. Januar 1945 wurden wir entlassen. Wir nahmen unsere Holzkoffer in die Hand und rannten, so schnell wir konnten, zur Bahnstation Obornik. Bald darauf – so hörten wir später – überwanden die Russen die Weichsel und traten zum Angriff auf das Reichsgebiet an. Wir erreichten einen Zug, der Richtung Westen fuhr. Er war überfüllt, voller Soldaten, die grölten und mit Zoten um sich warfen. Bei Küstrin fuhr der Zug in einer Kurve etwas langsamer, da riß ein kleiner drahtiger Bursche in Uniform die Zugtür auf, rief »Hier bin ich zu Hause«, und sprang auf den Bahndamm. Für ihn war der Krieg zu Ende, wenn nicht die Feldgendarmerie, die sogenannten »Kettenhunde«, ihn aufgegriffen und am nächsten Baum aufgehängt hat. Überall waren die Truppen in Auflösung begriffen.

Im Wehrkreiskommando in Oldenburg wartete man vergeblich auf meine Papiere. Sie kamen nicht, denn längst war das Arbeitsdienstlager überrollt worden. Doch vier Wochen später fand wieder eine Musterung statt. Ich empfand es jedesmal als entwürdigend, aus einer langen Schlange nackt vor den Tisch treten zu müssen, hinter dem einige Offiziere den unbekleideten Kandidaten von oben bis unten betrachteten und dann befragten. Ich hatte Glück: Wegen meiner Kurzsichtigkeit wurde ich diesmal als a. v., arbeitsverwendungsfähig, also nicht kriegstauglich eingestuft, und da ich sagte, ich wolle Medizin studieren, wünschte man mir Erfolg.

Angesichts der Meldungen von den Fronten im Osten und Westen war es längst absurd, noch an einen Endsieg zu glauben. Die russischen, amerikanischen und englischen Truppen standen bereits auf deutschem Boden, inzwischen hatte sich die Propaganda des totalen Krieges auf Durchhalteparolen verlegt. Das Volk war eingeschüchtert. Niemand wagte, offen zu sagen, daß der Krieg verloren ging und wie sinnlos es war, bis zum letzten Blutstropfen zu kämpfen, wie es verlangt wurde.

In Oldenburg herrschte in den Vorfrühlingsmonaten des Jahres 1945 eine friedliche Stimmung. Da gab es keine Hektik, keine Unruhe. Das Leben ging, unberührt von den Frontberichten, weiter. Ich hatte mir ein Lehrbuch der Anatomie besorgt und studierte den menschlichen Körperbau. Ich exzerpierte in Ermangelung weiterer Fachbücher die Sanitätsdienstvorschriften und schrieb zusammen, was ich dort über die Behandlung von Krankheiten fand.

Wie absurd und unterschiedlich zu anderen Städten die damalige Situation in einer Stadt wie Oldenburg war, zeigt auch der Entwurf eines Briefes vom 15. März 1945, in dem ich mich um einen Studienplatz an der Universität Göttingen bewarb. Das war sechs Wochen vor Kriegsende. Er ist an das Sekretariat der Universität gerichtet und hat folgenden Wortlaut:

»Hiermit bitte ich um Zulassung zur Erstimmatrikulation und damit um Annahme zum Studium der Medizin.

Auf Anraten des Arbeitsamtes hatte ich mich wegen meines Anliegens zunächst an das Reichsstudentenwerk Bezirksstelle Hannover gewandt. Von dort erhielt ich eine Antwort, daß ich mich um Studienerlaubnis direkt mit der Universität in Verbindung setzen müsse. So kann mein Gesuch erst heute abgeschickt werden.

Da ich von der Wehrmacht wegen starker Kurzsichtigkeit a.v. geschrieben wurde und mir das Arbeitsamt die Möglichkeit zum Hochschulstudium eingeräumt hat, bitte ich, mich in Ihren Kreis aufzunehmen.

Leider erfolgt ja mein Gesuch sehr spät. Da die Zeit drängt, bitte ich, mir doch telegraphisch die Genehmigung zu schicken, damit ich noch frühzeitig zur Immatrikulation zur Stelle bin.

Für Ihre umgehende Antwort wäre ich Ihnen sehr dankbar ...«

Ob ich die Bewerbung wirklich abgeschickt habe, weiß ich nicht. In Göttingen ist sie nicht nachzuweisen. Die Amerikaner besetzten die Stadt bereits Anfang April.

Im selben Monat wurde ich, da ich eine Sanitäterausbildung beim Arbeitsdienst erhalten hatte, zum Dienst als DRK-Helfer in Oldenburg verpflichtet, und so erlebte ich die letzten Kriegstage als Beifahrer eines Rot-Kreuz-Fahrzeuges. Die Front verlief kurz vor Oldenburg am Weser-Ems-Kanal. Wir brachten Verwundete und Kranke in die überfüllten Hospitäler der Stadt oder hatten Bereitschaftsdienst in unserer Geschäftsstelle in einem Eckhaus am Waffenplatz.

Am Nachmittag des 2. Mai sahen wir auf unserer Fahrt, wie sich deutsche Truppen langsam Richtung Norden absetzten. Am anderen Morgen kam es zu einem Feuerüberfall in unmittelbarer Nähe am Stadtgraben. Tote und Verwundete lagen, von den Artilleriegeschossen getroffen, auf der Straße. Wir waren sofort zur Stelle. Ein paar Stunden später sahen wir, wie kanadische Soldaten in langen Reihen, langsam hintereinander, herankamen, gesunde, braungebrannte Männer mit ihren Gewehren im Anschlag. Wir standen mit unserem Sanitätsauto am Hochbunker in der Nähe des Bahnhofs und wollten gerade nachfragen, ob Hilfe benötigt würde. Da trat ein mißtrauischer Offizier, unseren Fahrer und mich prüfend, an unser Fahrzeug. Ich erklärte ihm in meinem Englisch, daß wir Civil Red Cross seien und Kranke und Verwundete transportierten. Wir trugen die Uniform des Roten Kreuzes und waren als solche wohl erkennbar. Er sagte nichts, grüßte und kehrte zu seinen Soldaten zurück. Wir waren gerettet.

Als sich der Trupp entfernt hatte, schrie mich der bleich gewordene Fahrer an, warum sich mein Stahlhelm, den ich in diesen Tagen während des Einsatzes getragen hatte, noch immer unter meinem Sitz befände. »Schmeiß das Ding weg«, schrie er mich an. Doch das schien mir in dieser Situation zu gefährlich. Ich überredete ihn, in ein abgelegenes Stadtviertel zu fahren, um dort den Stahlhelm wegzuwerfen, was wir auch taten. Wir hatten großes Glück gehabt. Ein anderes Krankenfahrzeug kam an diesem Tag nicht zurück. Die beiden Sanitäter wurden, da sie sich sprachlich nicht verständlich machen konnten, gefangengenommen, und der eine kehrte erst nach ein paar Jahren zurück. Für uns aber war der Krieg zu Ende.

Es gibt etwas Höheres auf der Welt

In den letzten Monaten des Krieges wurde der Gertrudenfriedhof, der nur drei Straßen von unserer Wohnung entfernt lag, zu meinem Lieblingsaufenthalt. Dort waren meine Großeltern, mein Vater und mein Vetter in den letzten Jahren begraben worden. Ich fühlte mich damals zwischen den Gräbern, so sonderbar es klingen mag, geborgen. Ich studierte die Grabinschriften und entdeckte einen lateinischen Text: *O vos viventes, ad nos convertite mentes. Quod sumus, hoc eritis, fuimus quandoque, quod estis,* und übersetzte ihn: »O Ihr Lebenden, kehrt Eure Sinne um. Was wir sind, das werdet Ihr sein, und was Ihr seid, das waren wir.« Das war eine der mahnenden Botschaften in diesen Wochen. Wir lebten mit den Toten, und sie waren unter uns.

Auf dem Friedhof wurde ich auch Zeuge einer letzten Kriegshandlung. In großer Höhe näherte sich an einem hellen Märzmorgen ein englisch-amerikanisches Bombengeschwader. Plötzlich sah ich unter den ersten Flugzeugen winzige Punkte, dann ein unheimliches Rauschen. In der Entfernung von einem Kilometer prasselten die Bomben nieder und explodierten. Es war der letzte Bombenangriff auf Oldenburg. Im allgemeinen aber war es sehr still auf dem Friedhof. Niemand störte meine Wanderungen und meine Gedanken.

In diesem Sommer 1945 war die Bibel meine einzige Lektüre. »Unser Glaube ist der Sieg, der die Welt überwunden hat« (1. Joh. 5,4); »Alle Sorgen werfet auf ihn, denn er sorgt für euch« (1. Petr. 5,7); »Man muß Gott mehr gehorchen als den Menschen« (Apg. 5,29); »Meine Gedanken sind nicht eure Gedanken, und eure Wege sind nicht meine Wege« (Jes. 55,8). Die Gewißheit des Glaubens beflügelte mich in meinem Denken und Fühlen. Die Sprüche der Bibel wurden meine Lebensmaximen.

Von Hoffnungen erfüllt, zugleich von Zweifeln geplagt, verlief mein Leben in diesen Sommermonaten nach dem Zusammenbruch des Staates und dem Ende der sinnlosen Durchhalteparolen der Partei. Unter meinen kärglichen Aufzeichnungen, die ich aus jener Zeit aufbewahrt habe, befindet sich ein Blatt mit kurzen Sätzen, die meine seelische Verfassung besser als jede Umschreibung ausdrücken:

»23. August 1945: Herr, bleibe bei uns!

31. August 1945: Lobe den Herrn, meine Seele, und vergiß nicht, was er dir Gutes getan hat. (Ps. 103,2)

30. September 1945: O wie ferne bist du von mir, Gott.

3. Oktober 1945: Gottes Geduld ist größer als die Ungeduld unserer törichten Herzen.«

Ich war bis Ende September 1945 weiterhin beim Deutschen Roten Kreuz tätig. Wir brachten die Kranken in die Hospitäler, die Infektionskranken in die Quarantäne, zogen Leichen aus dem Kanal und brachten einen Augenarzt, der sich die Pulsadern aufzuschneiden versucht hatte, ins Gefängnis, denn er war einer jener Richter, die in den letzten Kriegstagen noch einige desertierte Soldaten an den Galgen gebracht hatten. Es war eine selbstzerstörerische, chaotische Zeit. Da die Versorgung zusammengebrochen war, suchte jeder, sich das Lebensnotwendige zu beschaffen. Dazu gehörte auch Möser, unser Rotkreuzfahrer. Wir sollten mit unserem Horch, der nun mit Holzgas betrieben wurde, einen alten schwerkranken Mann holen, der in einem Schuppen im Moor hauste und nicht mehr bei Bewußtsein war. Ein Brand hatte sein Bein gräßlich zugerichtet. Wir waren mit dem Krankenwagen bis an den Schuppen herangefahren, hatten den alten Mann auf die Trage gelegt und eingeladen. Doch Möser mußte noch unbedingt einen Zentner Torf auf dem Dach unseres Fahrzeugs verstauen. Da sackte unser Horch ein, und es dauerte einige Zeit, bis Pferde, mit Holzhufen versehen, herbeigeholt und vorgespannt worden waren, die das Fahrzeug aus dem Moor zogen. Als wir endlich im Krankenhaus eintrafen, war der alte Mann tot.

Auf einer der Fahrten sah ich plötzlich, wie ich schon erwähnt habe, einen Soldaten heimkehren, es war mein Bruder, der sich von der Tschechei her durchgeschlagen hatte. Doch in dieser Zeit entfernte ich mich immer mehr von meiner Familie, ich lebte in einer anderen Welt. Im Juli hatte ich den designierten oldenburgischen Landesbischof, Professor Wilhelm Stählin, aufgesucht. Den Wunsch, Arzt zu werden, hatte ich schon vor Kriegsende aufgegeben. Mir schien die Heilung der Seele wichtiger als die Heilung des Körpers. Ich nahm an Gottesdiensten teil, lernte Kirchenlieder auswendig und las immer wieder die Bibel, weil sie auf meine inneren Nöte und die Gewißheit, daß es etwas Höheres gibt als das irdische Jammertal, allein Antwort gab. Ich war überzeugt, daß ich einen Dienst in der Kirche antreten sollte.

Darin sah ich nunmehr die Erfüllung meines Lebens. Dies trug ich dem Landesbischof vor, der mir mit Vertrauen und Verständnis entgegenkam. Er war ein Mann, der das 60. Lebensjahr bereits überschritten hatte, ein Jahr zuvor von Münster, wo er als Professor der Theologie wirkte, nach Oldenburg berufen worden war. Offiziell stand er in Osternburg einer Gemeinde vor, aber gleichzeitig war er in der Kirchenleitung tätig. Er war klein und untersetzt, sein Schnurrbart und das graue Haar gaben seiner Persönlichkeit eine große Würde, seine Stimme strahlte Ruhe und Besonnenheit aus. Bischof Stählin machte auf mich einen tiefen Eindruck. Ich sah mich auf meinem Wege bestätigt.

Ein paar Tage später, am 28. Juli 1945, schrieb mir der Evangelisch-Lutherische Oberkirchenrat einen unpersönlichen Brief ohne Anrede und Schlußformel:

»Der Evangelisch-Lutherische Oberkirchenrat hat Sie in die Zahl derer aufgenommen, die sich unter seiner Leitung für den Dienst im Amt der Kirche vorbereiten. Sie erhalten nähere Anweisung durch eine Persönlichkeit, die der Oberkirchenrat mit der Aufgabe dieser Vorbereitung betrauen wird. Sie werden hierdurch angewiesen, mit dieser Persönlichkeit in der ganzen Zeit Ihrer Vorbereitung Fühlung zu halten. Irgendeine Verpflichtung zur späteren Anstellung im Dienst der Landeskirche übernimmt der Oberkirchenrat mit dieser Bestätigung nicht.

D. Stählin

Beauftragter Landesbischof«

Bald darauf lernte ich Pastor Mumm kennen, auch er ein sehr frommer Mann, zu dem ich Vertrauen faßte und mit dem ich im nächsten halben Jahr in Verbindung stand, wie es der Oberkirchenrat angeordnet hatte.

Zu den bleibenden Eindrücken dieser Zeit gehören für mich die Meditationen, die Bischof Stählin mit einem ausgewählten Kreis von etwa 25 Frauen und Männern in der Garnisonkirche durchführte. Darunter waren Pastoren, einige meiner früheren Lehrer, vor allem aus dem Krieg Heimgekehrte und ihre Ehefrauen. Ich war bei weitem der Jüngste. In der Abenddämmerung saßen wir verteilt in den Kirchenbänken, schlossen die Augen und lernten, uns unter den knappen, ruhigen Worten des Bischofs zu versenken, die Welt von innen zu sehen, den Kirchenraum, den Altar und die Kanzel als etwas Göttliches zu verstehen. Wir begriffen den Raum als Heiligtum, als Gegenwelt, in dem die unmittelbare Begegnung mit Gott stattfand. Es wurden die tiefsten Schichten des Ich angesprochen, und wir fühlten uns entspannt und erholt, wenn wir in den Alltag zurückkehrten. Diese Übungen haben mich so geprägt, daß ich auch heute jeden Kirchenraum als Gegenwart Gottes erlebe und es als unangemessen empfinde, wenn nach einem Konzert lautes Klatschen die Innerlichkeit des Raumes stört.

Bischof Stählin war ein begnadeter Prediger. Er hatte in der Dreifaltigkeitskirche in Osternburg eine dankbare Gemeinde. Seine Predigten, zum Beispiel jene am Ewigkeitssonntag 1945, dem letzten Sonntag des Kirchenjahrs, sind mir in ihrer Eindringlichkeit unvergessen geblieben.

Seit Anfang Oktober 1945 saß ich wieder auf der Schulbank. Unsere Jahrgänge, die im Krieg den Reifevermerk erhalten hatten, wurden in einem halbjährigen Übergangskursus überall in Deutschland, im Westen und Osten, zum Abitur geführt. Wir wurden in Religion, Deutsch, Latein, Englisch, Mathematik und Physik unterrichtet. Ich saß als einer der Jüngsten unter den ehemaligen Kriegsteilnehmern, auch einige Mädchen waren hinzugekommen. Allerdings war ich ganz mit meiner geistlichen Zukunft beschäftigt. Doch die Hoffnung, zum Sommersemester 1946 die Theologische Schule in Bethel besuchen zu können, zerschlug sich. Zunächst waren verständlicherweise die älteren Kriegsteilnehmer an der Reihe.

Meiner Mutter hatte ich in den zurückliegenden Monaten viele Bekehrungsbriefe geschrieben. Sie sollte meine Frömmigkeit teilen, doch sie legte die Episteln meist ungelesen in ihre Kommode, bestärkt von ihrem älteren Sohn, der seinen »kleinen« Bruder in seiner Abgehobenheit ohnehin nicht mehr verstand. So kam das Frühjahr 1946. Pastor Edo Osterloh, mit Oberkirchenrat Kloppenburg unter Bischof Stählin in der Kirchenleitung tätig, lud die Studenten der Theologie, die in die Anwärterschaft der Oldenburgischen Landeskirche aufgenommen worden waren, zu einer zehntägigen Freizeit Ende März ein. Auf der Liste stand auch mein Name. Doch ich hatte mich in den letzten Monaten allzusehr vom Leben entfernt. Meine Frömmigkeit entsprach nicht mehr dem nüchternen Weg eines evangelischen Christen. Ich erwog, in ein Kloster einzutreten. Von diesem Schritt hielt mich jedoch meine couragierte Mutter ab, ihrer Autorität habe ich mich gebeugt. Meine theologische Lebensphase nahm ein abruptes Ende. Als ich Anfang April 1946 das Reifezeugnis entgegennahm, verkündete der Direktor: »Paul will Philologie studieren.«

Unter fremden Büchern

Lesesaal der Landesbibliothek Oldenburg, 1950

Vorspiel

Es wird 1941/42 gewesen sein, als ich mit dem Trolleybus von Pekol zum Damm fuhr, wo unsere Dentistin ihre Praxis hatte, um meine Zähne behandeln zu lassen. Ich stieg an der Haltestelle vor der Landesbibliothek aus und wollte schnell die Praxis von Frau Massau erreichen, da ich mich schon verspätet hatte. Damals war ich ein hoch aufgeschossener, etwas schlaksiger Junge, und in der Eile schlug ich mit der linken Hand auf eine Spitze des Gitters der Landesbibliothek. Da der Schlag kräftig gewesen sein muß, schoß zwischen Hand und Unterarm ein Blutstrahl heraus: Ich hatte die Hauptschlagader am Puls getroffen. Ich rannte, laut schreiend, die Treppe zur Zahnärztin hinauf, die sofort den Oberarm abband, so daß der Blutstrom nach und nach versiegte. Ich wurde ins Krankenhaus geschafft, und die Wunde wurde genäht. Noch heute ist die Narbe zu erkennen und erinnert mich an meine erste Begegnung mit der Landesbibliothek Oldenburg.

Die Einrichtung einer wissenschaftlichen Bibliothek geht auf die Regierungszeit von Herzog Peter Friedrich Ludwig zurück, in der die junge Residenzstadt Oldenburg eines der Zentren norddeutscher Aufklärung wurde. Der Fürst selbst trug dazu bei, indem er 1791 die kostbare Büchersammlung des hannoverschen Hofrats Georg Friedrich Brandes erwarb und damit den Grundstock der heutigen Landesbibliothek legte. Doch erst unter seinem Nachfolger Paul Friedrich August erhielt sie 1847 einen klassizistischen, zweistöckigen Neubau am Damm, nahe der heutigen Cäcilienbrücke, die über den Kanal führt. Daneben wurde später das Naturkundemuseum errichtet. Ein schmiedeeisernes Gitter umschloß die beiden Institutionen, das, als ich mit ihm in Berührung kam, schon stark verrostet war.

Ein paar Jahre später erlebte ich das vorläufige Ende der Landesbibliothek mit. Es war am Morgen des 23. September 1943. Ich war als Luftwaffenhelfer zu Fuß als Kurier auf dem Weg zur Flakstellung in Osternburg, um eine Nachricht zu überbringen, da die Leitungen in der Nacht zuvor durch einen Luftangriff beschädigt worden waren. Unterwegs kam ich an dem teilweise zerstörten Bibliotheksgebäude am Damm vorbei und wurde Zeuge, wie Hitlerjungen die Bücher aus den oberen Fenstern auf Rutschen warfen, die dann auf offenen Lastwagen an der Straße landeten. Die überstürzte, barbarische Räumung hinterließ bei vielen Büchern Schäden, die nach dem Kriege beseitigt werden mußten. Wäre ein besonnener Bibliothekar zur Stelle gewesen, wäre das Ausräumen der Bücherregale geordneter erfolgt. Selbstverständlich war Eile geboten, denn Teile der hinteren Gebäudewand waren von einer Luftmine herausgerissen worden, so daß die Bücherregale teilweise in offenen Räumen standen und die Bücher gefährdet waren. Besonders die mittelalterlichen Handschriften hatten durch die Mauerschäden schwer gelitten. Noch Jahre nach dem Kriege fanden sich Mörtelteile zwischen den Blättern der Manuskripte.

Weder der Unfall mit der blutigen Hand noch der Anblick des gefährdeten Bibliotheksgebäudes und die so unsachgemäße Bergung der Bücherbestände verdienten eine Erwähnung, wenn nicht diese Landesbibliothek, die ich bis zum Kriegsende nie betreten habe, zu meinem Lebensschicksal geworden wäre. Bevor ich 1943 als Luftwaffenhelfer eingezogen wurde, hatten meine Mutter und ich uns vorgestellt, daß ich nach der Mittleren Reife die Bachschule in Leipzig besuchen und dort zum Fremdsprachenlehrer oder Übersetzer – der Begriff des Dolmetschers war als undeutsch verpönt – ausgebildet werden könnte. Doch es kam anders. Nur durch Zufall wurde ich Bibliothekar und ergriff einen Beruf, der mir, ohne es damals zu wissen, geradezu in die Wiege gelegt worden war.

Die »Preußischen Instruktionen«

Auf dem Göttinger Hauptbahnhof herrschte Chaos. Flüchtlinge aus dem Osten und entlassene Soldaten lagerten in der Bahnhofshalle und im Wartesaal. Es war an einem späten Abend im April 1946. Züge fuhren nicht mehr, und ich mußte die Nacht in diesem Gewühl verbringen, fand aber einen Winkel, wo ich Zeit hatte, über den vergangenen Tag nachzudenken. Das Gespräch mit Professor Herbert Schöffler, dem Dekan der Philosophischen Fakultät, der sich ein paar Tage später das Leben nahm, war sehr freundlich gewesen, aber er konnte mir keine Hoffnung auf einen Studienplatz machen, denn zu Recht wurden die Kriegsteilnehmer, die Jahre ihres Lebens verloren hatten, bevorzugt.

Nach der Rückkehr nahm es meine Mutter, energisch, wie sie war, in die Hand, für ihren Sohn einen Arbeitsplatz zu finden. Nachdem wir von einem Ort zum nächsten verwiesen worden waren, führten wir schließlich ein Gespräch mit dem Museumsdirektor Dr. Müller-Wulckow, dessen Arbeitszimmer sich im Oldenburger Schloß befand. Er riet mir, im zweiten Obergeschoß vorzusprechen. Dort hatte die ausgebombte Landesbibliothek unter dem Dach eine Notunterkunft erhalten. Ich wurde in das Dienstzimmer des Bibliothekars geführt und saß einem schlanken Herrn gegenüber: zurückgekämmtes Haar, charaktervolle Stirn, Brandmale im Gesicht. Ich trug mein Anliegen vor. Er hörte zu und notierte sich Name und Adresse und versprach, mir bald Bescheid zu geben. Dr. Wolfgang G. Fischer war selbst erst einige Wochen im Amt, nach der Entlassung aus der Wehrmacht war er nicht nach Leipzig zurückgekehrt, denn die dortige Stadtbibliothek war durch Bomben vernichtet worden. Er hatte kurze Zeit in der Bibliothek des Mariengymnasiums in Jever gearbeitet, ehe er an der Landesbibliothek Oldenburg angestellt wurde. Diese wurde von Archivdirektor Dr. Hermann Lübbing kommissarisch geleitet, der mir wenig später mitteilte, daß ich zum 1. Juni 1946 als freiwillige Hilfskraft »ohne jede gegenseitige Verpflichtung« an der Landesbibliothek anfangen könne.

An meinem ersten Arbeitstag führte mich Dr. Fischer durch die Bibliothek. Ein Teil der Bestände war nach den Signaturengruppen in Holzregalen in den Schloßräumen provisorisch aufgestellt worden, die anderen lagerten, in der Stadt verteilt, auf Dachböden oder in Kellern und waren nicht zugänglich. Vor den Regalen der Geschichtswissenschaft blieb Dr. Fischer stehen, suchte Leopold von Rankes berühmten Aufsatz *Die großen Mächte* in der Ausgabe seiner Werke und empfahl mir, ihn unbedingt zu lesen. Sein Lieblingsfach war die kleine Abteilung der Kunstgeschichte, hier war er zu Hause, denn er hatte auf dem Gebiet promoviert. Auf einem der großen Bibliothekstische im Lesesaal lagen Stöße archäologischer Werke. Daran habe ein Schriftsteller im letzten Winter gearbeitet, erfuhr ich. Daß es der aus dem Krieg heimgekehrte Kurt W. Marek gewesen war, der hier den Bestseller *Götter, Gräber und Gelehrte* unter dem Pseudonym C. W. Ceram teilweise niederschrieb, habe ich erst später herausgefunden.

Im Vorraum der Ausleihe stand der alphabetische Kapselkatalog, in dem auf Foliobögen die Büchertitel summarisch verzeichnet waren, daneben der systematische Katalog in dicken Lederbänden, den Theodor Merzdorf im 19. Jahrhundert angelegt hatte. Hinter dem Tresen erledigte der Bibliotheksinspektor Janßen, der ebenfalls erst kürzlich aus dem Krieg gekommen war, die Ausleihwünsche. Vor einem riesigen Ausleihbuch saß der alte Herr Wien und übertrug die Leihscheine in das Hauptbuch. Beide Herren empfanden den neuen sachkundigen Bibliothekar als Eindringling und beachteten ihn so wenig wie mich, den kleinen Praktikanten, der eifrig in sich aufnahm, was Dr. Fischer ihm erzählte. Als er mich an diesem Samstag vormittag verabschiedete, gab er mir zwei Bücher mit, die er mir zur nachhaltigen Lektüre empfahl. Sie wurden für die nächsten Jahre meine bibliothekarischen Leitfäden.

Die *Preußischen Instruktionen* waren in den Jahrzehnten, bevor die elektronische Datenverarbeitung den bibliothekarischen Beruf revolutionierte, das Grundgesetz des Bibliothekspersonals, für manche Bibliotheksbenutzer ein Buch mit sieben Siegeln. Die *Instruktionen für die alphabetischen Kataloge der preußischen Bibliotheken vom 10. Mai 1899* regeln die Verzeichnung der Büchertitel und ihre Einordnung unter den Verfassernamen oder den Sachtiteln in dem alphabetischen Zettelkatalog. Der »AK« war das wichtigste Nachweisinstrument jeder Bibliothek, ihr Herzstück, eine ordentliche Führung ihre beste Visitenkarte. Das Buch mit seinen 241 Paragraphen, einer Beispielsammlung und weiteren Anlagen war für mich an jenem Wochenende ein unverständliches Werk, denn ich hatte keinen Zettelkatalog in der Bibliothek gesehen, nur die unpraktischen großformatigen Blätter in den Kapseln. Am Montag löste sich das Rätsel auf: In der Landesbibliothek gab es einen alphabetischen Zettelkatalog erst in kleinen Anfängen, an dessen Aufbau ich später beteiligt war.

Anna Baeckmann hieß die Bibliothekarin, die für die Verzeichnung neuer Bücher zuständig war, eine ältere, sehr gepflegte Dame, aus einer vornehmen Familie in St. Petersburg gebürtig, die wie alle »Volksdeutschen« zu Anfang des Krieges vom Baltikum in den sogenannten Warthegau umgesiedelt worden war. Dort war sie zuletzt an der Universitätsbibliothek Posen beschäftigt gewesen. Ihr wurde ich zugeteilt. Es stellte sich aber bald heraus, daß sie von den *Preußischen Instruktionen* keine Ahnung hatte. So studierten wir bei jedem Buch, das wir verzeichnen sollten, gemeinsam das Regelwerk. Fräulein Baeckmann saß kerzengerade vor ihrer Schreibmaschine, in die sie das Katalogkärtchen gespannt hatte, und ich diktierte ihr die Titelaufnahme, soweit ich sie selbst verstanden hatte. Es war meine erste bibliothekarische Arbeit, die mir – ich gestehe es gern – großes Vergnügen bereitete. Abgesehen davon, daß Fräulein Baeckmann hin und wieder meine Russischkenntnisse auffrischte, lernte ich den Umgang mit den P. I. immer besser. Ich wußte, wie das Substantivum regens durch Unterstreichung hervorzuheben war, was es mit der weiteren grammatikalischen Wortfolge auf sich hatte, wie man Doppelnamen und Titulaturen behandelte, wie man runde und eckige Klammern verwendete und wohin man dann den Punkt zu setzen hatte. Ich lernte, wie man die verschiedenen Buchgattungen aufnahm: die Personalschriften und Textbücher, Briefsammlungen und Gesetzbücher. Jede Katalogkarte sollte für alle Zeiten gelten!

So habe ich mir die *Preußischen Instruktionen* mit Fräulein Baeckmann erarbeitet, doch erst auf der Bibliotheksschule lernte ich die goldenen Grundregeln der Titelaufnahmen kennen, die so lauteten: »Alles, was im Kopf der Aufnahme erscheint, muß auch unter dem Strich [der den Kopf des Einordnungselements von der eigentlichen Titelaufnahme trennt] stehen.« Oder: »Zusätze zum Sachtitel nie fortlassen! Abkürzungen vorsichtig anwenden!« Bei der Aufnahme von mehrbändigen Werken war die Regel für die Reihenfolge zu beachten: »BAB = Beigabevermerk, Auflage, Bandzählung.« »Ein Buch nie o.J. lassen«: Das heißt, jedes Erscheinungsjahr sollte bibliographisch ermittelt werden. Zu Recht nannte mein Wolfenbütteler Vorgänger Erhart Kästner die Abteilung, in der die Bücher alphabetisch katalogisiert wurden, das »Titelamt«, eine Bezeichnung, die die amtliche Tätigkeit der Diplombibliothekar/innen am besten ausdrückte.

Nach meinem Bibliotheksexamen habe ich gern Anwärterinnen in der Landesbibliothek in den *Preußischen Instruktionen* unterrichtet. Darunter war eine, der ich lange »Instruktionsbriefe« geschrieben habe. In 15 maschinenschriftlichen Episteln stellte ich ihr alles Wesentliche der *Preußischen Instruktionen* an Beispielen dar. Später habe ich sie dem Leiter der Bibliotheksschule zur Veröffentlichung überlassen. Doch dazu ist es nicht gekommen.

Wie ich die NS-Literatur kennenlernte

Ende Mai 1946 waren die ausgelagerten Oldenburger Bibliotheksbestände aus dem Bergwerkstollen in Grasleben bei Helmstedt in 880 Paketen zurückgekommen. Eine meiner ersten Arbeiten in der Bibliothek bestand darin, die besonders kostbar erscheinenden Bücher herauszuziehen. Durch das Salz waren die Pergamenteinbände teilweise beschädigt, während die Lederbände aus der Bibliothek Brandes unversehrt geblieben waren. Zum erstenmal in meinem Leben kam ich mit einer umfangreichen Sammlung alter Drucke in Berührung, die zu verwalten und zu erfassen, zu erschließen und zu vermitteln später meine bibliothekarische Aufgabe in Wolfenbüttel war.

In diesen ersten Wochen vertrat ich auch hin und wieder den Hausmeister, brachte Bücherpakete aus dem Leihverkehr mit dem Leiterwagen zur Post, oder ich machte am Bibliothekseingang Garderobendienst. Ich habe so meinen bibliothekarischen Beruf von der Pike auf gelernt, oder, wie ich in heiteren Stunden meinen Lebensweg beschrieben habe: von der Vertretung eines Hausmeisters zur Leitung einer berühmten Bibliothek.

Ich habe dabei viele Erfahrungen im Umgang mit Büchern und Büchermenschen gemacht. Am Anfang lernte ich kennen, was mir in meiner Jugendzeit erspart geblieben war: die NS-Literatur, die über Jahre die Auslagen in den Schaufenstern der Buchhandlungen bestimmt hat. Da es sich meine Eltern finanziell nicht erlauben konnten, Bücher zu kaufen, gab es zu Hause auch keine Naziliteratur. Ich glaube allerdings ohnehin nicht, daß es ihnen in den Sinn gekommen wäre, sich Hitlers *Mein Kampf* oder die Reden von Joseph Goebbels anzuschaffen.

Nun traf die NS-Literatur in riesigen Mengen aus dem gesamten Oldenburger Land in zahllosen Bücherpaketen, adressiert an die Landesbibliothek, ein und wurde in den leerstehenden Räumen des Augusteums, des früheren Kunstgebäudes nahe dem Schloß, aufgestapelt. Die Aktion war ausgelöst worden durch die Veröffentlichung einer *Liste der auszusondernden Literatur*, die von den Bibliothekaren der Deutschen Bücherei Leipzig 1946 auf 560 Druckseiten zusammengestellt worden war und die für alle vier

Besatzungszonen verbindlich wurde. Im Auftrag der englischen Militärregierung erließ auch das oldenburgische Staatsministerium für Kirchen und Schulen eine Verordnung, die die Büchereien, Schulen und Buchhandlungen in den Städten und Orten des Oldenburger Landes verpflichtete, das nationalsozialistische und militaristische Schrifttum an die Landesbibliothek abzuliefern.

Der amtierenden Direktor Dr. Lübbing beauftragte mich, die eingehenden NS-Bücher zu sichten. Er zeigte mir an Ort und Stelle, wie ich sie in eine alphabetische Ordnung bringen sollte, und so habe ich in den nächsten Monaten mit Unterbrechungen die Bücher von A bis Z, von Heinrich Anacker bis Hans Zöberlein, geordnet. Selbstverständlich gab es keine Regale, sondern die Bücher lagen in langen Schlangen auf dem Boden. Ständig mußte ich nachrücken. Aus allen Volksbüchereien und Schulbibliotheken waren die NS-Bücher angeliefert worden, so daß manches Buch in zahllosen Exemplaren vorhanden war und in der Reihe hohe Türme bildete. Zum Schluß traf noch eine sehr umfangreiche Sendung der Werksbücherei der Kriegsmarinewerft Wilhelmshaven ein, die meine Ordnung sehr strapazierte. Hitlers *Mein Kampf* war dabei am häufigsten vertreten. Es handelte sich um eine Sonderausgabe in Halbleder mit eingedruckter Widmung Hitlers, bestimmt als Geschenk für Eheschließende im Jahre 1944, die nicht mehr zur Verteilung gekommen war.

Die meisten Bücher waren in der Schwabacher gedruckt, einer Type, die auf den Leser von vornherein aggressiv wirken mußte. Sie paßte zu dem Inhalt, denn die Masse der Einlieferungen war Propagandaliteratur: die in rotes Leinen gebundenen Bücher von Joseph Goebbels, Alfred Rosenberg, Robert Ley und anderen Nazigrößen. Dazu gehörten auch die Bücher von Dietrich Klagges und Hans

Fritzsche und die Biographien über Horst Wessel und andere. Philipp Bouhlers Hitler-Buch und Heinrich Hoffmanns Bildbände über den Führer in allen Lebenslagen waren in vielen Exemplaren abgeliefert worden und offensichtlich besonders beliebt gewesen. Da gab es Buchtitel wie *Mutter erzählt von Adolf Hitler* oder *Unser Führer. Ein deutsches Jungen- und Mädchenbuch.* In zahlreichen Ausgaben waren die Parteiprogramme und Schriften zur NS-Weltanschauung vorhanden, in vielen Büchern wurde das Bauerntum verherrlicht, das Bevölkerungswachstum dargestellt und die Volks- und Weltwirtschaft behandelt.

Die rassenkundlichen Werke von Ludwig Schemann, Hans Friedrich Karl Günther und Ludwig Ferdinand Clauß waren stoßweise abgeliefert worden, ebenso wie die antisemitischen Schriften von Theodor Fritsch und andere Hetzschriften gegen das Judentum. Die Namen von Kurt Pastenaci und Heinar Schilling als Verfasser von vielgelesenen Büchern über das Germanentum sind mir in Erinnerung geblieben wie die Werke nationalsozialistischer Wissenschaftler wie Alfred Baeumler, Ernst Krieck und Max Hildebert Böhm, Ernst Anrich und Friedrich Stieve. Sie kamen aus den Lehrerbüchereien ebenso wie die Schriften von Karl Haushofer zur Geopolitik oder die von Paul Rohrbach über die verlorenen Kolonien und über die Pioniere Adolf Lüderitz und Carl Peters.

Die zahlreichen Kriegsbücher über die Heldentaten im Ersten und Zweiten Weltkrieg, über die Schlacht bei Tannenberg und am Skagerrak, über die Feldzüge nach Polen, Frankreich und Norwegen, verfaßt von Schriftstellern und Kriegsberichterstattern wie Werner Beumelburg und Paul Coelestin Ettighofer, Kurt Eggers und Erhard Wittek, Ulrich Sander und Richard Euringer, Peter Supf und Franz Schauwecker, gingen durch meine Hände, wie auch die Romane von Edwin Erich Dwinger und Bruno Brehm, Hans Friedrich Blunck und Heinz Steguweit aus den Volksbüchereien. Die zahllosen Gedichtbände von Gerhard Schumann und Hans Baumann, Herbert Böhme und Heinrich Anacker, deren Gedichte stets an den Heimabenden des Jungvolks aufgesagt wurden, waren ebenfalls vorhanden.

Eines der Bücher habe ich damals übrigens mitgehen lassen. Ich habe es über Jahrzehnte als Kuriosum aufbewahrt, allerdings irgendwann einmal ausgeliehen und nicht zurückbekommen. Es war ein heller Leinenband mit rotem Titelaufdruck und im Innern mit roten Stempeln der Wilhelmshavener Werksbücherei verunstaltet. Es gab davon mehrere Exemplare und war vermutlich als Hetzschrift gegen die ungeliebten Engländer mißverstanden und daher mit abgeliefert worden. Es handelte sich um Wilhelm Waiblingers Satire *Die Britten in Rom.* Die Novelle, in der sich der schwäbische Dichter, der mit 26 Jahren 1830 in Rom gestorben war, über die englischen Touristen lustig machte, war 1940 in einer hübschen Ausgabe mit frechen Federzeichnungen von Curth Georg Becker neu erschienen.

In dieser Zeit hatte ich häufig Ausleihdienst, wo ich eines Tages einem Benutzer die von ihm bestellten archäologischen Bücher aushändigte. Wir kamen ins Gespräch, der Herr interessierte sich offensichtlich für mich und lud mich zu sich nach Hause ein. Dr. Otto Wilhelm von Vacano wohnte im Haus von Café Bohlmann bei seinen Schwiegereltern an der Nadorster Straße, ganz in der Nähe der Rankenstraße. Sein Studierzimmer lag unter dem Dach mit Blick auf den Gertrudenfriedhof, und mein Gastgeber, ein gutaussehender, dunkelhaariger Mittdreißiger, erzählte lebhaft von seinen archäologischen Forschungen. Er beschäftigte sich mit der Kunst der Etrusker, die ihn in ihrer kulturellen Einzigartigkeit begeisterte. Doch dann wechselte er das Thema und erzählte mit dem gleichen Enthusiasmus von der Ordensburg Sonthofen im Allgäu, wo er an den Adolf-Hitler-Schulen unterrichtet und die Schüler zu glühenden Anhängern des Führers erzogen hatte. Er geriet bei der Schilderung einer Neuordnung Europas unter der Führung der deutschen Herrenrasse immer mehr ins Schwärmen. So sah er in der Niederlage eine Katastrophe für das deutsche Volk, das unter seinem Führer Adolf Hitler zu Höherem fähig gewesen wäre. Daß ich nicht begeistert in sein Loblied einstimmte, sondern mich bald irritiert verabschiedete, verstand er nicht. Es gelang mir, ihm künftig aus dem Weg zu gehen.

1957 erschien Vacanos Hauptwerk *Die Etrusker in der Welt der Antike* im Rowohlt Verlag in einer hohen Auflage und wurde in mehrere Sprachen übersetzt. Er erhielt nach diesem Bucherfolg eine Anstellung als Kustos der Antikensammlung des Instituts für Klassische Archäologie an der Universität Tübingen, wo er 1977 im hohen Alter starb. Unter den Nazibüchern, die ich 1946 sichtete, befand sich auch das Buch seiner Frau Erna von Vacano-Bohlmann *Jugend im Jahresring. Ein Brauchtumsweiser für die deutsche Jugend*, 1939 in 3. Auflage erschienen.

Das Ordnen der NS-Literatur ging im Dezember 1946 zu Ende. Später habe ich dabei geholfen, die 20 000 Bücher so zu reduzieren, daß die Landesbibliothek jeweils ein bzw. zwei Exemplare behielt und separierte. Die übrigen Bücher wurden makuliert.

Der Umzug

In kurzer Zeit war mir das Leben in der Landesbibliothek vertraut. Wir waren ein kleiner Kreis von Mitarbeitern. Dr. Fischer nahm nach und nach die Geschäfte in die Hand. Anfang September 1946 meldete sich Karl Bonhagen: Der künftige Bibliotheksinspektor war gerade aus der Kriegsgefangenschaft entlassen worden. Ich wurde häufiger im Bestelldienst eingesetzt, lernte den Umgang mit Katalogen und Bibliographien. Ich hatte Regale zu beschriften und zurückgegebene Bücher einzustellen. Ich kannte mich in dem provisorischen Magazin aus.

Da ich es aufgegeben hatte, mich erneut um einen Studienplatz zu bewerben, sorgte Dr. Fischer dafür, daß an der Landesbibliothek ein Bibliothekar des mittleren Dienstes ausgebildet werden konnte. Am 1. Oktober 1946 wurde ich in das Staatsministerium am Dobben bestellt. Eine große Anzahl junger Leute hatte sich im Foyer des Gebäudes versammelt, und eine Schar von Mitarbeitern bildete die Kulisse der Zeremonie. Theodor Tantzen, der 1946 von der Militärregierung als Ministerpräsident eingesetzt worden war und der das Land Oldenburg wie in der Weimarer Republik bis 1932 wieder verwaltete, hielt eine Rede, wir mußten die rechte Hand zum Schwur erheben und die Eidesformel nachsprechen. So wurde ich als Beamtenanwärter des mittleren Dienstes an wissenschaftlichen Bibliotheken auf die oldenburgische Verfassung vereidigt. Sechs Wochen später wurde diese außer Kraft gesetzt, und das Land Oldenburg wurde, wie auch Braunschweig und Schaumburg-Lippe, mit der ehemaligen preußischen Provinz Hannover zu dem neuen Land Niedersachsen vereinigt. In Nordwestdeutschland war die

Kleinstaaterei zu Ende und das spätere Bundesland entstanden.

Meine erste verantwortungsvolle Aufgabe bestand in der Mitwirkung am Umzug der Bibliothek. Dr. Fischer hatte in Gesprächen mit Minister Kästner und der englischen Militärregierung, die im Churchill-Haus in der Ratsherr-Schultze-Straße ihren Sitz hatte, erreicht, daß der ausgebombten Landesbibliothek das leerstehende Zeughaus an der Ofenerstraße als künftiges Domizil überlassen wurde. Anhand meines Bibliothekstagebuchs, das ich für die letzten fünf Monate 1946 führte, lassen sich die Ereignisse rekonstruieren. Am 9. September besichtigten wir das Zeughaus, drei Wochen später wurden Möbel und einige Bücher in die »künftige Dauerunterkunft der Bibliothek« gebracht, »zwecks Sicherung des Gebäudes«. Vermutlich hatte Dr. Fischer bis zum Schluß Zweifel, ob ihm das Zeughaus tatsächlich überlassen würde. Auch in den nächsten zwei Wochen wurden solche Büchertransporte fortgesetzt.

Dann begann am 14. Oktober der eigentliche Umzug. Fahrzeuge standen zum Transport bereit, und dazu hatte uns das Arbeitsamt Arbeitslose zur Verfügung gestellt. Ich hatte als Jüngster den Abtransport der Bücher zu beaufsichtigen, während Karl Bonhagen im Zeughaus das Aufstellen übernahm. Jeder hatte eine Mannschaft von etwa 20 bis 25 Leuten, die lange Ketten bildeten, Männer jeden Alters. Einer war darunter, Friseur von Beruf, der unter Schüttellähmung litt. Er verstand es aber, die Bücher von einem Mann zum nächsten zu balancieren, ohne sie fallen zu lassen. Wir räumten zunächst den Küchenflügel und den Keller des Schlosses mit den ungeordneten Beständen und beluden die Lastwagen, die von dem Trupp im Zeughaus in Empfang genommen wurden. Unter dem Dach und in der Turnhalle der Pädagogischen Akademie lagerten ebenfalls ungeordnete Bücherberge, ebenso im Staatsarchiv. Von Montag bis Samstag waren wir im Einsatz.

Nachdem die drei Jahre zuvor von den Hitlerjungen in die Lastwagen geworfenen Büchermassen abtransportiert und in die leeren Räume des neuen Hauses eingelagert waren, kamen zum Schluß die geordneten Bestände aus dem Schloß an die Reihe. Die Bibliothek wurde vorübergehend geschlossen. Herr Janßen und Herr Wien gingen spazieren oder in ein Café: Sie hatten sich geweigert, sich an der Überwachung der Transporte zu beteiligen, und überließen dieses dem jungen Beamtenanwärter.

Für die geordneten Bücher wurden die Holzregale im Schloß abgebrochen und im Zeughaus wieder aufgebaut. Am 4. November notierte ich: »Vormittags und nachmittags: Die letzten Transporte vom Schloß zum Zeughaus. Damit ist der Umzug beendet. 61 Transporte wurden insgesamt durchgeführt, sämtliche Bibliotheksbestände im neuen Hause endlich wieder vereinigt.« Doch nun erst zeigte sich das Ausmaß der Katastrophe. Über mehrere Geschosse verteilt, lag der größte Teil des Bestandes in hohen Bücherstapeln ohne Individualsignaturen. Ihre Unzugänglichkeit war ein ständiges Ärgernis, ihre Bearbeitung und Einordnung sollte lange dauern.

Über vierzig Jahre beherbergte das Zeughaus die Landesbibliothek. Lange Zeit war das Erdgeschoß zur Verärgerung von Dr. Fischer von der Feuerwehr mit Beschlag belegt worden. Das Provisorium dauerte ein Jahrzehnt, bis endlich alle Bücherberge abgearbeitet und alle Bestände aufgestellt waren. Dr. Fischers Nachfolger, Dr. Armin Dietzel, gelang es schließlich, ein neues, zweckmäßiges Haus für die Bibliothek zu finden: die alte große Polizeikaserne am Pferdemarkt, die nach einem Umbau 1987 bezogen wurde. Sie wurde saniert und zu einer schönen, einladenden und großzügigen Bibliothek umgestaltet. So haben auch die alten Bücher, unter denen ich gearbeitet habe und die mir so vertraut waren, eine gute Heimstatt gefunden. Wenn ich einmal Gelegenheit habe, durch die Magazine zu gehen, in denen die historischen Bestände stehen, so ist das wie eine Heimkehr: Unter diesen fremden Büchern bin ich groß geworden.

Neue Bücher

Mit dem Umzug im Herbst 1946 war das Interim in den Schloßräumen beendet. Das neue Domizil bot Platz für Lesesaal und Katalograum, für Verwaltung und Magazine. Auch die Infrastruktur war neu aufzubauen, und dafür war Dr. Fischer, der Bibliotheksrat aus Leipzig, der richtige Mann, der Berufserfahrung mit wissenschaftlicher Neugier verband. Der umständliche Kapselkatalog wurde abgebrochen, und der Zettelkatalog, in allen wissenschaftlichen Bibliotheken längst eingeführt, existierte nur in seinen Anfängen. Die ersten neuen Bücher wurden angeschafft. Die Buchhändler in der Stadt – Rudolf Ebel, Anna Thye, Heinz Holzberg, Hugo Kumke und andere – boten sie der Bibliothek an, und Dr. Fischer traf die Auswahl.

Die Neuerwerbungen wurden seit 1939 nach den Zugangsjahren aufgestellt, eine heute allgemein übliche Bibliotheksaufstellung, *numerus currens* genannt. Die Bücher stehen nach der laufenden Nummer ungeordnet nebeneinander, und sie lassen sich nur über die Kataloge finden. Viele Jahrzehnte sind seit der Einführung dieser Praxis vergangen, und heute erscheinen die Jahrgänge wie Jahresringe. Man kann auf diese Weise in den Magazinen der Bibliotheken die Bücheranschaffungen Jahr für Jahr überblicken. Man erkennt den Wandel in der äußeren Buchgestaltung. Man sieht, wie auch die Bücher der Mode und dem Geschmack der Zeit unterworfen sind. Ein großer Teil ist inzwischen der Vergessenheit anheimgefallen. *Tempi passati.* Andere aber erkennt man an den Namen der Autoren und den Titeln wieder.

621 Bücher wurden 1946 in das Zugangsbuch der Landesbibliothek Oldenburg eingetragen, katalogisiert und in deren Bestand aufgenommen, darunter viele ältere, die durch Stiftungen ins Haus kamen. Unter den Neuerscheinungen und Neuauflagen, die im ersten Nachkriegsjahr in Deutschland mit den Lizenzen der vier Militärregierungen herauskamen, gab es einige, die meine Lieblingsbücher wurden. Ihre Lektüre ließ den trostlosen Alltag, den Hunger und im Winter die Kälte vergessen. Es waren Bücher, mit deren Hilfe ein junger Mensch in das »Reich des Geistes« entfliehen konnte: Richard Benz, *Stufen und Wandlungen,* Johannes Hoffmeister, *Die Heimkehr des Geistes,* die Schrift von Reinhold Schneider mit dem fast gleichen Titel *Die Heimkehr des deutschen Geistes,* Bruno Snell, *Die Entdekkung des Geistes,* auch Reinhard Buchwalds Aufsatzsammlung *Das Vermächtnis der deutschen Klassiker.*

In diesem Jahr 1946 erschienen auch Schriften und Bücher, die heftige Diskussionen auslösten: *Die Schuldfrage* von dem Philosophen Karl Jaspers, *Die deutsche Katastrophe* von dem Historiker Friedrich Meinecke, die Streitschrift von Thomas Mann, Frank Thieß und Walter von Molo über die Dichter der inneren Emigration, auch Alfred Webers *Abschied von der bisherigen Geschichte* und Fritz Blättners *Ein Wort an die akademische Jugend.* Zwei Auswahlbände verfemter Autoren gehörten zu den ersten Neuerscheinungen: Kurt

Tucholsky, *Gruß nach vorn,* und Erich Kästner, *Bei Durchsicht meiner Bücher.*

Es kamen die ersten Berichte Überlebender über die Erfahrungen in den Konzentrationslagern heraus, die uns fassungslos machten und deren Inhalt wir nicht glauben mochten: K. A. Gross, *Zweitausend Tage Dachau,* Walter Poller, *Arztschreiber in Buchenwald,* Heinrich Christian Meier, *So war es. Das Leben im KZ Neuengamme,* Ernst Wiechert, *Der Totenwald,* und andere.

Zu den ersten Nachkriegsveröffentlichungen gehörten auch die politischen Schriften aus der sowjetischen Besatzungszone, verfaßt von den 1945 nach Berlin zurückgekehrten Kommunisten: Otto Grotewohl, *Wo stehen wir, wohin gehen wir?,* Alexander Abusch, *Der Irrweg einer Nation,* Johannes R. Becher, *Deutsches Bekenntnis,* Walter Ulbricht, *Der Plan des demokratischen Neuaufbaus,* auch die Schriften von Karl Marx, Friedrich Engels, Lenin und Stalin. Der Westen setzte ihnen philosophische und theologische Erkenntnisse entgegen, zum Beispiel die Bücher von Theodor Haecker, *Christentum und Kultur,* Philipp Dessauer, *Wahrheit als Weg,* Peter Wust, *Ungewißheit und Wagnis* oder Wilhelm Weischedel, *Der Mut zur Verantwortung.* Die Politiker Kurt Schumacher und Eugen Gerstenmaier waren ebenso Autoren der ersten Stunde: *Grundsätze sozialistischer Politik* war der eine, *Hilfe für Deutschland* der andere Titel.

Im Suhrkamp Verlag Berlin gab der von seiner KZ-Zeit gezeichnete, aus dem Oldenburgischen gebürtige Verleger Peter Suhrkamp schmale Hefte heraus: Thomas Mann, *Vom kommenden Sieg der Demokratie,* Hermann Hesse, *Der Europäer,* Reinhold Schneider, *Fausts Rettung.* Nur einige wenige Romane und Erzählungen wurden angeschafft: Theodor Plievier, *Stalingrad,* Ernst Glaeser, *Der letzte Zivilist,* Kasimir Edschmid, *Das gute Recht,* Gertrud von Le Fort, *Die Letzte am*

Schafott. Die spätere Welle der *Reeducation*-Literatur kündigte sich in Büchern amerikanischer Klassiker des 19. Jahrhunderts an: Herman Melville, *Moby Dick* und Walt Whitmans Tagebücher.

Unter den meist auf schlechtem Papier gedruckten Neuerscheinungen des Jahres 1946 wirkte ein bibliophiles Buch wie ein Paradiesvogel, und so war auch sein Inhalt: *Magister Tinius,* ein Drama von Paul Gurk. Es ist die Geschichte des Magisters Johann Georg Tinius aus dem frühen 19. Jahrhundert, der zwei Menschen ausgeraubt und ermordet haben soll, um mit dem Geld Bücher für seine riesige Privatbibliothek erwerben zu können, die 60 000 Bände umfaßt haben soll. Das Buch war im Bremer Schlüssel Verlag erschienen. Anhand zweier weiterer kleiner Schriften aus dem gleichen Verlag, ebenfalls unter den neuen Büchern 1946, erklärt sich, welche Absicht der Bremer Bücherfreund und Verleger Hans Kasten verfolgte. Er hatte vor dem Krieg bibliophile Bücher herausgebracht und wollte nun in der tristen Gegenwart der zerstörten Hansestadt mit den Büchern ein Zeichen setzen. Das erste Heft erzählt von dem Wahrzeichen der Stadt, dem Bremer Schlüssel, das andere aber, das ich mir dann auch selbst gekauft habe, ist eine schmale Anthologie, *Über die Liebe zu Büchern,* von dem originellen Verleger selbst zusammengestellt. In den Briefen, Texten und Zitaten sah ich meine Neigungen und Stimmungen damals wie heute bestätigt. Die Liebe zu den Büchern: Sie war es, die in den letzten Kriegsjahren verschüttet worden war und die ich in den ersten Monaten meiner Ausbildungszeit unter den fremden Büchern der Landesbibliothek wiederentdeckte. Sie ist ein Schlüssel zum Verständnis meines Lebens.

Der Bibliothekschef

Als ich Dr. Fischer kennenlernte und dieser mir die bibliothekarische Ausbildung im damaligen mittleren Dienst ermöglichte, wußte ich nicht, daß sein Lebensweg so ähnlich wie mein späterer verlaufen war. Er war in der sächsischen Kunstmetropole Dresden aufgewachsen und durch sie geprägt worden. Da sein Vater früh verstorben war, konnte er nicht studieren. So wurde der Zwanzigjährige 1925 als Volontär am Deutschen Museum für Buch und Schrift in der Deutschen Bücherei Leipzig von dem damals bekannten Buchhistoriker Albert Schramm aufgenommen, der zehn Jahre zuvor die Bibliotheksschule für den mittleren Dienst gegründet hatte. Dort machte der junge Fischer 1927 das Examen und wurde Bibliothekssekretär an der Leipziger Stadtbibliothek, einer der schönsten und reichsten im damaligen Deutschland. Es wurde ihm auf dem zweiten Bildungsweg das Studium der Kunstgeschichte ermöglicht, das er mit dem Bibliotheksexamen und der Promotion über ein buchgeschichtliches Thema, *Die Blütezeit der Einbandkunst. Studien über den Stil des 15. bis 18. Jahrhunderts,* 1937 abschloß. Unter der Ägide seines Direktors Johannes Hofmann, der Fischer geprägt hat – so wie dieser mich –, entwickelte er sich, angeregt auch durch die hervorragenden Bücherschätze, die später im Krieg zerstört wurden, zu einem großen Kenner der Buch- und speziell der Einbandgeschichte. So verkörperte er das Bild eines wissenschaftlichen Bibliothekars, das längst Geschichte geworden ist. Es hat auch mich noch geprägt. Im Kriege war Fischer Soldat gewesen und kam nach der Gefangenschaft im Mai 1946 an die Landesbibliothek und sah sofort, was zu tun war.

Ab und an pflegte Dr. Fischer mich zu testen. Gleich zu

Anfang beauftragte er mich zum Beispiel, eine Systematik für die Handbibliothek zu entwickeln. Er nannte mir einige Werke über die Einteilung der Wissenschaften, die ich studieren sollte. In kurzer Zeit hatte ich die Aufgabe bestens gelöst und auf drei Blättern zusammengefaßt. Meine Aufstellung begann mit den wissenschaftlichen Hilfsmitteln, dem bibliographischen Apparat, den Enzyklopädien und Wörterbüchern, und dann folgten, getrennt nach Geistes- und Naturwissenschaften, in 21 Gruppen die einzelnen Disziplinen. Ich habe meine Aufstellung datiert: »8.8.46«. Ob die Bibliothek dem Vorschlag folgte, weiß ich nicht mehr.

An einen geregelten Ausbildungsgang war damals nicht zu denken. Es fehlte an Personal, und Dr. Fischer ließ sich bei all den Aufgaben, die er übernommen hatte, wenig Zeit für mich. Er erteilte mir Aufträge meist en passant. Da noch nicht alle Stationen auf dem Weg des Buches von der Bestellung bis zur Ausleihe geregelt waren, habe ich zum Beispiel nach Dr. Fischers Anweisungen die Zeitschriftenstelle und den Verkehr mit den Buchbindern neu eingerichtet.

Die Arbeit, die mir am besten gefiel, war nach wie vor der Dienst in der Ausleihe: die Bearbeitung der Bestellungen, die Ermittlung der Titel in den Katalogen und Bibliographien, das Heraussuchen in den Magazinen. Oft warteten Benutzer auf die Erledigung ihrer Wünsche. Dann rannte ich mit meinen Bestellscheinen los, soweit ich mich erinnere, immer im Laufschritt. Den Benutzern schnell zu helfen hatte ich mir zu eigen gemacht. So lernte ich bald die Titel der Bücher und ihre Standorte in den Magazinen kennen. Gab es eine Stromsperre, was oft vorkam, oder fiel das Licht aus, so suchte und fand ich die gewünschten Bücher manchmal auch im Dunkeln auf den Regalen. Die Standorte hatte ich mir gemerkt, denn oft wiederholten sich die Bücherwünsche.

So verlief mein Jahr der praktischen Ausbildung spannend und abwechslungsreich. Besonders lehrreich waren die Augenblicke, in denen Dr. Fischer mir Kostbarkeiten der Bibliothek zeigte, die er entdeckt hatte: die illustrierten Bibeln der Inkunabelzeit, die Klassikerausgaben von Aldus Manutius, die alten Reisebeschreibungen, die kolorierten Atlanten aus dem Barockzeitalter, die schönen französischen Drucke des 18. Jahrhunderts. Ich lernte Buchgeschichte durch Anschauung.

Dr. Fischer war ein sehr menschlicher, hilfsbereiter und langmütiger Mentor. Meine Schulzeit auf der höheren Schule war allzu kurz gewesen, so daß ich dort keinen Lehrer gehabt hatte, der mich nachhaltig für das Leben prägte. Ich fand ihn nun in der Bibliothek. Mein Chef selbst versuchte, neben seinen Verwaltungsgeschäften auch seinen wissenschaftlichen Interessen nachzugehen, und befaßte sich mit Ludwig Münstermann, dem oldenburgischen Barockbildhauer. Aber für die eigenen Studien fehlte die Zeit, vielleicht sogar die Geduld. Er sah seine Hauptaufgabe in der damaligen Situation der Bibliothek darin, den Betrieb zu regeln, für einen ordentlichen Haushalt zu sorgen, neue Bücher anzuschaffen und mehr Personalstellen einzufordern.

Darüber hinaus sah es Dr. Fischer als seine Pflicht an, den Einheimischen wie den Flüchtlingen zu helfen, zu denen er sich selbst rechnete. So baute er seit 1946 die Volkshochschule in Oldenburg auf. Gleichzeitig wurde er Chef der öffentlichen Büchereien im Oldenburger Land, denn er hatte die Leitung der Staatlichen Büchereistelle zu seiner Aufgabe gemacht und sie zu einer Verpflichtung der Landesbibliotheken erklärt. Viele Jahre hat er am Aufbau des Fortbildungswesens mitgewirkt und selbst Kurse in der Volkshochschule gegeben, u. a. hielt er Vorträge über die

Geschichte der modernen Kunst. Da es keine Lichtbilder in Form von Diapositiven gab, war er auf ein Epidiaskop angewiesen, zu dessen Bedienung er mich heranzog. Dadurch und anhand von Julius Meier-Graefes *Entwicklungsgeschichte der modernen Kunst* lernte ich die Entwicklung der Moderne von Paul Cezanne über Picasso und seine Freunde bis zum Expressionismus kennen. Dr. Fischer war ein glänzender Pädagoge, der es verstand, sein Publikum zu fesseln. Nach den immer sehr anregenden Abenden begleitete ich ihn bis zu seiner Wohnung, wobei er stets mit dem Dozieren fortfuhr. Ein paar Jahre später habe ich dann als junger Diplombibliothekar mit ihm zusammen einen Volkshochschulkursus über das *Wunderland der Bücher* gehalten, in dem ich selbst am meisten gelernt habe.

Dr. Wolfgang Fischer habe ich die Liebe zu meinem bibliothekarischen Beruf zu verdanken. Ich blieb mit ihm auch nach meinem Fortgang in brieflicher Verbindung. Kam ich nach Oldenburg, so besuchte ich ihn, und auf den Bibliothekartagen verabredeten wir uns zum Gespräch. Als ich zwanzig Jahre später im Herbst 1968 der Nachfolger von Fischers Wolfenbütteler Kollegen, Erhart Kästner, geworden war, habe ich ihn kurz darauf auf einer Sitzung in Hannover getroffen, die seine letzte war: Er trat in den Ruhestand. Fünf Jahre später starb er allzu früh. Sein großes Werk über das Buch in der bildenden Kunst, für das er über Jahrzehnte Material gesammelt hatte, blieb unvollendet.

Der Bibliotheksschüler

Um dem fehlenden Nachwuchs an Bibliotheken abzuhelfen, eröffnete Professor Hermann Tiemann, der einflußreiche Direktor der Staats- und Universitätsbibliothek Hamburg, im Herbst 1946 mitten in einer schwierigen Zeit eine Bibliotheksschule zur Ausbildung des mittleren Bibliotheksdienstes. Er hatte sich darüber mit seinen Kollegen in Niedersachsen, Schleswig-Holstein und Bremen abgestimmt. Als Sitz diente das ehemalige Direktorhaus neben dem Wilhelm-Gymnasium an der Moorweidenstraße, das die einst so reiche Bibliothek bezogen hatte. Das ursprüngliche Domizil am Speersort im Zentrum Hamburgs war – wie viele andere Bibliotheken – im Kriege zerstört worden. Von den 850 000 Bänden waren nur 225 000 gerettet worden, und zwar die Bestände der Philologien, der Jurisprudenz, Physik und Archäologie. Da die britische Militärregierung einen Lesesaal in der Nähe der Universität forderte, die zum Wintersemester 1945/46 wiedereröffnet werden sollte, gelang es Professor Tiemann, das Gebäude des Wilhelm-Gymnasiums zu beziehen und die Bibliothek tatkräftig wieder aufzubauen. Auch hier war der Aufbauwille stärker als die Verzweiflung über den Untergang der Stadt, und überall im Lande fanden sich Persönlichkeiten, die das Unmögliche schafften. Man dachte nicht nur an das Heute, sondern auch an das Morgen, an die Zukunft.

Ich hatte mich für den zweiten Ausbildungskursus 1947/48 an der Hamburger Bibliotheksschule beworben und gab als Begründung an: »Da mir die augenblicklichen Verhältnisse ein Studium nicht gestatteten, wandte ich mich an die Landesbibliothek. Dort fand ich bald ein Betätigungsfeld, dem ich mich mit ganzem Herzen hingab.

Alle Faktoren kamen hier zur Befriedigung, die mich bisher nur unbewußt begleitet hatten: die Liebe zum Buch, die Freude am Sammeln, die Ehrfurcht vor der Geistesgeschichte, das Interesse für Fremdsprachen und für das Wissen überhaupt. Ich erkannte, daß die Bibliothek die geistigen Schätze nicht nur sammeln, katalogisieren und aufstellen soll, sondern jenseits davon eine hohe kulturelle Aufgabe gerade heute im Staate zu erfüllen hat. Hier kann man den Pulsschlag des geistigen Lebens nicht nur messen, sondern auch, durch den Dienst am Buch, wirkend mit beeinflussen. An einer solchen Idee mitzuarbeiten gestaltete sich mir zu einer inhaltvollen und verantwortlichen Lebensaufgabe.« Was ich damals als Zwanzigjähriger etwas ungelenk schrieb, wurde in der Tat das Credo meines Lebens, dem ich durch alle meine Berufsjahre treu geblieben bin.

Am 17. Oktober 1947 erhielt ich von der Staatsbibliothek die Mitteilung, »daß die Zuzugsgenehmigung seitens des Wohnungsamtes jetzt vorliegt. Daher kann die Schule am 1. November beginnen. Leider kann von hier aus eine Wohnung nicht besorgt werden.« Doch mit der Wohnungssuche habe ich in meinem Leben immer Glück gehabt. Durch Zufall hörte ich von einem Studenten, daß es im Biberhaus, dem Wohnungsamt, einen Herrn gäbe, der Zimmer vermitteln würde. So erhielt nicht nur ich, sondern auch mehrere meiner Mitschülerinnen und Mitschüler eine Zuweisung. Allerdings lag mein Zimmer weit draußen in Lohbrügge bei Bergedorf. Doch immerhin hatte ich ein Dach überm Kopf.

Wir waren ein Kreis von etwa 18 jungen Leuten – die Männer waren in der Minderzahl – aus Hamburg, Kiel und Lübeck, Hannover, Göttingen und Oldenburg. Die Schule leitete Paul Viebeg, ein Bibliotheksamtmann, »Urgestein«

der alten Bibliothek, der kurz vor der Pensionierung stand, ein stattlicher Herr, gutmütig und wohlwollend, der uns wie seine Kinder betrachtete. Er fand es schön, in unserem Kreis zu sitzen und Geschichten aus seinem Leben zu erzählen, wie diese: Seine Schulklasse machte – es war im letzten Jahrzehnt des 19. Jahrhunderts – einen Ausflug in den Sachsenwald und besuchte den in Friedrichsruh lebenden Otto von Bismarck. Der Alte ließ es sich nicht nehmen, jeden der Hamburger Jungen per Handschlag zu begrüßen und sich nach ihren Berufswünschen zu erkundigen. »Und du, mein Junge, was willst du werden?« fragte Bismarck den kleinen Paul Viebeg. Dieser nahm Haltung an und antwortete: »Ich will Pastor werden.« Darauf Bismarck: »Dazu gehört viel Mut und Gottvertrauen.« Dieses Wort hatte Viebeg nie vergessen. Er wurde zwar nicht Pastor, sondern Bibliothekar, aber aus Erinnerung an die Begegnung in Friedrichsruh hatte er eine große Bismarck-Sammlung angelegt, die er uns stolz in seiner Wohnung zeigte.

Der Unterricht fand in dem erwähnten Direktorhaus statt. Wenn die Räumlichkeiten für Sitzungen benötigt wurden, zogen wir ins Curiohaus an der Rothenbaumchaussee um, in dessen Keller sich eine pädagogische Bibliothek befand. Dort wurden wir, zwischen Bücherregalen sitzend, unterrichtet. Da waren zunächst die praktischen Fächer: das Erlernen der Büchereihandschrift nach Erwin Ackerknecht, die gründliche Ausbildung in der Titelaufnahme anhand der *Preußischen Instruktionen*, was über das autodidaktisch Erarbeitete weit hinausging, die Bibliotheksverwaltungslehre und der Unterricht in Bibliographie. Hier lernten wir mit Hilfe des Göttinger Handkatalogs von 1929 die wichtigsten Bibliographien, Lexika und Kataloge kennen, ihren Nutzen, ihren Aufbau, ihre Anwendung. Daneben nahmen die theoretischen Fächer einen breiten Raum ein: die Geschichte der Schrift beispielsweise von der babylonisch-assyrischen Keilschrift und den Hieroglyphen bis zum Kyrillischen und Singhalesischen. Wir lernten die Buch- und Bibliotheksgeschichte von der Vorzeit bis zur Gegenwart kennen. Wir nahmen die Geschichte der Philosophie, die Geschichte der einzelnen Wissenschaften von den Anfängen bis zur damaligen Gegenwart durch. In Staatsbürgerkunde lernten wir die Weimarer Verfassung von 1919 kennen. Die Geschichte der Weltliteratur stellte Dr. Kurt Richter, der gerade aus der Gefangenschaft zurückgekommen war, anhand von Hanns W. Eppelsheimers Handbuch dar.

Unsere Lehrer waren Bibliothekare des höheren Dienstes, die in der Staats- und Universitätsbibliothek arbeiteten. Unter ihnen war Dr. Gerhard Alexander der gebildetste und engagierteste Lehrer. Er hatte 1933 als Jude seine Stellung als Bibliotheksrat an der Preußischen Staatsbibliothek Berlin verloren, zog nach Hamburg, und da er mit einer nichtjüdischen Frau verheiratet war, überlebte er. Nie ließ er uns die Strapazen fühlen, die er durchgemacht hatte. Ganz im Gegenteil: Er war der fröhlichste und hilfsbereiteste unserer Lehrer. Er war es, der uns anhand von Jensens Standardwerk über die Schrift mit der Schriftgeschichte vertraut machte und dies zugleich als Vermittlung bibliothekarischer Allgemeinbildung verstand. »Das Ziel der Hamburger Bibliotheksschule ist es«, schrieb er 1949 im *Zentralblatt für Bibliothekswesen*, »nicht nur mechanisch gedrillte Arbeitskräfte zu schaffen, die mit Hilfe äußerlicher Routine und eingepaukten Wissensstoffes die alltägliche Kleinarbeit mühelos leisten, sondern Menschen heranzubilden, die ein wirklich lebendiges Verhältnis zum Buch und zur Bibliothek haben, die in ihrer Arbeit nicht nur einen mehr oder weniger angenehmen Broterwerb sehen, sondern die einen Einblick gewonnen haben in den Sinn ihrer Tätigkeit, die die Funktion erkennen, die sie im Geistesleben der Nation erfüllen.«

Wir bildeten eine verschworene Gemeinschaft. Wir erlebten noch die Hungermonate im Winter 1947/48, doch dann kam im Sommer 1948 die Währungsreform. Nach und nach besserten sich die äußeren Verhältnisse. Am kulturellen Leben hatten wir wenig Anteil, weil dazu der Unterricht und die damit verbundenen Arbeiten keine Zeit ließen. Am Wochenende fuhr ich mit dem Personenzug nach Hause, drei bis vier Stunden in den überfüllten Zügen mit Menschen aus dem Ruhrgebiet, die von Hamsterfahrten aus Schleswig-Holstein zurückkamen. Einige fuhren auf dem Trittbrett mit.

Anfang Oktober 1948 feierten wir mit unseren Lehrern das bestandene Examen auf einem fröhlichen Fest. Nur eine war nicht gekommen, sie fand die schriftliche Bewertung ihrer Titelaufnahmen empörend ungerecht, obwohl sie meine Lösungen Wort für Wort abgeschrieben hatte.

Von Jöcher zu Ebert

Das zweite Buch, das mir Dr. Fischer am Ende meines ersten Arbeitstages in der Landesbibliothek in Oldenburg zur Lektüre empfohlen hatte, war Georg Schneiders *Einführung in die Bibliographie*, erschienen 1936 in Leipzig. So lernte ich nicht nur die Regeln kennen, wie man ein Buch nach den *Preußischen Instruktionen* für den alphabetischen Katalog aufnimmt, sondern auch, wie man mit solchen Büchern umgeht, die nur Büchertitel verzeichnen, die sogenannten Bibliographien, die der Bibliothekar benutzt, um den genauen Titel eines neuen oder alten Buches zu ermitteln.

In meiner praktischen und dann theoretischen Ausbildung lernte ich eine so große Anzahl dieser »Bücherbücher« kennen, daß ich den bibliographischen Apparat wie eine komplizierte Klaviatur beherrschte. Da ich den Umgang als ein Privileg empfand, habe ich zeitlebens das Anfertigen von Bibliographien nicht als Kärrnerarbeit empfunden, sondern als eine besondere Herausforderung. Es wäre übertrieben zu behaupten, es sei eine Kunst. Doch die bibliographischen Werke, die ich meist mit einer Mitarbeiterin zusammengestellt und veröffentlicht habe, sind vor allem Bücher für Fachleute und Kenner, insbesondere für Antiquare. In ihren Katalogen finde ich oft meinen Namen als Nachweis, manchmal steht da auch »Nicht bei Raabe«. Die Nennung empfinde ich trotz der negativen Aussage jedesmal als Auszeichnung.

Zur theoretischen bibliothekarischen Ausbildung gehörte damals die Anfertigung einer schriftlichen Jahresarbeit. Ich wählte einen Abschnitt aus der Geschichte der Bibliographien. *Von Jöcher zu Ebert* nannte ich meine Arbeit, in der ich die Entwicklung der Literaturverzeichnung in Deutschland zwischen 1750 und 1830 beschrieben habe, von Christian Gottlieb Jöchers 1750/51 erschienenem vierbändigen *Allgemeinen Gelehrten-Lexicon* bis zu Friedrich Adolf Eberts zweibändigem *Allgemeinen bibliographischen Lexikon* von 1821–1830. Es war meine erste umfangreichere Arbeit, von der ich bedaure, daß sie nie gedruckt worden ist. So liegt der Text auf holzhaltigem Papier, maschinenschriftlich angefertigt, mit einem ausgefransten Pappumschlag vor mir, ein Erinnerungsstück aus meiner bibliothekarischen Jugendzeit.

Dem Vorwort setzte ich ein simples Wort des Heiligen

Hieronymus voran, das meinem damaligen Lebensgefühl entsprach: *Non sunt contemnenda parva sine quibus magna constare non possunt* (Die kleinen Dinge sind nicht zu verachten, ohne die die großen nicht bestehen können). Es war die reine Entdeckerfreude, die mich bei der Arbeit leitete. Viele der Bibliographien, die ich beschrieb, waren längst überholt, andere nur vergessen und noch immer in Einzelfällen hilfreich, wenn man sie zu Rate zieht. Einige waren damals sogar Neuentdeckungen, so die beiden Schriftstellerlexika von Johann Georg Meusel, dem Erlanger Gelehrten, den ich als Bibliographen bewunderte. Sein Werk *Das gelehrte Teutschland oder Lexikon der jetzt lebenden teutschen Schriftsteller*, zwischen 1796 und 1834 in 34 Bänden erschienen, und auch die von ihm verfaßte Zusammenfassung der verstorbenen Autoren, den sogenannten *Toten-Meusel*, habe ich selbst 1966 als Reprint mit Einleitungen herausgegeben. Ein anderes Werk, ein Repertorium der Neuerscheinungen zwischen 1785 und 1800 mit Nennung aller Rezensionen, verfaßt von Meusels Schüler Johann Samuel Ersch, war lange ein Geheimtip in der Forschung.

In meiner Arbeit habe ich 54 bibliographische Werke mit allen Ausgaben und Auflagen beschrieben und ihren Nutzen dargelegt. Dieser bibliographiegeschichtlichen Darstellung schloß sich im zweiten Teil eine Bibliographie der beschriebenen Werke an. Im Schlußkapitel befaßte ich mich mit dem Bibliographen Friedrich Adolf Ebert, der als Dresdner Bibliothekar auch einige Jahre in Wolfenbüttel gewirkt hat und 1834 den nicht seltenen Bibliothekstod gestorben ist: Er stürzte von einer hohen Bücherleiter. Mein Text schloß mit einem Bekenntnis: »Ebert hat die Ergebnisse der deutschen Bibliographie zusammengefaßt. Seine Anschauungen aber blieben die des 18. Jahrhun-

FEBRUAR

MO	DI	MI	DO	FR	SA	SO
				1	2	3
4	5	6	7	8	9	10
11	12	13	14	15	16	17
18	19	20	21	22	23	24
25	26	27	28	29		

5.2. FASTNACHT, 6.2. ASCHERMITTWOCH, 14.2. VALENTINSTAG

derts. Als ein Fremdling stand er in der geistigen Welt seiner Tage ... Aber dieses bleibt die Tragik jedes Bibliographen: Sein Werk ist unentbehrlich und unerläßlich, aber so entsagungsreich und wenig gewürdigt, daß alle, die sich ihr widmen, selbstlose, dienende Menschen sein müssen mit dem bibliothekarischen Wahlspruch im Herzen: *Aliis inserviendo consumor.*«

Da die Bücher, die ich beschreiben wollte, in der Bibliothek in Hamburg verbrannt und in Oldenburg nur teilweise vorhanden waren, unternahm ich im März 1948 meine erste Bibliotheksreise, die mich nach Göttingen führte, denn die dortige Universitätsbibliothek war im Krieg unversehrt geblieben. Ausgestattet mit einer Empfehlung von Paul Viebeg, fuhr ich also mit dem Zuge dorthin, ging als erstes zum »Beherbergungsamt« – so hieß der Zimmernachweis der Stadt Göttingen – und erhielt eine Einweisung in den Ammerländer Hof, ganz in der Nähe der Bibliothek: »1 Einzelzimmer vom 15.–18. III. 48.« In den drei Nächten habe ich allerdings kaum geschlafen. Hinter der abblätternden Tapete wimmelte es von Wanzen, die ich mir vom Leibe halten mußte.

Die Aufnahme in der Bibliothek war um so freundlicher. Ich besuchte den Direktor, Dr. Hartmann, der mich nach dem Gespräch an den sehr hilfsbereiten Auskunftsbeamten, Herrn Schindler, die Seele des Hauses, verwies. Ich erhielt die Erlaubnis, die Abteilung der alten Bibliographien in dem eiskalten Büchermagazin durchzusehen. Da standen die gesuchten Werke Band für Band, meist sehr verstaubt, in den Regalen. Zwar fror ich entsetzlich, aber ich fand es aufregend, so viele unbekannte Werke zu entdekken. Im Lesesaal habe ich dann Buch für Buch eingehend studiert. Mit einer reichen Ernte kam ich zu Ostern nach Hause. Der Besuch der Göttinger Bibliothek war ein großer Gewinn gewesen: Ich hatte eine intakte, gut funktionierende, wohlgeordnete und hervorragend erschlossene Bibliothek kennengelernt. In den folgenden Monaten habe ich neben dem Schulbetrieb die Ergebnisse meiner Studien niedergeschrieben. Inzwischen war ich 21 Jahre alt geworden: Ich war volljährig.

Lehrjahre eines Bibliothekars

Vor alten Drucken.
Landesbibliothek Oldenburg, 1950

Die Bibliothek und ihre Leser

Nach dem Bibliotheksexamen kehrte ich Oktober 1948 nach Oldenburg an die Landesbibliothek zurück in der sicheren Erwartung, nun nach der »Prüfung für den gehobenen Bibliotheksdienst an wissenschaftlichen Bibliotheken« und mit dem Diplom in der Hand meine mir vertraute Arbeit fortsetzen zu können. Doch die finanzielle Lage eines jungen Bundeslandes war damals schon schlecht.

Zwar hatte Dr. Fischer für mich eine Stelle beantragt, doch die Entscheidung zog sich hin, im Februar 1949 wurde ich offiziell entlassen. Bis dahin hatte ich zuversichtlich und hoffnungsvoll ohne Gehalt gearbeitet. In dieser Zeit lernte ich den Feuilletonchef der Oldenburger *Nordwest-Zeitung*, Dr. Norbert Hampel, kennen, der mir Aufträge gab, und so konnte ich in den nächsten Monaten als freier Mitarbeiter das Geld verdienen, mit dem mein Bruder und ich die Familie unterstützten. Ein paar Monate später erhielt ich dann doch an »meiner« Landesbibliothek eine Anstellung als Diplombibliothekar.

In einem meiner ersten Zeitungsartikel berichtete ich im März 1949 über *Neues aus der Landesbibliothek:* »Seit über zwei Jahren geht es aufwärts in der Oldenburger Landesbibliothek. Nicht zuletzt haben die ausländischen Bücherspenden zur Vermehrung der Bibliotheksbestände wesentlich beigetragen. Von Zeit zu Zeit kommen Sendungen aus England, meist mit dem Absender T. P. Cowell, London. Dieser hat durch seine Schenkungen die Brücke zur Oldenburger Landesbibliothek und Leserschaft geschlagen. In den hektographierten Auswahllisten fehlen neben älteren klassischen Schriftstellern auch nicht die Namen der Gegenwart, wie William Somerset Maugham, C. S. Forester,

Arthur Koestler, Charles Morgan, Aldous Huxley u.a. Durch die Vermittlung des englischen Bildungsoffiziers treffen laufend weitere Schenkungen ein. Große Überraschungen brachten die Schweizer Bücher: Zwei Sendungen wurden 1948 von der Schweizer Bücherhilfe gestiftet, eine dritte, die gerade eingetroffen ist, wurde über die JEIA, die *Joint Export Import Agency*, angekauft. Zunächst kamen 125 theologische Bücher. Mit den nächsten Sendungen trafen langersehnte Neuerscheinungen aus allen Wissensgebieten ein. Bücher von C. G. Jung, Max Picard, Wilhelm Röpke, Hermann Rauschning, Graf Cianos *Tagebücher*, Graf Bernadottes Buch *Das Ende* und Goebbels *Tagebücher aus den Jahren 1942–43* [!] fanden den Weg nach Oldenburg. Auch Martin Hürlimanns Buch *Ewiges Griechenland*, die Dünndruckausgaben der Manesse-Bibliothek der Weltliteratur und das siebenbändige *Schweizerische Lexikon* von 1948 sind eingetroffen. Neues Leben pulst durch die alte Bibliothek; die Gegenwart, die sich in den Büchern aus aller Welt spiegelt, wird hier vermittelt.«

Dr. Fischer war ein umtriebiger Bibliothekar, der mit seinen Argumenten die Partner überzeugen konnte. So hatte er gute Verbindungen zur »Regierung« in Oldenburg hergestellt und, wie im Zeitungsartikel erwähnt, zu dem englischen Bildungsoffizier, der bei der örtlichen Militärregierung für Schulen und Kultureinrichtungen zuständig war. Daß Dr. Fischer bei den Oldenburgern beliebt war, glaube ich kaum. Er galt als arrogant und als Flüchtling, der seine große Familie aus Leipzig nachgezogen hatte, und Flüchtlinge waren damals wie überall im Westen auch bei den Oldenburgern unbeliebt. Man empfand sie als Eindringlinge, die ihnen Wohnraum und Arbeitsplätze wegnahmen. Außerdem mußten alle Vermögenden, vor allem Hausbesitzer, zehn Prozent ihres Vermögens abgeben, damit der

Lastenausgleich zwischen den beiden Bevölkerungsgruppen finanziert werden konnte. Es dauerte eine Reihe von Jahren, bis sich das Flüchtlingsproblem weitgehend erledigt hatte. Die Integration war eine große Leistung in der Frühzeit der Bundesrepublik.

Da Dr. Fischer die Not der Flüchtlinge allzugut kannte und er selbst in beengten Wohnverhältnissen mit seiner Familie lebte, führte er für die Zeit von Anfang Oktober bis Ende März trotz des kleinen Mitarbeiterstabs Öffnungszeiten von 10 bis 22 Uhr werktags und samstags ein – »eine Einmaligkeit im deutschen Bibliothekswesen!« heißt es im Oktober 1950. Der Lesesaal wurde als »Wärmestube für Geistesarbeiter« verspottet, war aber für viele Leser eine segensreiche, gern in Anspruch genommene Einrichtung.

Über die *Herbstzeit in der Landesbibliothek* schrieb ich 1951 in der *Nordwest-Zeitung* einen Stimmungsbericht: »Während draußen die Bänke verlassen und laubbedeckt im Herbstwinde stehen, füllt sich der Lesesaal der Bibliothek ... dann leuchtet das Licht aus den hohen Bibliotheksräumen. In der angenehmen Wärme des Lesesaals fühlen sich die Besucher wohl. Da stehen sie an den Regalen der Freihandbücherei, greifen Bücher aus den Fächern, blättern und lesen, lesen, lesen ... Jemand entdeckt mit Kolumbus Amerika und reist anschließend mit Sven Hedin nach China. Ein alter Herr besucht gerade den Maler Spitzweg in seinem Atelier, nachdem er die Akropolis erstiegen und besichtigt hat. Ein anderer Teil der Besucherschaft, dem weniger sentimental zumute ist, Ratsuchende und Auskunftsbedürftige, Prüflinge und Prüfende etwa, vertiefen sich in die Nachschlage- und Standardwerke. Gegen 2000 gelehrte Bücher stehen ja in dem Raume. Viele lesen das Neueste vom Tage aus Zeitungen und informieren sich in den zahlreichen Zeitschriften. Der noch immer ›vorläufige‹ Lesesaal – später soll einmal ein sehr großer und geräumiger geschaffen werden – ist stets gut besucht. Besonders auch abends kehren die Menschen ein. Viele sind zuerst nur neugierig gewesen, längst aber passionierte Landesbibliothekslesesaalbesucher geworden.«

Im Alltag der Bibliothek gab es aber auch Zwischenfälle. Eines Nachmittags meldete der Hausmeister dem Chef, daß an der Seitenfront des Zeughauses Bücher aus dem zweiten Stock hinausgeworfen und unten in einen Handwagen gepackt würden. Der Mann hatte, als er entdeckt wurde, das Weite gesucht. Aber im Hause mußte noch der Dieb sein, der die Bücher hinauswarf. Dr. Fischer ließ sofort die Bibliothek schließen und auch den Lesesaal. Zwischen diesem und der Ausleihe gab es einen unbeaufsichtigten Raum, den der Dieb für seine Taten nutzte. Die Polizei kam, und die eingeschlossenen Leser wurden Mann für Mann verhört: Es waren in der Tat außer der Aufsichtskraft im Lesesaal keine Frauen, sondern nur Männer jeden Alters anwesend. Die meisten waren ortsbekannte Bibliotheksleser, und so fanden die Polizisten nach einiger Zeit den Übeltäter, der auch geständig war. Seine Wohnung wurde durchsucht, und man entdeckte Stöße von Bildtafeln, die aus Büchern herausgeschnitten worden waren: die Abbildungen in dem Werk über die Philippinen von Albert Kolb oder die Farbtafeln aus einem naturgeschichtlichen Band von Kurt Floericke. Die Bücher aus dem Handwagen konnten sichergestellt werden. Sie waren unbeschädigt. Der Hehler hatte sie immerhin in einem Tuch aufgefangen.

Die ungeordneten Bücherberge in den Magazinen belasteten über Jahre die Arbeitszeit der Bibliothekare. Neben der laufenden Arbeit mußte stundenweise versucht werden, die nicht aufgestellten Bücher wieder einzugliedern.

Da sie keine Individualsignaturen hatten, also keine festen Nummern, waren sie eigentlich für die Bibliothek verloren. Man gewann sie dadurch zurück, daß man ihre Existenz in den Folianten des systematischen Katalogs nachwies, in dem jedes Buch eine laufende Nummer, die Standortsignatur, innerhalb der Sachgruppe erhalten hatte. Diese Signatur wurde in den Innendeckel des aufgefundenen Buches eingetragen und erhielt in dem systematischen Katalog einen roten Punkt. Wir nannten den Vorgang das »Auspunkten«. Ich fand diese Arbeit, auf die ich jede freie Zeit verwandte, sehr spannend, wie ich gestehen muß. Ich lernte die Bücher kennen, und jedes zurückgewonnene Buch war ein neues Buch. Mein Spitzenergebnis war im Sommer 1950 die Aufstellung von 25 000 bearbeiteten Bänden in fünf Achsen, beidseitig belegten Regalen, von jeweils zwölf Metern Länge. Gerechnet wurde jeder Gestellmeter mit sieben Reihen und jede Reihe mit dreißig Büchern.

Es gab manchen dankbaren Leser in der Bibliothek, den ich bediente, wenn ich zur Ausleihe eingeteilt war. An den späteren Kunsthistoriker Gert Schiff, der das wichtigste Werk über den aus der Schweiz stammenden englischen Maler Johann Heinrich Füssli geschrieben hat und der 1990 allzu früh verstorben ist, erinnere ich mich sehr gut. Er war ein Jahr älter als ich, ein hochgebildeter junger Mann, der im Ausland studierte und der die Ferien bei seinen Eltern in Oldenburg verbrachte. Er suchte einen seltenen italienischen Architekturtraktat aus dem 16. Jahrhundert. Der Band war in der Landesbibliothek vorhanden, aber, wie es damals hieß, »noch vermißt«. Ich machte mich also auf die Suche, und tatsächlich zog ich das Buch aus dem riesigen Bücherstapel im Magazin heraus und beglückte damit den jungen Gert Schiff.

Die Zahl der dankbaren Leser war übrigens nicht sehr groß. Die meisten behandelten den Mann hinter der Ausleihtheke wie einen einfachen Lageristen, der nur dazu da war, die Waren herauszugeben. Es gab auch privilegierte Leser, die mit dem Direktor bekannt waren und jede Menge Bücher ausleihen durften. Dazu gehörte ein Studienrat, ein etwas fahriger, immer sehr geschäftiger Entleiher, der am Alten Gymnasium Deutsch unterrichtete und Literaturkurse an der Volkshochschule gab. Er war der Schrekken der Ausleihe, wenn er kam und Bücher zurückgab und neue ausleihen wollte. Es war dann immer sehr zeitaufwendig, aus dem dicken Packen der Leihzettel die Rückgaben herauszuziehen, da der eilige Herr erwartete, daß wir ihm gleichzeitig seine neuen Leihscheine abnahmen.

Unter den eifrigen Lesern ist mir auch ein junger Mann vom Lande in Erinnerung geblieben, mit roten Wangen, freundlichen blauen Augen, Schwielen an den Händen, aber zu Höherem, wie er hoffte, geboren. Er nahm mich eines Tages in der Ausleihe beiseite, holte ein Etui aus der Tasche, öffnete es behutsam, zeigte mir den roten Kugelschreiber, den er gerade gekauft hatte, und sagte mit feierlichem Ernst: »Jetzt werde ich schreiben.« Er hatte sich entschlossen, Schriftsteller zu werden. Die Voraussetzung war für ihn das passende Schreibgerät.

Einen unter diesen sonderbaren Lesern habe ich, ohne daß er es wohl je erfahren hat, in einem meiner Zeitungsartikel porträtiert. Als Beruf gab der alte Mann auf dem Leihschein immer nur »phil.« an, was wohl soviel bedeutete, daß er ein ewiger, verbummelter Student war. *St. Hieronymus in der Bibliothek* überschrieb ich meinen Artikel und charakterisierte ihn so: »Da kommt fast täglich einer, der unter den rüstigen Lesern ein Fremdling zu sein scheint; von kleinem Wuchs, schlotternd in dem großen Mantel, mühsam die Beine voreinanderschleppend, den Kopf immer gesenkt, mit der einen Hand krampfhaft den Hut gepreßt, die andere ungelenk auf den Rücken gelegt. Der Kopf ist kahl, nur wenige graue Haare sind geblieben, das fahle Gesicht ist vom Alter geprägt. Selten dringt ein Wort zwischen den Lippen hervor.

Aber eines ist wach geblieben: der Geist. Erstaunlich hell verbirgt er sich hinter diesem bescheidenen, selbstvergessenen Menschen. Er sucht den Geist, der, unverwüstlich, in den Büchern ruht, und findet ihn dort, wo sie zu Tausenden und Abertausenden verwahrt sind, in der Landesbibliothek. An den Regalen des Lesesaals stolpert er entlang, bleibt hier und dort stehen, schaut mit ungetrübten Augen die Reihen der Werke entlang und greift das heraus, was ihm gefällt. Keine mittelmäßige Literatur, keine alten Scharteken, nein, das Wertvollste, Neueste und Beste, die Werke, denen die Kritik höchstes Lob zollt, weiß er mit traumhafter Sicherheit hervorzuziehen. Immer wieder überrascht er mit seinen gefundenen Schätzen, die er gegen einen Leihschein nach Hause trägt.

Selten vergeht ein Tag, an dem nicht der alte Herr ein Buch mitnimmt; das Buch unter dem Arm gehört zu ihm. Aber oft sitzt er lange an einem Fenster des Lesesaals an der Ofener Straße, hat ein Buch vorgenommen, und vorgebeugt liest der Alte. Ganz das Bild eines Hieronymus, wie ihn Albrecht Dürer zeichnete: ein einsamer Gelehrter, kahlköpfig, weltvergessen, dem Buche hingegeben. Und hier: der alte Unbekannte, ein Mensch unserer Zeit in einer betriebsamen Welt, mit seinem Buch, seinem Problem und seinem Willen zum Wissen.

Einmal hatte er Rilke verlangt. Das nahm sich aus seinem Munde einen Augenblick lang seltsam aus. Der Bibliothekar eilte ins Magazin und holte ihm die zweibändige Ausgabe. Er schrieb den Leihschein aus und verschwand grußlos, ohne daß ein Wort des Dankes über seine müden Lippen kam.«

Aber war nicht auch der junge Diplombibliothekar, der den alten Mann bediente, ein wunderlicher Mann in seiner umgefärbten Drillichjacke? Er war Anfang Zwanzig, wohnte zu Hause, bedauerte seine immer über irgendwelche Leiden klagende Mutter, konnte mit seinem gesund aus dem Krieg heimgekehrten Bruder nichts mehr anfangen und sah, wie seine kleine Schwester heranwuchs. Er vergrub sich in seinem Zimmer, versuchte, in Briefen an frühere Mitschülerinnen der Bibliotheksschule seine Stimmung zu beschreiben, und war unglücklich.

Freundinnen

Hin und wieder faßte sich der junge Mann ein Herz und fragte die Praktikantin, deren Ausbildung ihm anvertraut war, ob er sie am Abend zu einem Spaziergang einladen dürfe, und dann gingen sie durch den Schloßgarten oder am Kanal oder an der Hunte entlang, und er erzählte dem jungen Mädchen von seinen Büchern und Plänen, und die neben ihm Gehende wird sich gefragt haben, was er denn wolle. Aber sie erfuhr es nicht. Die Auszubildenden wechselten, an einer blieb mein Herz hängen, sie aber fand es abwegig, die Liebe zu erwidern. Sie wurde krank und mußte Oldenburg verlassen.

Christel Volker, die Zeichnerin, die als Flüchtling mit ihrer Mutter ein enges Zimmer bewohnte, traf ich in einer Ausstellung der Bilder von August Macke im Schloß, und wir kamen ins Gespräch. Sie war einige Jahre älter als ich, ein wenig ironisch. Wir hatten die gleichen Interessen und verstanden uns gut. Daß ich mich mit dem Zeichner Alfred Kubin beschäftigte, gefiel ihr sehr, denn sie verdiente sich den Lebensunterhalt mit Zeichnen und dem Illustrieren von Kinderbüchern. Wir trafen uns häufiger und wußten einander immer viel zu erzählen. Eines Tages fand sie eine Stelle in Hamburg und verließ zu meinem Bedauern die Stadt.

Ich müßte von Maria erzählen, sie war eine hübsche, etwas kokette Person, dunkelhaarig. Sie ging an Krükken. Auf der Flucht war ihr nach einem Zugunglück ein Bein amputiert worden. Sie lag oft im Krankenhaus, da der Stumpf immer wieder eiterte. Ich besuchte sie dann, sie war immer guter Dinge und hatte sich wohl in den Kopf gesetzt, mich zu heiraten. Als sie mich zu ihren Eltern nach Nordstemmen einlud und zu aufdringlich wurde, reiste ich ab. Danach schrieb ich ihr, daß mir eine feste Bindung unter den derzeitigen Umständen nicht möglich sei. Später traf meine Mutter sie hin und wieder auf der Straße. Ich glaube, sie wäre glücklich gewesen, wenn Maria ihre Schwiegertochter geworden wäre.

In jenen Jahren um 1950 lernte ich Irmgard kennen, die ihre Ausbildung im öffentlichen Büchereiwesen machte und einige Monate in der Landesbibliothek hospitierte. Ihr fröhliches Wesen entzückte mich, sie hatte eine etwas füllige Figur, große blaue Augen und war klug und pragmatisch. Ihre Eltern lebten in Leer, der Vater hatte eine gutgehende Fabrik. Manchmal wurde sie vom Chauffeur gebracht. Sie sammelte Lyrik und war eine ungemein belesene Person. Selbstverständlich war ich keine »Partie« für sie. Doch das beeinträchtigte unsere Freundschaft ebensowenig wie ihre Empörung, als sie mich nach der Höhe des Honorars fragte, das ich für einen Gedenkartikel zum

Todestag des Schriftstellers Kurt Tucholsky von der Zeitung erhalten hatte. Es mögen dreißig Mark gewesen sein. Jedenfalls rief sie aus: »Was, für den Mist hast du so viel Geld bekommen?!«

Irmgard verlobte sich schon bald mit einem jungen Mann, der mit seinem Jurastudium gerade fertig geworden war. Sie hatte ein möbliertes Zimmer in bester Lage, und als die Hochzeit vor der Tür stand, lud sie mich zu einem Junggesellenabschiedsabend ein. Irmgard konnte gut kochen, und so waren wir in einer heiteren Stimmung, zumal meine Gastgeberin eine köstliche Flasche Wein geöffnet hatte und wir ihr lebhaft zusprachen. Plötzlich öffnete sich die Tür, der Verlobte stand wie festgenagelt vor uns und fand die Situation nicht sonderlich lustig. Irmgard hatte ihm vermutlich von unserem Treffen nichts erzählt, und so wird der Herr seinen Unmut sicherlich bekundet haben, nachdem ich mich schnellstens empfohlen hatte.

Jahrzehnte später kam es zu einem unerwarteten Wiedersehen. Meine Frau und ich waren von dem Regierenden Bürgermeister von Berlin, Richard von Weizsäcker, zu einem Empfang anläßlich der Eröffnung der Preußen-Ausstellung 1981 eingeladen worden. Wir standen dicht gedrängt herum, wie das so üblich ist. Plötzlich kam eine gepflegte Dame meines Alters auf mich zu und sprach mich mit strahlendem Gesicht an. Ich war etwas verwundert, ich wußte nicht, wer die Fremde war. »Weißt du nicht, wer ich bin?« fragte sie gereizt. »Nein«, antwortete ich, »ich weiß es wirklich nicht.« »Ich bin Irmgard.« Ich wußte sie immer noch nicht unterzubringen. Wortlos drehte sie sich um und verschwand. Ich habe nie wieder etwas von ihr gehört.

Der Kubinsammler

Im Frühjahr 1948 lernte ich in Hamburg den Kubinsammler und Fischmarkt-Apotheker Dr. Kurt Otte kennen, der nach Dr. Fischer mein zweiter Mentor wurde. Auch er setzte mich auf eine Lebensspur. Ich verdanke ihm den Zugang zur Welt eines zeitgenössischen Künstlers und der modernen Literatur.

Kurt Otte, Jahrgang 1902, hatte Anfang der zwanziger Jahre Jura studiert und darin promoviert. Doch der Vater – den alten Herrn habe ich später hin und wieder in der Apotheke von ferne gesehen – bestand darauf, daß der einzige Sohn seine Apotheke übernahm, und so wurde Dr. jur. Kurt Otte Fischmarkt-Apotheker. Dadurch hatte er nun andererseits eine solide finanzielle Basis für ein Hobby, das den Achtzehnjährigen kurz nach dem Ersten Weltkrieg aus einer seelischen Krise gerettet hatte. Damals lernte er die dämonischen, magischen und doppelbödigen Zeichnungen des in Zwickledt bei Wernstein am Inn lebenden Künstlers Alfred Kubin kennen und war von der Realistik dieser irrealen Welt fasziniert. Besonders *Der Krieg*, das berühmte Blatt aus der Hans von Weber-Mappe von 1903 – der roboterartige Krieger, der auf die Menschen stampft –, wurde ihm zu einem Schlüsselerlebnis auf dem eigenen Lebensweg.

Dr. Otte war ein ungewöhnlicher Enthusiast, ein von seiner Kubin-Leidenschaft besessener Sammler, der seine Freizeit, sein Geld, seine Gedanken ganz dem Sammeln der Werke, Bücher und Dokumente Kubins widmete. Der österreichische Zeichner fand so in dem jungen Hamburger Fischmarkt-Apotheker seinen Eckermann, der nur für ihn lebte, der von jedem Detail einer Zeichnung, von jedem Brief aus Zwickledt gefesselt war. Kurt Otte war für Kubin ein einzigartiger Glücksfall und für die moderne Kunst ein Unikum. Es gab damals wohl kaum einen Sammler wie ihn, der mit dieser Akribie und Ausdauer jeder Reproduktion einer Zeichnung, jedem Zeitungsartikel, jedem erreichbaren Original nachjagte. Es war die Zeit, in der es noch keine Kopiermöglichkeit gab. Die Originale mußten daher besorgt werden, und Dr. Otte wurde nicht müde, Antiquaren Aufträge zu erteilen, Korrespondenzen zu führen und seine Sammlung zu vermehren. Seit 1926 hieß sie »Kubin-Archiv«. Der Künstler selbst unterstützte seinen jungen Freund, schickte die neuesten Artikel, Ausstellungsberichte, Kataloge, Dokumente nach Hamburg, und Dr. Otte kaufte dessen Zeichnungen, aquarellierte Blätter und Lithographien. So wurde er Kunde, Freund und Sammler zugleich. Jede Neuerscheinung wurde erworben. Später sandte Kubin selbst seine illustrierten Bücher mit Widmungen seinem Sammler und Archivar zu.

In der *Zeitschrift für Bücherfreunde* veröffentlichte Emil F. Tuchmann 1932 einen bebilderten Artikel über das Kubin-Archiv. Das war für Kurt Otte die höchste Auszeichnung. Während des Krieges beschrieb der nach Hamburg verschlagene, frühere expressionistische Schriftsteller Rudolf A. Dietrich einen *Abend im Kubin-Archiv.* Ein Jahr später, am 30. Juli 1943, gab es dieses Archiv am Fischmarkt nicht mehr, und Dietrich schrieb darüber eine skurrile Geschichte, in der sich der reale Untergang der Stadt mit den unheimlichen Ahnungen des Traumkünstlers Kubin und des Essenzen mischenden Apothekers zu einem phantastischen Todespanorama erweiterte. Die Geschichte *Nemo Anonymus* erschien 1944 als »Privatdruck des Kubin-Archivs« – ein Stück Untergrundliteratur.

Haus und Apotheke am Fischmarkt hinter der Petrikirche waren, wie alles in der Innenstadt, in den letzten Kriegsjahren zerstört worden. Seinem Freund, dem Bibliotheksamtmann Paul Viebeg, hatte Otte die Rettung seiner großen Kubin-Sammlung zu verdanken, denn dieser hatte die Kisten mit dem privaten und ohnehin damals anrüchigen Gut kurzerhand im Keller der Stadtbibliothek am Speersort untergebracht, und so blieben die Schätze dort mit anderen Bücherkisten unversehrt, wenngleich das Gebäude selbst in Schutt und Asche fiel.

Dr. Otte hatte den Krieg überlebt. Am Fischmarkt hatte er provisorisch seine Apotheke wiedereröffnet, das Geschäft ging auch vor der Währungsreform gut. Er bewohnte in der Hochallee eine elegante Wohnung und war seit einigen Jahren verheiratet, ein Sohn war geboren worden, die Schwiegermutter wohnte mit im Hause.

Dr. Otte suchte damals einen jungen Archivar und Bibliothekar, der sein Kubin-Archiv erschließen sollte. Herr Viebeg hatte mich empfohlen, und so nahm er mich väterlich auf. Bei unserer ersten Begegnung erklärte er mir die Geschichte und den Aufbau seiner Sammlung, die nach Jahren geordnet war, alles Gedruckte von Kubin umfaßte und in zusätzlichen Mappen die Artikel und Dokumente über ihn enthielt, bis hin zu einem Röstkaffee, der den Namen Kubin trug. Der besondere Stolz und das große Glück des Sammlers waren die Stöße an Originalen, die Skizzen, Feder- und Bleistiftzeichnungen. Der Archivschrank in der Wohnung an der Hochallee reichte kaum aus, die Schätze aufzunehmen. Die Bücher standen in zwei Reihen hintereinander, was die Benutzung erschwerte. An den Wänden hingen Kubin-Porträts von Ivo Hauptmann und Max Unold, auch die phantastischen Kinderzeichnungen des Meisters.

Dr. Otte beauftragte mich, einen Œuvre-Katalog vorzubereiten, und so fing ich an, die illustrierten Bücher, die Zeitschriften, Almanache und Kalender mit Reproduktionen und Zeichnungen Kubins, auch seine eigenen schriftstellerischen Arbeiten zu verzeichnen. Nach meiner Rückkehr 1948 nach Oldenburg vertraute er mir die Lithographien Kubins an, die ich nach und nach von Hamburg abholte, und ich verbrachte den Winter mit der Beschreibung der skurrilen und oft unheimlichen Blätter.

Im Februar 1949 fragte ich Dr. Otte, ob er einverstanden sei, wenn ein Teil dieser Blätter in der Galerie des oldenburgischen Malers Karl Schwoon, dem ich viele Anregungen auf dem Gebiet der modernen Malerei verdanke, ausgestellt würde. Der Sammler fühlte sich vermutlich von einem solchen Vorschlag, den er sicherlich als eigenmächtig betrachtete, überrumpelt und war nicht sonderlich glücklich. Aber nach einigem Zögern willigte er ein, und so zeigte die Galerie eine Ausstellung, in der zum erstenmal Werke von Alfred Kubin zu sehen waren.

Im Laufe desselben Jahres kam meine Arbeit an dem Œuvre-Katalog zu einem vorläufigen Abschluß. Doch alle Versuche, dieses Verzeichnis der gedruckten Werke in einem Verlag unterzubringen, scheiterten an den schwierigen finanziellen Verhältnissen in den ersten Jahren nach der Währungsreform. So blieb die Arbeit zunächst liegen.

Im Frühjahr 1951 fand das Kubin-Archiv in dem in kurzer Zeit wieder aufgebauten Haus Alter Fischmarkt 3 eine neue Bleibe. Ich hatte den Archivraum konzipiert, und nach diesen Maßen und Angaben wurden die Holzregale angefertigt. Nun hatte das Kubin-Archiv wieder seine Heimat am alten Ort, und gern denke ich an die erfüllten, arbeitsreichen Stunden und Tage zurück, in denen ich in meinen Hamburger Jahren bis 1957 alles verzeichnete, was Dr. Otte gesammelt hatte und zur Welt Kubins gehörte. Ich legte

Karteien und Register an und lernte mit der Arbeit die Lebensleistung Kubins immer mehr bewundern. Wenn ich ins Archiv kam, stand immer eine Flasche mit selbstgebranntem Apothekerschnaps für mich auf dem Tisch. So umsorgte mich der betriebsame Dr. Otte, dessen Leben zwischen Beruf und Sammeltätigkeit zerrissen war. Der Aufbau seines Geschäfts nahm ihn immer mehr in Anspruch, so daß er sich zu seinem Leidwesen nicht so mit seinem Archiv beschäftigen konnte, wie er es früher getan hatte und später tat.

Dr. Otte war nicht nur ein leidenschaftlicher Sammler, sondern auch ein engagierter Vermittler, der seinem jungen Archivar die Wege zu einer unbekannten Bilder- und Bücherwelt eröffnete. Im Mittelpunkt aber stand für ihn selbstverständlich Alfred Kubin. So lernte ich von 1948 an durch ihn die moderne Literatur kennen, die uns jungen Menschen vorenthalten worden war: vor allem Franz Kafka, dessen Romane und Erzählungen er in der Prager bzw. New Yorker Ausgabe besaß, aber auch Heinrich und Thomas Mann, Kurt Tucholsky, Erich Kästner. Überhaupt verdanke ich dem kundigen Kubinsammler unvergeßliche Leseerlebnisse heute vergessener Werke wie der Geschichte vom Weltuntergang *Muspilli* von Wolfgang Goetz, der *Schwarzen Weide* von Horst Lange oder Max Kommerells Roman *Der Lampenschirm aus den drei Taschentüchern*.

Durch Dr. Otte wurde ich mit dem phantastischen Schriftsteller Paul Scheerbart vertraut, dessen *Lesabéndio* Kubin illustriert hatte, auch mit dem liebenswerten Fritz von Herzmanovsky-Orlando, dessen *Gaulschreck im Rosennetz* Dr. Ottes Lieblingsbuch war. Das galt ebenso für Elias Canettis Roman *Die Blendung*, der durch Kubins Umschlag in Ottes Augen geadelt worden war.

Alfred Kubins Kosmos des Unheimlichen, des Doppelbödigen und Absurden kommt gerade in seinen Illustrationen zum Ausdruck. Die Federzeichnungen zu den Geschichten von Edgar Allan Poe und Fjodor Dostojewski, zu Gérard de Nerval und E. T. A. Hoffmann sind Interpretationen des Künstlers. Aber auch Werke zeitgenössischer Literatur versah er mit seinen Illustrationen: Bücher von Georg Trakl, Franz Werfel, Oskar Maurus Fontana, Wolfgang Weyrauch und vielen anderen. Damals hatte ich die Idee, eine kubinische Literaturgeschichte zu schreiben. Sie sollte *Die andere Seite* des Lebens darstellen.

Am Ende meiner Studienjahre erschien 1957 das Buch *Alfred Kubin. Leben – Werk – Wirkung*, das ich im Auftrage des Sammlers herausgegeben habe und auf das ich später noch eingehen werde. Daß wir uns wegen des Rückentitels zerstritten, gehört zu den traurigsten Erfahrungen meines Lebens. Dr. Otte hatte erwartet, daß das Buch unter seinem Namen erschien, schließlich hatte er meine Tätigkeit über Jahre honoriert.

Dr. Otte habe ich danach nie wiedergesehen. Oder doch? Vor mehr als dreißig Jahren verließ ein Herr mit einem jungen Mann, der sein Sohn sein konnte, eine Gaststätte im Zentrum Münchens. Ich kam gerade vorbei und stockte einen Moment. War das nicht Dr. Otte? Der Mann stutzte auch, aber verschwand mit seinem Begleiter in der Menge. Hatte ich geträumt, oder hatte vielleicht Kubin seine Hand im Spiel?

Lektüre

Die Welt von Hans Carossa war mir durch das Kubin-Archiv vertraut. Seine Bücher *Das Jahr der schönen Täuschungen* und *Geheimnisse des reifen Lebens* lagen im Sommer 1949 im Schaufenster der Buchhandlung Salow in Oldenburg. Ich ließ sie mir zurücklegen, bis ich sie von dem Honorar, das mir die *Nordwest-Zeitung* für einige Artikel zahlte, kaufen konnte. *Das Jahr der schönen Täuschungen* war auf blütenweißem Papier noch in einer edlen Fraktur gedruckt, der andere Band bereits auf holzhaltigem Papier. Carossa war für mich damals der Inbegriff einer harmonischen und individuellen Welt, und so klammerte ich mich an den Schlußsatz seiner Goethe-Rede: »Bekennen wir uns, Gehende wie Kommende, zum Orden derer, denen alle Reiche des Meeres und der Erde nicht genügen würden, wenn das Reich der Seele und des Geistes unerobert bliebe.«

Hans Carossa war Alfred Kubins Nachbar. Er wohnte auf der anderen Seite des Inn in Rittsteig bei Passau. Die beiden waren seit Jahrzehnten befreundet. Carossas Briefe in seiner schönen Handschrift hatte ich im Kubin-Archiv gelesen. Die Passage in seinem Lebensgedenkbuch *Führung und Geleit* gehört zum Einfühlsamsten, was über den Alten von Zwickledt geschrieben worden ist.

Auch Carossas Antipode, der umstrittene Ernst Jünger, hat einen berühmten Essay über den Zeichner Alfred Kubin verfaßt: *Die Staubdämonen* mit dem Untertitel *Eine Studie zum Untergange der bürgerlichen Welt.* Auch Ernst Jünger fühlte sich von den Dämmerwelten Kubins angezogen. Durch die Beschäftigung mit Kubins Werk kam ich zu den Büchern von Ernst Jünger. Ich las die *Marmorklippen* wie eine Schlüsselerzählung über die Konzentrationslager, deren Grauen uns nicht losließ. *Das abenteuerliche Herz* von 1929 verglich ich mit der späteren Fassung von 1938 und war von der Unmittelbarkeit der ersteren fasziniert. Aber auch das Tagebuch *Gärten und Straßen*, das das erste Kriegsjahr 1939/40 im Westen schildert, berührte mich durch die zurückhaltende Sprache.

Erwartet wurde im Sommer 1949 das Erscheinen des ersten Nachkriegsbuchs von Ernst Jünger, das in Deutschland wieder verlegt werden durfte. Ich weiß noch, wie ich auf einer Bank im Everstenholz in dem gerade erworbenen Band *Strahlungen* las. Jünger, der in seinen früheren Büchern den Krieg als heroische Tat verherrlicht hatte, veröffentlichte hierin seine Tagebücher aus Paris und dem Kaukasus zwischen 1941 und 1944 und beschloß sein Werk mit Aufzeichnungen aus Kirchhorst, seinem Heimatort in der Nähe von Hannover, wo er das Kriegsende erlebt hatte. Ich war von der Aussagekraft und der Bildersprache dieser Texte aus dem Kriege, in dem er durch hohe Generäle gegen die SS geschützt wurde, ergriffen und habe das umfangreiche Werk immer wieder gelesen. Was meine Generation an Ernst Jünger fesselte, können vielleicht die folgenden Sätze am besten vermitteln:

»Nach dem Erdbeben schlägt man auf die Seismographen ein. Man kann jedoch die Barometer nicht für die Taifune büßen lassen, wenn man nicht zu den Primitiven zählen will. Poe, Melville, Hölderlin, Tocqueville, Dostojewski, Burckhardt, Nietzsche, Rimbaud, Conrad wird man auf diesen Seiten häufig beschworen finden als Auguren der Malstromtiefen, in die wir abgesunken sind. Zu diesen Geistern zählen auch Léon Bloy und Kierkegaard. Die Katastrophe wurde in ihren Einzelheiten vorausgeschaut. Doch waren die Texte oft hieroglyphisch – so gibt es Werke, für die wir erst heute als Leser reif geworden sind. Sie gleichen Transparenten, deren Inschrift erst der Schein der Feuerwelt enthüllt.« Die Auseinandersetzung mit den Schrecken des Krieges und ihre Bestätigung in den Büchern der Weltliteratur durchzieht Jüngers Werk.

Unter den »Auguren der Malstromtiefen« fehlte bei Jünger der Name Franz Kafka. Seine in Deutschland noch nicht wieder erschienenen Romane gehören für mich zu den aufwühlendsten Erfahrungen dieser Jahre zwischen 1948 und 1950, ganz so, wie der Prager Dichter an seinen Freund Oskar Pollak 1904 geschrieben hat: »Wenn das Buch, das wir lesen, uns nicht mit einem Faustschlag auf den Schädel weckt, wozu lesen wir dann ein Buch? ... Wir brauchen aber die Bücher, die auf uns wirken wie ein Unglück, das uns sehr schmerzt, wie der Tod eines, den wir lieber hatten als uns ... ein Buch muß die Axt sein für das gefrorene Meer in uns.«

Die Lektüre von Alfred Kubins Roman *Die andere Seite* war für mich ebenfalls ein solcher Faustschlag auf den Schädel. Dr. Otte hatte mir das Exemplar einer späteren Auflage geschenkt. In die Reihe dieser Untergangsromane gehörten auch Hermann Kasacks *Die Stadt hinter dem Strom*, ein Werk, das nach dem Krieg Aufsehen erregte, ebenso wie Heinz Risses Roman *Wenn die Erde bebt*, Bücher, die inzwischen fast vergessen sind.

Mit dem Werk Franz Kafkas geschah das Gegenteil: Es ist längst Weltliteratur geworden. In Westdeutschland erschien zuerst 1948 der Erzählband *Beim Bau der chinesischen Mauer*. Ein Jahr danach habe ich einen etwas hilflosen Artikel zum 25. Todestag Kafkas veröffentlicht. Jahrzehnte später lernte ich Kafkas Freund und Herausgeber Max Brod kennen, bei dem ich fünf Wochen zu Gast war, und wurde der Vermittler zwischen dem S. Fischer Verlag und Brods Anwalt in Zürich. Damals, Anfang der 1970er Jahre, wurde die Gesamtausgabe von Kafkas Werken vorbereitet. In dieser Zeit beauftragte mich der S. Fischer Verlag, Kafkas *Sämtliche Erzählungen* als Taschenbuch herauszugeben. Zwischen 1970 und 1994 sind fast eine Million Exemplare davon verkauft worden.

Unter den Neuerscheinungen, die der nach Hamburg übergesiedelte Rowohlt Verlag zwischen 1946 und 1948 herausbrachte, war der Roman *Die Unauffindbaren* von Ernst Kreuder, der mich so ergriff, daß der Verfasser für einige Zeit mein Lieblingsautor wurde. Er stammte aus Zeitz, wie ich damals glaubte, in der Provinz Sachsen, dem Geburtsort meines Vaters. Erst sehr viel später habe ich festgestellt, daß es sich statt dessen um ein gleichnamiges Dorf bei Halle handelte. Unter den *Unauffindbaren*, einer Gruppe von Menschen, die eines Tages aus dem Leben verschwanden, ist auch der Held des Buches, der Grundstücksmakler Gilbert Orlins. Er geht an einem Sonntagnachmittag auf einem Spaziergang mit seiner Familie verloren und findet sich in einer anderen Welt wieder, einem Zwischenreich, in dem Vergangenheit und Gegenwart verschwimmen und in dem die Geschichten, die die Untergetauchten pausenlos einander erzählen, immer durch neue Schicksale überlagert werden. In der Mischung aus Abenteuerlust und Innerlichkeit sind *Die Unauffindbaren* ein Buch voller Sehnsüchte, Hoffnungen und Erwartungen, die Flucht aus der Zeit ist ein Wiederfinden des Vergessenen. Ich kannte damals die Romane der amerikanischen Schriftsteller, insbesondere von Thomas Wolfe, noch nicht, von dem der Autor beeinflußt worden ist.

Schon Ernst Kreuders Erzählung *Die Gesellschaft auf dem Dachboden*, eine der ersten Nachkriegsveröffentlichungen eines deutschen Schriftstellers überhaupt, handelt von einem Geheimorden, sechs Personen, die auf dem Dachboden eines Warenhauses zusammenkommen, einander ihre Schicksale erzählen und zu sich selbst zurückfinden. Ich fühlte mich dem Autor in seinen Sehnsüchten nach einem erfüllten Leben so wesensverwandt, daß ich in den nächsten Jahren alles zu sammeln versuchte, was von ihm und seinen Freunden Horst Lange, Hans Erich Nossack und Martin Kessel herauskam. Über Kreuder habe ich dann auch ein Feuilleton geschrieben, *Mein Dichter*, wagte aber nicht, es dem Autor zu schicken.

In den Jahren nach dem Kriege fanden im kleinen Saal des Oldenburger Schlosses hin und wieder Dichterlesungen statt. An die Abende mit Georg von der Vring und Werner Bergengruen erinnere ich mich lebhaft. Bergengruen, der wie ein baltischer Adliger auftrat, hatte eine wundervolle Stimme und fand für seine Lesung viel Beifall. Er war ebenfalls einer der Schriftsteller der inneren Emigration, die heute vergessen sind. Sein Roman *Der Großtyrann und das Gericht*, 1935 erschienen, wurde als verdeckte Anklage gegen den regierenden Diktator verstanden wie auch die Erzählung *Las Casas vor Karl V.* von Reinhold Schneider, dessen Texte im Kriege heimlich kursierten.

Schon im April 1947 hatten wir, ein kleiner Kreis von Zuhörern, den aus München angereisten Ernst Penzoldt erlebt. Er war ein jugendlich wirkender, liebenswürdiger Mann mit einer Kasperlenase, blonden Locken und leuchtenden Augen hinter den Brillengläsern. Er las aus seinen Dichtungen in einer melodischen Sprache mit einem Anklang an das Bajuwarische, so auch die Geschichte von der Mutter, die mit einer Sense über der Schulter ihren vermißten Sohn in Rußland sucht. Ich war von seiner Lesung tief berührt und fing an, auch seine Bücher zu sammeln: die liebenswerten *Causerien* und seine so melancholischen Erzählungen unter dem Titel *Süße Bitternis*. Die Geschichte von dem armen Dichter Thomas Chatterton, das verrückte Theaterstück über Graf Schlabrendorf, der der Hinrichtung während der Französischen Revolution entgeht, da er seine Schuhe verloren hat, und die so ganz andere skurrile Geschichte von Baltus Powenz und seiner Familie, der Powenzbande aus Mössel an der Maar – diese Bücher und die weiteren beschäftigten mich in ihrer Einfalt und Hintergründigkeit.

In Oldenburg war auch der Verleger Ernst Rowohlt zu Gast, ein großer, wuchtiger Mann mit verschmitzten Augen, ein Causeur, der keinen Vortrag hielt, sondern, im Saal auf und ab gehend, von seiner Verlagsarbeit plauderte, manchmal auch prahlte. Er war einer der ersten prominenten Verleger der Nachkriegszeit, der mit Wolfgang Borcherts Theaterstück *Draußen vor der Tür*, das ich übrigens in Oldenburg auf der Bühne gesehen habe, einen sensationellen Erfolg hatte. Gleichzeitig begann er, Romane auf Rotationsmaschinen zu drucken: Diese Roro-Romane waren ein Riesenerfolg in der Not der Nachkriegsjahre. Auf diese Weise habe auch ich die zeitgenössische amerikanische und französische Literatur kennengelernt: die Romane von Ernest Hemingway und John Steinbeck, Sinclair Lewis und William Faulkner, André Gide, Antoine de Saint-Exupéry und anderen. In seinem Vortrag kündigte Rowohlt einen neuen Verkaufsschlager an: das Taschenbuch in hoher Auflage. Mit kindlicher Freude erzählte er, wie die Bände hergestellt und gebunden würden. In der Tat wurden die rororo-Taschenbücher der nächste Erfolg des cleveren Verlegers. Die Kommerzialisierung des Verlagswesens setzte auf diese Weise in der Bundesrepublik zu Anfang der 1950er Jahre ein.

Zum Schluß will ich noch zwei damals vieldiskutierte Neuerscheinungen nennen, die in meine bibliothekarische Lehrzeit fallen: Thomas Manns *Doktor Faustus* und Hermann Hesses *Glasperlenspiel.* Die Bücher kamen 1947/48 heraus und wurden sofort von Dr. Fischer angeschafft. Da viele Leser sie vormerkten, wanderten sie von Hand zu Hand, so daß ich erst viel später Gelegenheit hatte, sie zu lesen. Im Gegensatz zu manchen Büchern, die ich erwähnt habe und die mich damals begleiteten, sind beide Werke lebendig geblieben und in die Weltliteratur eingegangen.

Für den Tag geschrieben

Drei Kästners haben in meinem Leben eine besondere Rolle gespielt. Fritz Kästner war von 1945 bis 1946 – also bis zur Auflösung des Landes – Kultusminister in Oldenburg. Er verstand sich offensichtlich gut mit meinem Chef, Dr. Fischer, der ihn bewog, eine Verordnung über die Ausbildung zum mittleren Bibliotheksdienst an der Landesbibliothek zu erlassen. Der dritte, Dr. Erhart Kästner, Direktor der Herzog August Bibliothek Wolfenbüttel und angesehener Autor in der alten Bundesrepublik, hat am stärksten mein Leben beeinflußt. Seinem Ansehen und seiner Beharrlichkeit allein habe ich es zu verdanken, daß ich, der Diplombibliothekar, der nicht die Weihen des höheren Bibliotheksdienstes erhalten hatte, sein Nachfolger werden konnte.

Der zweite, Erich Kästner, wurde am 23. Februar 1949 fünfzig Jahre alt, und ich schrieb darüber meinen ersten Artikel in der *Nordwest-Zeitung*, veranlaßt durch den schon erwähnten Feuilletonchef Dr. Norbert Hampel. Dazu suchte ich den Buchhändler Ebel auf, mit dem sich Dr. Fischer angefreundet hatte. Er war ein gebildeter Mann, der seinen

Beruf aus Liebe zu den Büchern ausübte. In seiner wohlgeordneten Privatbibliothek standen die Originalausgaben von Kästners berühmten Gedichtbänden, die am Ende der Weimarer Republik mit den Illustrationen von Erich Ohser – dem späteren e.o. plauen – im Williams Verlag, Berlin, erschienen waren: *Herz auf Taille, Lärm im Spiegel, Ein Mann gibt Auskunft, Gesang zwischen den Stühlen.* Ich las und las und war beeindruckt von der Phantasie und dem sprühenden Witz der Bücher, in denen ein engagierter Autor seiner Zeit den Spiegel vorhielt. Ich bewunderte seine furchtlose Haltung in den zwölf Jahren eines verordneten Schweigens und seine anschließende tätige Mitwirkung beim Aufbau eines demokratischen Deutschlands als Feuilletonchef der *Neuen Zeitung* in München und begann meinen Artikel so:

»Als 1933 auf dem Berliner Opernplatz die Bücher von 24 deutschen Schriftstellern verbrannt wurden, schaute einer von diesen verbotenen Künstlern, zwischen SA-Männern stehend, dem Autodafé zu, ein unerschütterlicher Mensch von gerade 34 Jahren. Da flogen nun seine Gedichtbände in die Flammen, worin er oft vor übertriebenem Nationalismus und neuem Militarismus gewarnt hatte. Er hatte vorausgesehen, wie sich die unheilvolle Zeit in einem ›Land, wo die Kanonen blühn‹ erfüllen müsse. Er war ein Prediger in der Wüste gewesen, und nun fanden seine Prophezeiungen auf dem Scheiterhaufen ihr Ende. Sein Name war Erich Kästner.«

In den nächsten Monaten habe ich Reportagen und Berichte über die Landesbibliothek, die Volkshochschule und über landwirtschaftliche Themen geschrieben, zum Erhalt der Heckenwälle auf dem Lande und über den Sinn von Verkopplung und Zusammenlegung von Ackerflächen – mein Bruder war als Vermessungsingenieur auf diesem

Gebiet tätig. Ich schrieb Artikel über Poe und Kafka, über Tucholsky und Penzoldt und versuchte mich an Feuilletons, Skizzen und Betrachtungen. Die meisten der Texte befaßten sich mit der Welt des Geschriebenen und Gedruckten. Damals kam der Kugelschreiber auf den Markt, und in meinem Text malte ich aus, wie die Federfuchser und Tintenkleckser sorgenvoll in die Zukunft blicken müßten, wenn die Stahlfeder aus der Mode käme und frei nach Goethe »die bewegte Welle herrlich zu kristallener Kugel« sich ballen würde. Aber ich hegte die Hoffnung, daß »die Federfuchser von einst die Kugelreiter von morgen« sein würden.

Es lag für einen jungen Bibliothekar nahe, über Lexika zu plaudern, sich über Register als »Schlüssel der Bücher« Gedanken zu machen, das äußere Bild eines Buches, Einband und Schutzumschlag zu beschreiben, die verschiedenen Formen von Kalendern darzustellen, Buchanfänge und das A als ersten Buchstaben zu charakterisieren, sich mit der »Papierschnitzelliteratur« zu beschäftigen – gemeint waren die Zeitungsausschnitte. Ich liebte die Metaphern, manche gaben allerdings schiefe Bilder: So nannte ich die Litfaßsäulen als »Veteranen der Zeit« die »Auskunftsbüros der Straße« und die Zeitschriften »Katakomben der Kultur«. Ich schrieb über Neujahrskartengrüße und Luftschloßbaumeister, Rauchfahnen und Regenschirme, über stehengebliebene Uhren und angekettete Fernsprechbücher. Ich wollte eine Geschichte der Zündhölzer schreiben und sammelte Zitate zum Lob der Bescheidenheit. Ich versuchte, meine Artikel auch in anderen Zeitungen unterzubringen, aber hatte verständlicherweise nicht viel Glück. Auch bemühte ich mich, Erzählungen zu schreiben. Doch sie fanden keine Abnehmer, und das war auch besser so.

Ein Büchermärchen

Als junger Mann habe ich 1949 sogar ein Büchermärchen für Kinder geschrieben. Ich habe es vor 30 Jahren als Text eines anonymen Autors in einer Büchermärchenstunde im Lessinghaus in Wolfenbüttel untergeschoben und fand viel Beifall, auch in der Zeitung am Tag danach. Da es von Büchern handelt, fügt es sich in meine frühen Bücherjahre als historisches Dokument ein. Es war überschrieben *Zwerg Bücherwurm. Ein Märchen mit dicken Büchern* und lautet:

Es war einmal ein Zwergenkönig, Graubart mit Namen. Der regierte sein Volk sehr weise in dem finsteren Wald hinter den Bergen, viele Hunderte von Jahren hindurch.

An den Wurzeln der alten, morschen Eichbäume hatten sich die Zwerge gemütliche Wohnstätten eingerichtet. Da sie an Nahrung keine Not litten, lebten sie alle recht glücklich miteinander.

Nur einer war unter ihnen, der immer unzufrieden im Zwergenlande war, ein sonderbarer Kerl, nicht ganz so steinalt wie die anderen, aber mit einem dicken, struppigen Kopf, auf den er aber nicht wenig stolz war. Er trug einen roten Kittel mit einer gelben zerfransten Krause über dem Körper, und seine spindeldünnen Beine steckten in engen Beinkleidern. Vielleicht hatten diese schuld an seinem witzigen Namen, denn seit Zwerge denken können, hieß er Wurm, nur Wurm, so wie das kriechende Tier in der feuchten Erde. Wer den Zwerg kannte, wußte auch, daß er seinen Namen nicht zu Unrecht trug. Er war eben ein recht eigenartiger Zwerg, der sich auch immer gern hervortat. Er hielt sich für sehr wichtig und glaubte, alles weitaus besser zu wissen als die übrigen Zwerge.

Eines Tages hörte Zwerg Wurm, daß hinter dem Walde Menschen wohnten, Leute, die ganz anders als die Zwerge lebten. Ja, einige sollten unter ihnen sein, die recht klug waren, fast so klug wie König Graubart. Das reizte seine Neugier, und er wollte in seinem Ehrgeiz von den Menschen lernen. Kurz entschlossen raffte er seine Siebensachen zusammen und trippelte auf seinen dürren und flinken Beinen heimlich davon. Weil er aber nicht gewohnt war, so weit zu laufen, fiel er häufig über Stock und Stein. Auch rannte er einige Male gegen einen Baum und trug eine Beule davon. Das alles verdroß den eifrigen Kerl nicht, und glücklich stand er gegen Abend am Waldrand und erblickte ein Dorf mit vielen Steinhäusern vor sich.

Da es nun schon dunkelte, wagte sich Zwerg Wurm aus dem schützenden Wald heraus und trollte sich geschwind über die Felder. Er war nicht lange gelaufen, als er zu einem Hause gelangte, wo ein schwacher Lichtstrahl auf den Hof fiel. Der Zwerg lauschte und klinkte dann vorsichtig mit seinen zierlichen Fingerchen die Tür auf. Er schob seinen unförmigen Kopf durch den Spalt und war ganz verwirrt von dem, was die runden Zwergenaugen beobachteten: In einem großen Ohrensessel saß unbeweglich eine uralte Frau mit einem dunklen Gestell auf der Nase und schaute bei Kerzenschein in ein Buch, schüttelte hin und wieder den grauen Kopf und murmelte fortwährend vor sich hin. Der neugierige Zwerg schlüpfte unbemerkt ins Zimmer und verkroch sich beim Ofen. Die alte Frau fuhr fort, in dem sonderlichen Buch zu lesen, und blätterte häufig um. Dann konnte man jedesmal ein Rascheln hören, das den Zwerg Wurm in seiner Ecke besonders reizte. Er wackelte mit seinem dicken Kopf und ahmte die Bewegungen der Alten nach. Er begann, leise vor sich hin zu sprechen, und tat recht vergnügt dabei. Plötzlich fiel ihm ein: »Jetzt weiß ich, warum König Graubart so klug ist. Er hält sicherlich auch immer solch seltsame Dinge auf dem Schoß, mit denen er fortwährend redet.« Da hatte er vielleicht gar nicht ganz Unrecht, denn Bücher lesen kann nicht jeder. Schon hatte der Zwerg seinen Plan gefaßt: Er wollte sich des Buches bemächtigen und auch mit ihm sprechen, um ganz gelehrt zu werden und später als König im Zwergenland zu herrschen. »König Wurm« würden die Untertanen ihn nennen. Welch ein stolzer Gedanke!

Dabei wurde er so fröhlich, daß er einen lauten Freudenschrei ausstieß. Die alte Frau schrak auf und sah verwirrt um sich. »Hi, hi, wie es quiekt, wie es spukt!« rief sie. »Wie es spukt!« gab der Zwerg am Ofen zurück. Die Frau schüttelte sich vor Angst. Aber als alles still blieb, löschte sie das Licht und schlich ins Bett, wo sie bald einschlief und von dem Gelesenen träumte.

Rasch packte der Zwerg das Buch, das auf die Erde gefallen war, und schleppte es ans offene Fenster. Es war fast so groß wie der kleine Kerl selbst. Aber mit einiger Mühe beförderte er es aus dem Hause. Da lag es nun draußen. Zwerg Wurm saß obendrauf und triefte vor Schweiß. Es war sehr dunkel, nur der gute Mond sandte sein Lächeln zu dem Bücherdieb hinab. Dieser raffte schließlich seine Zwergenkräfte zusammen und schleppte das Buch auf dem Buckel fort. Da die Last ungewohnt schwer war, kam er nicht weit in den unwegsamen Wald hinein. Er lehnte das Buch gegen einen Baumstumpf und kroch mit seinem Kopf darunter. Von der schweren Arbeit und Aufregung müde geworden, schlief der Zwerg bald ein und träumte, daß er König im Zwergenreiche sei.

Als die Sonne den Langschläfer weckte, erschrak dieser nicht wenig, steckte seinen Kopf hervor und rieb sich die Augen. Schnell fing er an, sich eine geeignete Höhle zu suchen, die er unter einem Felsen, nicht weit von der Blumenwiese, wo er eingeschlafen war, fand.

Der Zwerg konnte die Zeit kaum erwarten, bis er das Buch in die neue Herberge gezogen hatte. Klopfenden Herzens öffnete er es und begann zu blättern, machte allerhand Eselsohren in die Bogen und sprach ununterbrochen vor sich hin. Natürlich verstand er nicht zu lesen, und die vielen Buchstaben ärgerten ihn. Da setzte sich Wurm auf das Buch und fing mit seinem dicken Kopf an nachzudenken. Aber ihm schien nichts einzufallen. Endlich klappte der Zwerg das Buch zu, so daß eine dichte Staubwolke aufwirbelte und Zwerg Wurm sich die Augen wischen mußte. Er tippte sich an den Kopf und sagte vor sich hin: »Ich weiß, ich weiß! Ein Buch ist zuwenig, ich muß ganz viele Bücher haben. Dann wird alles gut werden!«

So fing Zwerg Wurm an, allabendlich ins Dorf zu schleichen, stahl hier ein Buch, schleppte dort eines fort. Jedesmal kehrte er keuchend unter seiner Last heim, denn manche schwere Bibel war darunter. Der Zwerg meinte, je dicker, desto besser. In seiner Höhle lagen nun viele Bücher, die er gesammelt hatte. Den Tisch bildete ein dicker Lederband, davor lagen kleinere Bücher am Boden, die dem »Bücherwurm«, wie er sich nun stolz nannte, abwechselnd als Sitzgelegenheit dienten. Die übrigen stellte er in Reih und Glied auf ein Brett, wie er es dem Lehrer im Dorf abgeguckt hatte, bei dem er zuletzt gewesen war. Auch wenn er sich schlafen legte, machte er sich zuvor ein ganzes Lager von Büchern. Mit Vorliebe verwandte er dazu diejenigen mit recht weichen Samteinbänden.

Was tat nun der Zwerg Bücherwurm mit all seinen Schätzen? Nun, er lag den lieben langen Tag auf dem Boden, rauchte seine Pfeife und blätterte in den Büchern. Von Zeit zu Zeit warf er sie durcheinander, so daß der Staub flog.

Dann sprach er zufrieden zu sich selbst: »So lebt ein Zwerg mit seinen Büchern.«

Einige Monate waren ins Land gezogen. Zwerg Bücherwurm war immer noch fleißig beim Studium seiner Bücher. Aber ihm wollte und wollte der Gedanke nicht in den Sinn kommen, was wohl das Lesen sei. Aber das war nicht die schlimmste Sache. Die Not war viel größer geworden: Er fand weit und breit kein Buch mehr. Die Leute hatten aus Angst vor dem unbekannten Dieb, den sie vergebens suchten, alle Bücher eingeschlossen und versteckt. So war es auch vom Bürgermeister verfügt worden.

Eines Tages nun schlenderte Zwerg Bücherwurm verzagt und nachdenklich durch den Wald. Da sah er einige Kinder aus dem Dorf auf seiner Blumenwiese sitzen. Das älteste von ihnen hielt ein Buch auf den Knien und las laut eine Geschichte vor. Die kleinen Kinder klatschten in die Hände und freuten sich. Der neugierige Zwerg stand hinter dem Baumstumpf, lugte zu den Kindern hinüber und überlegte, wie er sie überlisten könne.

Zufällig kam der Sandmann mit seinem fast leeren Sack von der Mittagsarbeit zurück. Der Zwerg, der mit ihm befreundet war, rief ihn herbei und erzählte ihm seinen Kummer. Er versprach dem Sandmann ein schönes Buch, wenn dieser ihm helfen könne. Der Sandmann war es zufrieden, und weil er auch gern wollte, daß die Kinder in der warmen Sonne etwas ruhten, suchte er ein paar Sandkörner und trat zu den Kleinen. Diese fingen alsbald an zu gähnen, und schließlich schliefen sie ein.

Rasch lief der Bücherwurm hinzu und sah in das Buch. Es war ein Märchenbuch, und auf der aufgeschlagenen Seite waren zufälligerweise ganz viele Zwerge abgebildet. In der Mitte der Schar stand einer, der sah gerade so aus wie der Bücherwurm selbst. Er hatte einen dicken Kopf, dünne Beine und einen roten Kittel mit gelber Krause. Das entsetzte den Zwerg, er riß das Buch entzwei und lief mit einem Geschrei in den Wald, denn nun wußte er, daß ihn alle Welt kannte und daß er nimmermehr Glück bei den Menschen haben würde. Vor Angst rannte er vor den Thron des Königs Graubart, bettelte um Verzeihung und wurde ein braver Untertan.

Die Kinder auf der Wiese waren von dem Lärm erwacht, sahen das zerrissene Buch und fanden die anderen Blätter gerade dort, wo der Zwerg Bücherwurm seine Höhle gehabt hatte.

»Da liegt ja Großmutters Katechismus«, rief plötzlich ein Kind. »Das sind Onkel Kurts Romane, und hier ist Mutters Kochbuch«, rief ein anderes. Die Kinder hatten die Bücherhöhle entdeckt, und alle Bücher, die man lange vermißt hatte, fanden sich wieder. Die Leute suchten im Wald noch lange nach dem Täter. Der aber ließ sich nie wieder bei den Menschen sehen.

Oldenburgische Kulturgeschichte

Die Bücherwelt der Landesbibliothek war meine Welt. In ihr kannte ich mich aus, hier fühlte ich mich zu Hause. Auch wenn ich mich in meinen frühen Bücherjahren immer mehr mit der zeitgenössischen, vor allem deutschen Literatur beschäftigte, Ernst Jünger las und Ernst Kreuder sammelte, so fühlte ich mich gleichzeitig zu den Oldenburgensien hingezogen. Jeder Gang ins Büchermagazin glich einer Entdeckungsreise. Ich ging nicht nur immer wieder die Bücherreihen meiner Lieblingsabteilung mit der Signatur *Gesch. IX. b* durch, in der alles stand, was sich auf das

Oldenburger Land bezog. Ich schaute auch Reisebeschreibungen und Autobiographien, Tagebuch- und Briefeditionen durch, ob es Bezüge zu Oldenburg gab. Ich sammelte, exzerpierte und eignete mir ein umfangreiches Wissen über die Kulturgeschichte Oldenburgs an und stellte fest, daß manches, was ich unter den Büchern entdeckte, unbekannt oder vergessen war.

Für die *Nordwest-Zeitung* schrieb ich einen Artikel über *Alte Bücher aus Oldenburg* und erzählte darin von dem ersten, 1599 in der Stadt gedruckten *Kleinen Katechismus* und den Chroniken von Hermann Hamelmann und Johann Just Winkelmann.

Vor allem interessierte mich die Literaturgeschichte meiner Heimat. Ich entdeckte für mich den Schriftsteller Gerhard Anton von Halem, der eine Schlüsselfigur der oldenburgischen Aufklärung war. Ich las seine literarischen Werke, studierte seine *Geschichte des Herzogthums Oldenburg*, auch die von ihm herausgegebenen Zeitschriften und machte mich daran, seine in der Landesbibliothek überlieferte handschriftliche Briefsammlung mit mehr als tausend an ihn gerichteten Briefen zu verzeichnen. Dadurch lernte ich Halems Lebens- und Freundeskreis kennen und ging den Beziehungen dieser Oldenburger Aufklärungsgesellschaft zu den Zeitgenossen nach. Ich fand heraus, daß Klopstock schon sehr früh in Oldenburg verehrt wurde, daß Johann Kaspar Lavater und Matthias Claudius in Oldenburg gut bekannt waren, daß der Halberstädter Dichter Johann Wilhelm Ludwig Gleim hierzulande Sonderbares erlebt hatte und daß Halem und seine Freunde auch zu Goethe und Schiller Beziehungen gepflegt hatten. Daneben interessierte mich das 17. Jahrhundert, die Zeit von Graf Anton Günther, und ich entdeckte einige in Oldenburg gedruckte Barockbücher. Eine kurze literarische Blütezeit erlebte die Stadt dann noch einmal im 19. Jahrhundert, in der Zeit des Biedermeier. Insbesondere interessierten mich der Goetheverehrer Alexander Freiherr von Rennenkampff, der humoristische Schriftsteller Theodor von Kobbe und sein Freundeskreis.

Über alle diese Themen schrieb ich einige Jahre hindurch Artikel für die Heimatbeilage der *Nordwest-Zeitung* und wies mich schon bald als Kenner der oldenburgischen Kultur- und Geistesgeschichte aus. Meine Beiträge wurden von einem interessierten Publikum freundlich aufgenommen, aber es gab auch Neider, so meinen früheren Englischlehrer in der Aufbauschule, der uns im Kriege nationalsozialistische Weltanschauung beigebracht hatte. Ich traf ihn auf dem Flur der Redaktion, und er machte keinen Hehl aus seinem Mißfallen, daß meine Artikel im Gegensatz zu den seinen so zahlreich gedruckt wurden.

Im Laufe der Zeit hatte ich so viel Material gesammelt, daß ich mich mit dem Gedanken trug, daraus ein Buch zusammenzustellen. Es sollte entweder *Randfiguren. Oldenburg zwischen Aufklärung und Romantik* heißen oder *Menschen, Bücher und Papiere. Oldenburger Geistesleben im Schatten und Spiegel der großen Welt.* Aber dazu kam es damals ebensowenig wie zu einer oldenburgischen Buchgeschichte oder zur Geschichte der Landesbibliothek. Die Zeit ging auch über diese Pläne hinweg.

Doch diesen frühen Buchplan habe ich Jahrzehnte später aufgegriffen. Dem Andenken meiner Mutter, die am 1. März 1986 gestorben war, widmete ich die Sammlung meiner überarbeiteten Artikel, die im Herbst 1986 unter dem Titel *Wie Shakespeare durch Oldenburg reiste* mit dem Untertitel *Skizzen und Bilder aus der oldenburgischen Kulturgeschichte* im Heinz Holzberg Verlag in Oldenburg erschien. Die Auswahl und Überarbeitung der alten Texte machte mir ebensoviel Freude wie die Zusammenstellung der vielen, teilweise unbekannten Abbildungen.

Die Titelgeschichte *Wie Shakespeare durch Oldenburg reiste* enthält eine meiner »Entdeckungen« aus jener Zeit: die fiktive Erzählung über William Shakespeare und seine beiden Reisegefährten, die 1584 auf dem Weg nach Hamburg durch Oldenburg ritten und in der düsteren, ausgestorbenen Stadt aus dem Mund eines gesprächigen Fuhrmanns hörten, daß die Pest in der Stadt wütete, alle Menschen, jung und alt, dahinraffte und daß er die Leichenberge mit seinem Fuhrwerk fortschaffen mußte. Entsetzt flohen die drei Dichter aus der Stadt, deren Häuser ihnen den Eindruck von Särgen machten. Ich hatte die unheimliche Geschichte in dem Roman von L. Alphonse Daudet, *Fahrten und Abenteuer des jungen Shakespeare*, gefunden: Ein französischer Schriftsteller erzählt von einem englischen Dichter, der durch die norddeutsche Tiefebene reist. L. Alphonse Daudet war aber nicht jener liebenswerte Autor des *Tartarin von Tarascon*, der in der alten Windmühle im Rhônetal in der Provence die *Briefe aus meiner Mühle* schrieb. Es war sein Sohn Léon Alphonse, der Oldenburg als grausige, verpestete Stadt schilderte.

Nicht William Shakespeare, wohl aber der dänische Märchendichter Hans Christian Andersen besuchte Oldenburg zwischen 1843 und 1847 mehrfach. Wie intensiv diese Beziehungen waren, entdeckte ich Ende der 1980er Jahre in der Königlichen Bibliothek Kopenhagen: Ich fand den vollständigen unbekannten Briefwechsel zwischen Andersen und einer Oldenburger Leserin, Lina von Eisendecher. Zusammen mit einem dänischen Freund, dem Andersen-Forscher Erik Dal, habe ich diesen für die oldenburgische Kulturgeschichte des 19. Jahrhunderts so aufschlußreichen Briefwechsel 2003 mit Dokumenten, Anmerkungen und Werkübersichten mit Hilfe meiner Frau herausgegeben. So bleibe ich letzten Endes meinen Anfängen treu.

Gedanken eines Diplombibliothekars

Seit dem Frühjahr 1949 war ich Bibliotheksangestellter. Der neue Begriff des Diplombibliothekars setzte sich erst langsam durch und drückte in der Zeit des Wiederaufbaus der zerstörten Bibliotheken das Selbstgefühl eines Berufsstandes aus, der den wissenschaftlichen Dienst von Routineaufgaben entlastete und dem der einfache Dienst unterstand. An der Staats- und Universitätsbibliothek Hamburg unterstützten der Direktor, Professor Tiemann, und unsere Lehrer der Bibliotheksschule die Bemühungen der Kollegenschaft des gehobenen Dienstes, insbesondere der Bibliothekarinnen in der Titelaufnahme, sich zusammenzuschließen, um ihre Berufsinteressen besser gemeinsam vertreten zu können.

So wurde im April 1950 in Hamburg der »Verein der Diplombibliothekare an wissenschaftlichen Bibliotheken« gegründet. Ich hielt auf der Gründungsversammlung einen Vortrag über das Kubin-Archiv in Hamburg, seine Geschichte, Bestände und bibliothekarische Erschließung. Unter dem couragierten Vorsitz von Frau Reinhardt, die die Abteilung der alphabetischen Katalogisierung leitete, wurde ich in den Beirat gewählt. Ein Jahr später nahm ich an dem dritten Bibliothekskongreß teil, der in der Universitätsbibliothek Münster stattfand. Auf der Mitgliederversammlung trug ich meinen Plan einer eigenen Zeitschrift vor. Sie sollte *Der Diplom-Bibliothekar* heißen und sich als »Zeitschrift für das Buch- und Bibliothekswesen« verstehen. Der Grundgedanke war, die Liebe zum eigenen Beruf und zum Buch zu stärken und das bibliothekarische Selbstbewußtsein zu fördern. Ich stellte mir vor, daß die Zeitschrift Artikel über das Büchersammeln, über Erfahrungen in der Bibliotheksverwaltung, auch Artikel zur Buch- und Bibliotheksgeschichte bringen sollte. Über neue Fachbücher sollte in einer eigenen Rubrik unter der Überschrift »Handbibliothek« berichtet werden. Mein Vorschlag fand jedoch keine Gegenliebe und wurde abgelehnt. So groß war der Idealismus des Berufsstandes wohl doch nicht.

Mich beschäftigten damals die berufspolitischen Fragen sehr. Ich versuchte, mir selbst Klarheit über die Zukunft zu verschaffen, und schrieb im Sommer 1950 einen Aufsatz *Gedanken eines Diplombibliothekars*, der allerdings erst ein halbes Jahrhundert später im Rahmen eines Interviews abgedruckt wurde und hier in Auszügen wiedergegeben wird.

»Zunächst ist der Diplombibliothekar sehr dankbar, daß sich seine ihm eigene Berufsbezeichnung heute endlich durchzusetzen beginnt. Bisher hatte er als ›mittlerer gehobener Dienst‹ gegolten, und man hatte damit seinem Beruf einen völlig farblosen Namen beigelegt. Doch nur dadurch waren auch wohl die scharfen Unterscheidungen möglich, die etwa der Bibliotheksdirektor Georg Leyh herausstellte, als er von den ›Bibliothekaren‹ sprach und sie ganz bewußt dem ›mittleren Dienst‹ gegenüberstellte. Natürlich ist sich der Diplombibliothekar der Tatsache bewußt, daß sein Berufsstand einst zur Entlastung der wissenschaftlichen Bibliothekare und zur Übernahme aller mechanischen Arbeiten geschaffen wurde, wie man es in allen Ausführungen über den Diplombibliothekar lesen kann. Aber inzwischen ist fast ein halbes Jahrhundert Bibliotheksleben verflossen, und aus dem mittleren Dienst von gestern ist der Diplombibliothekar von heute geworden, dessen Existenz hier zur Diskussion gestellt sein will.

Die Aufgabenbereiche des Diplombibliothekars an der wissenschaftlichen Bibliothek sind hinreichend bekannt, so daß eine Aufzählung erspart werden kann. Er hat ja, kurz zusammengefaßt, die große Masse der anfallenden Arbeiten technischer, verwaltungsmäßiger und allgemein informatorischer Art zu bewältigen: Von der Akzession bis zur Ausleihe leitet er das Buch durch die Bibliothek. Das sind seine äußeren Funktionen, die ihn deutlich von den Arbeiten des wissenschaftlichen Bibliothekars trennen. Gerade hier befürchteten diese – und nicht ganz zu Unrecht – eine Grenzverwischung seitens der Diplombibliothekare. Natürlich kann es Möglichkeiten geben, daß auch der Diplombibliothekar an der Anschaffung, der Katalogisierung und der Bearbeitung wissenschaftlicher Anfragen beteiligt ist. Aber er muß sich darüber klar sein, daß es sich hier nur um Ausnahmen handelt und daß er im Grunde für diese Dinge nicht kompetent ist.

Doch da liegt das erste offene Problem im Dasein des Diplombibliothekars. Er ist – und das wollen wir mit Ausdruck betonen – Nichtwissenschaftler. Ihm fehlen die akademischen Grundlagen methodischer Schulung, er muß jenen alles verbindenden und die Wissenschaften umfassenden Weitblick entbehren. Er bleibt zumeist ein Anfänger in den Wissenschaften. Es ist nicht leicht, daß er sich diese Tatsache immer wieder eingestehen muß. Er hat mit diesem Zwiespalt zu kämpfen. Dennoch zu einer vermittelnden Lösung zu kommen ist ihm ein dringendes Bedürfnis, und gerade der junge Diplombibliothekar sucht hier einen festen Boden.

Wenn aber Leyh in dieser Beziehung schreibt: ›Wohl

mag der mittlere Beamte aus Neigung sein literarisches Wissen erweitern, für seine amtlichen Zwecke liegt ein unmittelbares Bedürfnis nicht vor‹, so müssen wir gerade dagegen Einspruch erheben. Denn ist der Diplombibliothekar auch ein Nichtwissenschaftler, so tut er doch Dienst an einer wissenschaftlichen Bibliothek.

Dieser Dienst ist aber keineswegs nur die mechanische Tätigkeit, bei der Sinn für die großen Zusammenhänge und für die Aufgaben der Bibliothek verloren geht. Hier muß der Diplombibliothekar von sich aus in seinen Grenzen das aus seinem Beruf machen, wozu ihn seine Vorkenntnisse, seine Ausbildung und schließlich seine praktischen Erfahrungen befähigen.

Dienst in der Bibliothek ist Dienst am Leben, an der Erhaltung des Geistes. Als ein gegenwartsgebundenes Institut hat die Bibliothek gerade heute diese große Sendung zu erfüllen, die in den Händen der Bibliothekare liegt. ›Die Öffentlichkeit für die Bibliothek zu interessieren ist eine der wichtigsten Pflichten der Bibliothekare, aber dieses Interesse kann nur geweckt werden, wenn die Bibliotheken selbst nicht im Abseits vom Leben verharren, sondern immer wieder zeigen, daß sie im Dienst der Gegenwart stehen.‹

Da steht dann der Diplombibliothekar den wissenschaftlichen Bibliothekaren gleichberechtigt zur Seite. Die Leserschaft verlangt auch von dem Diplombibliothekar Kenntnisse und Buchwissen. Er muß in der Lage sein, zwar nichtwissenschaftliche Auskünfte erteilen zu können, wohl aber Pfade zur Wissenschaft zu weisen: Er muß mit Bibliographien, Standardwerken und Katalogen, mit den wesentlichen Persönlichkeiten und Begriffen der Wissenschaften vertraut sein. Er muß auch bei buchtechnischen und buchgeschichtlichen Fragen eine sachliche Antwort erteilen können. Er muß mit wachen Augen die Entwicklung der Bibliothek in all ihren Einzelheiten verfolgen. Man wird es ihm dann anmerken, daß er wirklich etwas von Büchern versteht und mit ihnen umzugehen weiß. An diesem Platze wirkt auch der Diplombibliothekar nach außen hin. Es bedeutet keinen Einbruch in das Aufgabenfeld des wissenschaftlichen Bibliothekars, sondern es möge nur zeigen, daß der Diplombibliothekar willens ist, den guten Ruf des Bibliothekars zu wahren und ihm Ehre anzutun ...

Es geht dem Diplombibliothekar bei diesen Dingen um die geistige Sinngebung seines Berufes. Er muß aktiver werden, in der Bibliothek wirklich Mit-Arbeiter sein, nicht nur technische Kraft. So wird er einmal als Persönlichkeit betrachtet werden.

Um diese Idee des aktiven Diplombibliothekars zu verwirklichen, muß eine gute Ausbildung Voraussetzung sein. Ist man gewillt, wirklich den Diplombibliothekar zu einer bibliothekarischen Persönlichkeit zu bilden, dann bedarf es einer gründlichen, auch längeren theoretischen Ausbildung. Hier scheint das Bibliothekswesen vor einer entscheidenden Aufgabe zu stehen. Durch gute Diplombibliothekare werden ihm Kräfte zugeführt, die in weiterem Maße als bisher positiv an bibliothekarischen Problemen mitwirken können. Es sollten dabei nicht Ängstlichkeit und Kompetenzsorgen den Ausschlag geben ...

Dem Diplombibliothekar steht ja die Masse der Bücher zur freien Verfügung, dieser unerschöpfliche Schatz menschlicher Leistung. Da wird auch der Diplombibliothekar Anregungen und Wege finden, um sich einzusetzen für ihre Erschließung und Verwertung. Er sitzt ja an der Quelle; welcher Wissenschaftler genießt diesen Vorzug? Werden je die wissenschaftlichen Bibliothekare alle Schätze heben können? Gibt es nicht auch überhaupt Dinge, die dem Wissenschaftler zu unergiebig erscheinen, in die aber der Diplombibliothekar seine Ehre setzen kann? Er ist in der Lage, bibliographisch zu arbeiten. Das mitunter trockene Gebiet der Bibliographie kann durch die Arbeit des Diplombibliothekars, der täglich mit diesem Hilfsmittel umgeht, belebt werden. Hat er nicht gerade hier als Helfer eine noch unerschlossene Aufgabe darin zu sehen, bibliographische Lücken, die er erkennt, durch seine Mitarbeit auszufüllen? Auch ist es durchaus möglich, daß der Diplombibliothekar in seinen Grenzen buchgeschichtlich arbeitet. Vor allem kann es ihm obliegen, heimatliche Kulturgeschichte durch Belebung vergessener Bücher zu treiben. Zwar werden seine Arbeiten bescheidene Ansprüche stellen. Trotzdem kann der Diplombibliothekar in seinem Rahmen Leistungen vollbringen, die als Beiträge und Bausteine der Wissenschaft und damit der Kultur zugute kommen können. Auf diese Weise wird er seinen Beruf immer vielseitiger und interessanter ausbauen können, denn ihm stehen viele Möglichkeiten offen.

Der Diplombibliothekar hat es in der Hand, durch eine Aktivierung seiner ihm gesetzten Möglichkeiten seinen Berufsstand zu heben. Von dieses Basis aus, glaube ich, können dann auch die Fragen der gehaltlichen Einstufungen und der Aufstiegsbedingungen gelöst werden. Unser Verein ist der erste Schritt zur Verwirklichung dieses Bemühens. Es bedarf der Mitarbeit aller Diplombibliothekare durch Erfahrungsaustausch und gegenseitige Anregungen. Dazu beizutragen war auch Sinn dieser Zeilen.«

Der Aufsatz war ein Selbstbildnis. Ich war ein engagierter und in dieser Hinsicht durchaus selbstbewußter Diplombibliothekar an der Landesbibliothek geworden. Ich richtete mich endgültig auf ein Leben in Oldenburg ein. Vielleicht würde ich eines Tages verbeamtet und es dann vom

Bibliotheksinspektor bis zum Bibliotheksamtmann bringen. Ich würde eine Bibliothekarin heiraten, die ich ausgebildet hatte. Ich würde eine Familie gründen, ein geregeltes, unbeschwertes Familienleben in der Nähe der Mutter führen, weiterhin meine Zeitungsartikel schreiben und allmählich eine unverzichtbare Säule im Bibliotheksalltag unter einem ruhelosen Bibliothekschef werden. Doch es kam anders.

»Herr Raabe, Sie müssen studieren«

Ich stand an dem Bücherregal im Lesesaal und hatte etwas nachgeschlagen. Da kam Dr. Fischer mit einer jungen Frau herein, er machte mich mit Fräulein Holthusen bekannt. Mechthild Holthusen war so alt wie ich, sie sah gut aus, schlanke Figur, blondes Haar, blaue Augen, ein kluges Gesicht. Dr. Fischer erklärte mir, daß sie die neue Praktikantin sei, außer der Reihe eingestellt. Ich sollte ihre Ausbildung übernehmen. Ich fragte sie, ob sie etwas mit dem Dichter Hans Egon Holthusen zu tun habe, dessen Gedichte ich im *Merkur* gelesen hatte. Außerdem sei ja gerade ein Buch von ihm herausgekommen: *Der unbehauste Mensch.* Sie sagte, sie sei seine Schwester, sie sehe ihn nicht oft, da er in München lebe. So habe ich die Begegnung am 2. Mai 1950 in Erinnerung.

Für die neue Praktikantin stellte ich den Ausbildungsplan auf, sie lernte an den einzelnen Stationen die Arbeit kennen. Ich selbst unterrichtete sie in den verschiedenen Fächern, übte mit ihr die *Preußischen Instruktionen* und empfahl ihr bibliographische und buchgeschichtliche Werke zur Lektüre, die sie mit nach Hause nahm, um sie abends zu studieren. Sie wohnte bei ihrer Schwester und deren Familie nicht allzuweit von der Rankenstraße entfernt. Wie sich später herausstellte, waren es ganze Stöße von Büchern, die ich ihr aufgedrängt hatte. Sie wies keines zurück, aber ich glaube kaum, daß sie sie gelesen hat, sie hatte ihre eigenen Interessen.

Ich verehrte sie, schenkte ihr hin und wieder eine Hekkenrose, wenn ich sie mittags nach Hause begleitete. Sie war freundlich, höflich, reserviert, das persönliche Interesse an dem eifrigen Diplombibliothekar war gering. Sie erzählte von ihrem Theologiestudium in Erlangen und Göttingen, das sie aus finanziellen Gründen aufgeben mußte, von ihrem Vater, dem Pastor Holthusen, der in der NS-Zeit der Bekennenden Kirche angehört hatte und 1938 in Hildesheim gestorben war, wo ihre Mutter wohnte.

Der friedliche Sommer fand Ende August ein jähes Ende. Ich saß an meinem Arbeitsplatz in der Bibliothek, als ein Telefonanruf aus Spiekeroog kam. Die Polizei meldete sich und unterrichtete mich, daß mein Bruder Wilhelm, der auf der Insel Urlaub gemacht hatte, beim Baden ertrunken sei. Mir brach eine Welt zusammen. Um meiner Mutter das Unbegreifliche, was geschehen war, zu sagen, holte ich unseren Pastor zu Hilfe. Meine ahnungslose Mutter war fassungslos über die schreckliche Nachricht. Sie hat den Tod ihres Sohnes, der ihre ganze Stütze war, nie überwunden, nachdem sie bereits innerhalb weniger Jahre ihre Eltern und ihren Ehemann verloren hatte, und ich versuchte, meiner kleinen elfjährigen Schwester zu erklären, was passiert war. In den nächsten Monaten herrschten Trauer und Hader an der Rankenstraße.

Gegen Ende des Jahres erkrankte die neue Praktikantin schwer. Sie lag nach einer Nebenhöhlenoperation im Krankenhaus. Als sie halbwegs gesund war, begleitete ich sie im

Zuge nach Hildesheim. Frau Holthusen, ihre Mutter, bedankte sich, als ich ihre Tochter ablieferte, und schickte mich davon. Auf der Rückfahrt besuchte ich die Herzog August Bibliothek, stattete Dr. Kästner einen Höflichkeitsbesuch ab, war aber nach einer Minute wieder draußen. Dr. Butzmann zeigte mir die Schätze des Hauses. In der Stadtbibliothek Braunschweig interessierten mich die Manuskripte von Wilhelm Raabe und in der Landesbibliothek Hannover der Nachlaß von Gottfried Wilhelm Leibniz. In der Kestner Gesellschaft sah ich eine mich aufwühlende Max Beckmann-Ausstellung.

Mechthild Holthusen ging mir nicht aus dem Sinn. Sie schrieb mir, daß sie nach ihrer Genesung ihre praktische Ausbildung abkürzen und an der Stadtbibliothek Hannover abschließen könne. Dort besuchte ich sie, wir gingen am späten Nachmittag in einer der Seitenstraßen unweit ihrer Wohnung, wo sie bei Verwandten untergekommen war, spazieren. Sie wird mir von ihrer Arbeit und ich von der Landesbibliothek erzählt haben. Vermutlich vertraute ich ihr auch an, daß ich in Oldenburg bleiben wolle, dort meine Lebensaufgabe vor mir sähe und daß mir der häusliche Friede sehr am Herzen läge. Sie hörte etwas ungehalten zu. Plötzlich blieb sie stehen und sagte: »Herr Raabe, Sie müssen studieren.« Das sagte sie mit einer solchen Bestimmtheit, daß ich darauf nichts zu entgegnen wußte.

Auf der Rückfahrt mußte ich ständig an die energischen Worte denken. Der Tod meines Bruders lag ein Jahr zurück. Sollte ich das Studium in Hamburg trotz aller häuslichen Widerstände wagen? Könnte ich meine Mutter überzeugen? Nach einem Gespräch mit Dr. Fischer, der mir in meinen Plänen sehr entgegenkam und das Unmögliche möglich machte, war ich entschlossen, dem Rat meiner

Freundin zu folgen und das Studium der Geschichte und Germanistik im Herbst 1951 an der Universität Hamburg aufzunehmen. Ein neuer Lebensabschnitt zeichnete sich ab, meine bibliothekarischen Lehrjahre in Oldenburg gingen dem Ende entgegen.

Studienjahre unter Büchern

Mit Dr. Kurt Otte (stehend)
und Siegfried Buchenau im
Kubin-Archiv, Hamburg 1956

Zwischen Hamburg und Oldenburg

Die Landesbibliothek Oldenburg war im Winterhalbjahr 1951/52 nach wie vor von montags bis samstags jeweils von 8 bis 22 Uhr, vor allem aus sozialen Erwägungen, geöffnet. Auf die »Wärmestube für Geistesarbeiter« wollte Dr. Fischer noch nicht verzichten. Wir arbeiteten damals 48 Stunden in der Woche, was in diesen Aufbaujahren unverzichtbar war und den allmählichen Wohlstand mit begründen half. Die Regelung kam mir nun zugute, so daß sich ein Weg fand, der es mir ermöglichte, die häusliche Verantwortung in Oldenburg mit den Aufgaben des Studiums in Hamburg in Einklang zu bringen.

Von Montag früh bis Mittwoch abend, also an drei Tagen, war ich von 8 bis 20 oder 10 bis 22 Uhr jeweils 12 Stunden im Dienst. Am Donnerstagmorgen gegen 5.30 Uhr nahm ich den Frühzug nach Bremen, stieg in den Personenzug nach Hamburg um, der über Rotenburg, Tostedt, Buchholz, Harburg nach Hamburg-Dammtor fuhr, und war um 9 Uhr c. t. zur ersten Vorlesung in der Universität. Zwei Tage hatte ich Zeit, Vorlesungen zu hören, Seminare und Übungen zu besuchen, die Mitschriften versäumter Stunden, von einer Kommilitonin entliehen, nachzuschreiben und mich so intensiv wie möglich meinen Studien zu widmen. Die Nacht von Donnerstag auf Freitag verbrachte ich in einer billigen Pension am Hansaplatz nahe dem Hauptbahnhof. Daß es damals ein verrufenes Viertel war, wußte ich ahnungsloser Tor vom Lande nicht. Am Freitagabend traf ich mit dem letzten Zug auf dem Oldenburger Bahnhof ein und war kurz vor Mitternacht zu Hause. Am Samstag war ich wieder 12 Stunden in der Bibliothek und hatte dann den langen Sonntag Zeit für mein Studium.

Ich war also am Ziel meiner Wünsche angelangt. Zuerst saß ich etwas verloren in dem großen Hörsaal im Hauptgebäude der Universität. Alles war mir fremd. Ich kam aus dem praktischen Berufsleben und befand mich nun unter meist jüngeren Studenten, hörte dem Professor aufmerksam zu und schrieb die Vorlesung mit, wie es alle taten. Nach und nach lernte ich einige der Kommilitonen kennen, doch an ein geregeltes Studium war nicht zu denken, geschweige denn an ein sorgloses Studentendasein. Ich kam mir an den beiden Tagen in der Universität wie ein Gasthörer vor, wenngleich ich ordentlich immatrikuliert war und die Studiengebühren, die es damals gab, bezahlt hatte. Ich hörte eine Vorlesung über die nordischen Länder im Mittelalter von dem sympathischen, aus Reval stammenden Historiker Paul Johansen, der mich später im Rigorosum prüfte. Hans Pyritz las zweistündig über die deutsche Literatur des Humanismus und sein Kollege Adolf Beck eine Stunde mehr über den Sturm und Drang. Der eine Professor gefiel mir so gut wie der andere. Die Literaturgeschichte, die ich bis dahin autodidaktisch betrieben hatte, erhielt nach und nach ein durch die Forschung gesichertes Fundament.

Von dem historischen Proseminar bei Dr. von Rantzau sind mir kaum die Themen, wohl aber das auffällige Verhalten von zwei Kommilitonen in Erinnerung geblieben. Der eine machte provozierende Zwischenbemerkungen. Es war Klaus Rainer Röhl, der spätere Herausgeber der aus dem Hamburger *Studentenkurier* hervorgegangenen Zeitschrift *konkret* und Ehemann von Ulrike Meinhof, der außerdem ein Danzig-Abzeichen am Revers seines Anzugs trug. Der andere irritierte den Dozenten dadurch, daß er das Putzen seiner Brille, die er zwischendurch in den Mund schob, um sie anzuhauchen, auf höchst auffällige Weise zelebrierte.

Neben den obligatorischen literaturwissenschaftlichen Proseminaren besuchte ich auch Übungen zu den Dichtungen von Franz Kafka, gehalten von einem Außenseiter, einem Privatdozenten, den die beiden Professoren mehr oder weniger ignorierten. Hans Wolffheim war Jude und hatte den Krieg in Deutschland überlebt. Der elegant gekleidete Herr fiel wegen seines lockeren Auftretens aus dem Rahmen. Als Kafka-Adept hielt ich ein Referat über meinen Lieblingstext *Auf der Galerie* und versuchte, dieses geniale Prosastück von der Zirkusreiterin mit seinen zwei antithetischen, sehr langen Sätzen ohne Kenntnis der einschlägigen Fachbegriffe zu interpretieren. In der ersten Reihe des kleinen Hörsaals amüsierten sich einige Kommilitonen, offensichtlich Wolffheims Lieblingsschüler, darunter auch Peter Rühmkorf. Wolffheim war jovial, lud mich nach der Stunde in sein Dienstzimmer ein, bot mir eine Zigarette an, die ich als Nichtraucher ablehnte, und erklärte mir, woran es bei meiner Interpretation gehapert hatte.

Wegen der noch immer herrschenden Quartiernot teilte ich mein Zimmer mit einem weiteren Gast. Zu dem gutaussehenden Herrn faßte ich Vertrauen, denn er war beneidenswert redegewandt und hatte gute Umgangsformen. Er nannte sich Armin von Schenk. Er stellte sich zum Beispiel vor den Spiegel und verstand es, durch Schminke sein Gesicht so zu verändern, daß ich über seine Verstellungskunst jedesmal erschrak. Damals las ich die Werke des bayerischen Aufklärers Lorenz Westenrieder und erzählte meinem Bettnachbarn von meiner Lektüre. Er interessierte sich sehr, und gutmütig, wie ich war, lieh ich ihm den Band, den ich aus der Oldenburger Landesbibliothek entliehen hatte.

Als ich eines Abends wieder in mein Quartier kam,

erzählte mir die Wirtin aufgeregt, daß Herr von Schenk verhaftet worden sei und in Fuhlsbüttel einsitze. Es hatte sich herausgestellt, daß ich mein Zimmer einige Wochen hindurch mit einem gesuchten Hochstapler geteilt hatte. Ich war bestürzt, denn ich hatte ihm unvorsichtigerweise einen geliehenen Band aus einer 32bändigen Gesamtausgabe aus dem 19. Jahrhundert – und das als Bibliothekar – weiterverliehen. Doch es gibt nicht nur Wunder in Kriminalfilmen. Ein paar Wochen später lag das Buch auf dem Nachttisch meines Zimmers: Der Schwindler, in dieser Hinsicht ein ehrlicher Mann, hatte dafür gesorgt, daß es mir wieder zugestellt wurde. Seither bin ich mit dem Weiterverleihen entliehener Bücher vorsichtig geworden.

Das folgende kurze Sommersemester 1952 war aufregend. Da in diesem Halbjahr die 12-Stunden-Arbeit in der Bibliothek nicht möglich war, nahm ich zuerst meinen Jahresurlaub, arbeitete einige Wochen regulär in Oldenburg und schloß einen unbezahlten Urlaub an, so daß ich einigermaßen über die Runden kam. Ich hatte ein schmales billiges Hinterzimmer in der Osterstraße in Eimsbüttel gemietet und fühlte mich nun ganz in meinem Element. Ich hatte eine große Anzahl Vorlesungen und Seminare belegt und wurde von unbändigem Elan getrieben.

Mechthild Holthusen sah ich selten. Sie besuchte inzwischen die Hamburger Bibliotheksschule. Ein paarmal lud ich sie in meine Behausung ein und verwöhnte sie mit einem Schokoladenpudding – der einzigen Speise, die ich herzustellen verstand, die mir aber, wie sie mir später gestand, besser schmeckte als ihr. Jedoch: Der Funke sprang nicht über, die Beziehung war einseitig und blieb unbestimmt. Damals bereitete sie sich auf das Bibliotheksexamen vor, paukte mit ihrer unzertrennlichen Freundin Ursel und schrieb eine originelle Jahresarbeit über die Geschichte und Illustrationen der *Wunderbaren Reisen und Abenteuer zu Wasser und zu Lande des Freiherrn von Münchhausen*, unterstützt von dem charmanten Verleger und Sammler Ernst Hauswedell, der alle illustrierten Drucke besaß.

Unter den germanistischen und historischen Vorlesungen, Seminaren und Übungen hatten die Veranstaltungen von Professor Beck für mich einen besonderen Reiz: Er stellte die Interpretation der Texte in den historisch-philologischen Zusammenhang, was so ganz meiner Neigung entsprach. In seinem Proseminar über romantische Lyrik hatte ich mich für einen Textvergleich von zwei Gedichten entschieden: Ludwig Tiecks *Melancholie* und Sophie Mereaus *Schwermut.* Mich fesselte das Schaurige in Tiecks Versen und das Sanfte in Sophie Mereaus Gedicht. Mein Referat uferte mit mehreren Exkursen zu einer umfangreichen Arbeit aus, in der ich auch nicht versäumte, die Erstdrucke heranzuziehen, die Fassungen zu vergleichen und Lesarten in den Anmerkungen zu verzeichnen. So lieferte ich eine ganz brauchbare Arbeit ab, die Becks Assistent, Karl Stackmann, korrigierte. Adolf Beck selbst setzte weitere Bemerkungen hinzu.

Das dritte, das Wintersemester 1952/53, verlief dann so wie das erste, geteilt zwischen Hamburg und Oldenburg, anstrengend und unbefriedigend. Ich war ein studierender Bibliotheksangestellter in einer Zeit, in der das Geld knapp war. Aber die täglichen Bedürfnisse waren bescheiden. Mein großes Glück war in Erfüllung gegangen: Ich konnte studieren, und meine Mutter fand sich allmählich mit der neuen Situation ab.

Mit dem Ziel, Historiker zu werden und dann die Laufbahn des höheren Bibliotheksdienstes einzuschlagen, war ich nach Hamburg gegangen. Mein Vorbild war der berühmte, aus Oldenburg stammende Historiker Hermann

Oncken, der seine Laufbahn mit der Erforschung der historiographischen Quellen zur oldenburgischen Geschichte begonnen hatte. In Hamburg unterrichteten damals bekannte Historiker, deren Namen man noch heute kennt, deren Vergangenheit in der NS-Zeit aber seit einigen Jahren nicht unumstritten ist: Hermann Aubin, Otto Brunner, Egmont Zechlin, Fritz Fischer. Bei ihnen hörte ich im Laufe des Studiums mehr oder weniger lehrreiche Vorlesungen.

Da ich es in meinem bibliothekarischen Beruf jedoch nicht mit den handschriftlichen Quellen der historischen Forschung, den Archivalien, sondern vielmehr mit neuen und alten gedruckten Büchern zu tun hatte, wurde mir bald klar, daß ich mich mehr zur Germanistik, einer Bücherwissenschaft, hingezogen fühlte, und in diesem Fall hatte ich, ohne es zu wissen, mit Hamburg einen guten Studienort gewählt. Hans Pyritz galt als strenger, aber erfolgreicher Germanist, der in der mittelalterlichen wie in der neueren Literaturwissenschaft zu Hause war und nach einem Jahr in Königsberg von 1942 bis 1945 den berühmten Lehrstuhl von Julius Petersen in Berlin innegehabt hatte, wo er sich gegenüber dem NS-Regime vorsichtig abwartend zu verhalten verstand. Nach dem Kriege war er nach Hamburg berufen worden. Hier hatte er eine Arbeitsstelle für ein Goethe-Wörterbuch an seinem Seminar eingerichtet und gab die wichtigste germanistische Fachzeitschrift, den *Euphorion*, heraus.

Der Hölderlin-Forscher Adolf Beck, der ebenso aus der Berliner Schule kam, wurde 1949 als Extraordinarius nach Hamburg berufen. Die ältere Germanistik vertrat vor allem der immer geschäftige Ulrich Pretzel aus Berlin, ebenfalls ein hervorragender Kenner der Geschichte seines Faches, die er als Mediävist gern in seinen Seminaren behandelte. Von Wilhelm Scherers Witwe war ebensooft die Rede wie von Erich Schmidt und Gustav Roethe, seinen Berliner Vorbildern. Das zog mich an, wir verstanden uns glänzend. Pretzel war das Gegenteil von Pyritz: immer gutgelaunt, freundlich, hilfsbereit, unkonventionell, in jedem Menschen sah er nur das Gute. Er besaß eine riesige Privatbibliothek, die alle Wände bis ins Schlafzimmer einnahm. Die kritischen Gesamtausgaben setzten sich aus den verschiedensten Provenienzen zusammen und ergaben mit den unterschiedlichsten Einbänden ein kurioses Bild. Pretzels Bruder war übrigens der damals noch unbekannte Sebastian Haffner, der vor dem Kriege nach England emigriert war.

Zu den Professoren kamen die Privatdozenten, Assistenten, Doktoranden und Hilfskräfte hinzu, die das alte, heruntergewirtschaftete Gebäude am Bornplatz bevölkerten. Unter ihnen stand mir Karl Ludwig Schneider am nächsten, mit dem ich später eng zusammenarbeitete. Er war ein kluger, witziger und präziser Dozent, in dessen Einführungskursen zur deutschen Literaturwissenschaft ich viel gelernt habe.

Mein Studium der Germanistik legte das Fundament für die künftige Beschäftigung mit Themen zur deutschen Literatur, zu der ich trotz meiner Belastung durch die beruflichen Tätigkeiten immer wieder in meinem langen Leben zurückgekehrt bin. Der sogenannten »Hamburger Schule« der Literaturwissenschaft nach dem Kriege habe ich viel zu verdanken. Sie hat das Erbe der Berliner philologischen Tradition übernommen und fortgeführt. Meinen Lehrern Adolf Beck, Hans Pyritz und Ulrich Pretzel habe ich später mein didaktisches Bändchen, die *Einführung in die Bücherkunde zur neueren deutschen Literaturwissenschaft*, dankbar gewidmet. Es wurde übrigens der Bestseller unter meinen Publikationen, rund 100 000 Exemplare wurden in elf Auflagen im Laufe der Zeit verkauft.

Erste wissenschaftliche Arbeiten

Mitte Juli 1952, also am Ende meines zweiten Studiensemesters, erhielt ich für meine Proseminararbeit über den Textvergleich der beiden Gedichte von Ludwig Tieck und Sophie Mereau vom Rektorat einen Brief, in dem es hieß: »Die Universität Hamburg gewährt Ihnen in Anerkennung Ihrer beachtlichen Leistungen während Ihres bisherigen Studiums eine Leistungsprämie von 150 DM. Möge diese für Sie so erfreuliche Anerkennung Ihres Strebens Sie weiterhin anspornen …«

Mit den 150 Mark finanzierte ich meine erste wissenschaftliche Arbeit. Von dem Geld konnte ich einen Monat in Hamburg leben. Die Landesbibliothek Oldenburg gewährte mir noch einmal einen vierwöchigen unbezahlten Urlaub, und meine Wirtin verlängerte den Mietvertrag um vier Wochen. So hatte ich den ganzen August 1952 Zeit für meine Studien, denn beflügelt durch die inzwischen erworbenen Kenntnisse, plante ich, über den oldenburgischen Historiker Karl Ludwig Woltmann, einen erfolgreichen »Schüler« des Aufklärungsschriftstellers Gerhard Anton von Halem, eine längere Arbeit zu schreiben.

Im Sommersemester hatte ich eine Vorlesung von Adolf Beck über Hölderlins Spätwerk gehört, hatte aus der Universitätsbibliothek die schönen und handlichen, vornehm gedruckten Halblederbände der historisch-kritischen Hölderlin-Ausgabe von Franz Zinkernagel entliehen und widmete mich der Lektüre der späten Gedichte. Ich werde auch den *Hyperion* wieder gelesen haben, den ich gleich nach dem Kriege in der Ausgabe von Wilhelm Böhm meiner Mutter vorgelesen hatte.

Da mich die Biographie des Autors, die Beck in seiner

Vorlesung nicht aussparte, ebenso interessierte, vertiefte ich mich auch in Hölderlins Briefe, und ich erinnere mich nach einem halben Jahrhundert noch an den Moment, in dem mir in einem Brief der Name Woltmann geradezu ins Auge sprang. Ich war wie elektrisiert: Hölderlin kannte meinen Oldenburger! »Woltmann, der hier seit kurzem Prof. der Geschichte u. wie Du Dich erinnerst, Verf[asser] einiger Gedichte im Bürgerischen Allm[anach] ist, lernte ich gestern auch kennen«, schrieb Hölderlin seinem Freund Ludwig Neuffer am 19. Januar 1795 aus Jena. »Er ist ein leichtes, zierliches Wesen – ganz im Göttinger Style.« Diese Sätze also waren es, die mich anregten, über Woltmann weitere Nachforschungen anzustellen und eine Arbeit über ihn zu schreiben. Daß sich allerdings dazu tatsächlich eine Gelegenheit bieten sollte, hatte ich nicht für möglich gehalten.

Ich stürzte mich in die Arbeit, besorgte mir die Einzelausgaben von Woltmanns zahlreichen historischen Schriften, auch die siebenbändige Gesamtausgabe, sah die Almanache und Zeitschriften zwischen 1790 und 1800 durch und wurde fündig. Ich schrieb an Archive und Bibliotheken in West- und Ostdeutschland und suchte und fand zahlreiche Briefe und Dokumente. Aus dem Schiller-Nationalmuseum Marbach erhielt ich eine Silhouette, die »meinen« Autor darstellte, und aus dem Goethe- und Schiller-Archiv Weimar Kopien der ungedruckten Briefe, die Woltmann an Goethe geschrieben hatte. Von allen Stellen bekam ich umgehend Auskünfte. Professor Götz von Selle, der das Universitätsarchiv in Göttingen verwaltete, schickte mir sogar die Woltmann betreffenden Aktenstükke im Original per Post nach Hamburg. So waren damals noch die Verhältnisse.

Im Zuge der Arbeit kam viel unbekanntes Quellenmaterial ans Licht. So entdeckte ich beispielsweise, daß der junge Woltmann Pläne für die 25 Jahre später verwirklichten *Monumenta Germaniae historica* entwickelt hatte, daß Goethe und Schiller für kurze Zeit einige Hoffnungen in ihn setzten und daß er zu den Jenaer Romantikern in vielfacher Beziehung stand. Überall im literarischen Leben jener Zeit hatte er seine Hände im Spiel. Doch das, was man sich von dem jungen Mann erwartete, erfüllte sich nicht, wie aus einem ausführlichen Dokument hervorging, das man mir aus Göttingen im Original zugeschickt hatte.

Als ich am 1. September meine Arbeit an der Landesbibliothek in Oldenburg wieder aufnahm, war mein umfangreiches Manuskript halb abgeschlossen. Allerdings hatte ich mich auf die für Oldenburg interessanten frühen Jahre zwischen 1770 und 1799 beschränken müssen. In den nächsten Monaten brachte ich die Arbeit neben dem Dienst in die endgültige Form. Der Archivdirektor Dr. Hermann Lübbing, der meine Arbeiten zur oldenburgischen Kulturgeschichte immer mit Wohlwollen begleitete und dem ich manche Anregung und Ermutigung verdanke, drang auf eine Kürzung des 160seitigen Manuskripts, und so erschien meine erste wissenschaftliche Veröffentlichung in dem von Lübbing herausgegebenen *Oldenburger Jahrbuch* 1954 unter dem Titel: *Der junge Karl Ludwig Woltmann. Ein Beitrag zur deutschen Geistesgeschichte.* Die biographische Abhandlung mit 200 Anmerkungen, Quellen- und Literaturnachweisen sowie dem Abdruck einiger unveröffentlichter Briefe und Dokumente endet mit dem Jahr 1799. Den zweiten Teil zu schreiben habe ich keine Gelegenheit mehr gehabt.

Meine Arbeit zitierend, verfaßte Adolf Beck später folgende Erläuterung in dem Kommentarband zu Hölderlins Briefen: »Karl Ludwig Woltmann (1770–1817), Historiker, 1794 gleichzeitig mit Fichte auf den Lehrstuhl für Geschichte berufen. Aus Oldenburg gebürtig, hatte er in Göttingen studiert und war dort Gottfried August Bürger nahegetreten, in dessen Musen-Almanachen er seine ersten, stark von dem empfindsamen ›Göttinger Style‹ bestimmten Gedichte veröffentlicht hatte. In Jena wurde er Mitarbeiter von Schillers *Horen* und *Musen-Almanachen.* Ein geselliger, vielgeschäftiger und schnellfertiger Geist, von Fichte für ›einen der besten Köpfe‹, die er kenne, erklärt, entsprach Woltmann als Historiker auf die Dauer nicht den in ihn gesetzten Erwartungen; Schiller insbesondere fällte bald sehr scharfe Urteile über seine historischen Arbeiten. In Erscheinung und Benehmen ›ein hübscher, sehr artiger, sehr feiner Mann‹ (Heinrich Laube), 1797 nach Oldenburg zurückgekehrt, ging Woltmann 1798 nach Berlin und trat in den diplomatischen Dienst über.«

Während meiner Recherchen besuchte ich auch das Staatsarchiv Bremen, um im Nachlaß des späteren Bürgermeisters Johann Smidt (1773–1857) nach Spuren Woltmanns zu suchen, da beide 1795 in Jena waren, der eine als Student, der andere als Professor. Dabei machte ich einen beachtlichen Fund: Ich entdeckte unter Smidts Papieren das seit langem verschollene Protokollbuch der »Gesellschaft der Freien Männer« in Jena 1795–1799. Diesem in vieler Hinsicht interessanten Freundeskreis gehörten vor allem Schüler Fichtes an. Die insgesamt 44 Mitglieder lasen auf den Zusammenkünften eigene und fremde Texte, hielten Referate und trugen ihre Ideen vor, sie diskutierten darüber und verfaßten kurze Protokolle. Im Umkreis von Goethe und Schiller entstand damals eine faszinierende Elite späterer Schriftsteller, Professoren und engagierter Persönlichkeiten des öffentlichen Lebens im frühen 19. Jahrhundert.

Meine Abschrift dieses aufschlußreichen Dokuments

blieb allerdings zunächst liegen, bis ich es samt Einleitung und biographischen Nachweisen 1958 in einer Festschrift für den Jean Paul-Forscher Eduard Berend, den die Deutsche Schillergesellschaft aus der Emigration nach Marbach zurückgeholt hatte, edieren konnte. Seither wird der Text immer wieder zu Darstellungen und Studien zum deutschen Idealismus herangezogen. Solche Quellenveröffentlichungen veralten nicht.

Noch einmal nahm ich mir in meinen Hamburger Studienjahren im Frühjahr 1954 die Zeit, eine weitere biographische Studie abzufassen, die mich noch mehrmals nach Bremen führte. Sie erschien 1957 im *Bremischen Jahrbuch* und betraf Hölderlins letzten Verleger, den aus Bremen stammenden Friedrich Wilmans (1764–1830). Dieser gab ein vielgelesenes poetisches Taschenbuch, *Der Liebe und Freundschaft gewidmet,* heraus, das ihn nach und nach mit den berühmtesten Dichtern der Zeit in Verbindung brachte. So wurden Schiller und Goethe, Wieland und Brentano, Friedrich Schlegel und E.T.A. Hoffmann und schließlich Hölderlin seine Autoren. An verschiedenen Orten hatte ich ungedruckte Briefe an Wilmans gefunden und habe sie erstmals in meiner Arbeit veröffentlicht. Ein Katalog der Verlagspublikationen beschloß meine Studie, die sich als Beitrag zur Literatur- und Verlagsgeschichte der Goethezeit verstand und für die später erschienenen, viel umfangreicheren Verlegerbiographien des 18. Jahrhunderts zum Vorbild genommen wurde.

Die drei unterschiedlichen Arbeiten stehen für mich am Anfang meiner wissenschaftlichen Tätigkeit, der ich mich mein ganzes Leben hindurch in den »Nebenstunden« immer mit großer Hingabe gewidmet habe.

Mein Lehrer Adolf Beck

Professor Beck bestellte mich zu Beginn des Wintersemesters Anfang November 1952 in seine Sprechstunde. Ihm hatte ich meine »Prämie« zu verdanken. Er empfing mich freundlich, etwas zurückhaltend, ein untersetzter Herr mittleren Alters mit einem runden, klugen Gesicht, lebhaften Augen und auffallend buschigen dunklen Augenbrauen. Ich erzählte von meinem beruflichen Werdegang, auch, daß ich neben dem begonnenen Studium an der Landesbibliothek in Oldenburg tätig sei, und überreichte ihm eine Kopie des Manuskripts meiner soeben fertig gewordenen Studie über Woltmann, die ihn zu interessieren schien. Er bot mir an, an seinem Doktorandenkolloquium teilzunehmen, und wünschte, mich bald wiederzusehen, nicht ohne noch zu bemerken, daß ich mich nicht überarbeiten solle und er mir helfen wolle.

Adolf Beck wurde mein akademischer Lehrer, mein dritter Mentor, dem ich die Liebe zur philologischen Arbeit, den gewissenhaften Umgang mit Texten zu verdanken habe. Er war Schwabe, 1906 in Ludwigsburg geboren, einige Jahre Assistent des mächtigen Julius Petersen in Berlin, von 1936 bis 1939 Lektor für deutsche Literatur an der Universität Amsterdam. Im Kriege wurde er schwer verwundet und verbrachte lange Zeit im Lazarett. Aus der Wehrmacht entlassen, leitete er seit 1943/44 das Hölderlin-Archiv in Bebenhausen bei Tübingen, das für die im Erscheinen begriffene Große Stuttgarter Hölderlin-Ausgabe gegründet worden war. Beck, 1949 nach Hamburg berufen, war politisch unbelastet, aber die Schrecken der NS-Zeit blendete auch er wie fast alle seine akademischen Kollegen in diesem ersten Nachkriegsjahrzehnt aus. Er glaubte in der Tradition der germanistischen Literaturwissenschaft an die Autonomie der Dichtung und den Geist der Reinheit in den Dichtungen Hölderlins. Ihm widmete er als Herausgeber der Briefe und Lebenszeugnisse in der Großen Stuttgarter Ausgabe seine ganze Kraft.

Fünf Jahre habe ich Adolf Beck als »mitdenkender Helfer« stundenweise zugearbeitet. Von Zeit zu Zeit schrieb ich eine Rechnung mit der Angabe der Stundenzahl, die von Stuttgart aus beglichen wurde: Ich bekam zuerst eine Mark pro Stunde, was später auf 1,50 und schließlich auf 2 Mark erhöht wurde. Ich war sein treuer Paladin, der seine bibliothekarischen Kenntnisse einbringen und ihn in seinen Recherchen unterstützen konnte. Als 1958 der Apparatband zu Hölderlins Briefen herauskam, dankte er mir »für unermüdliche Suchfreude und sichere Findigkeit«.

Zunächst einmal lasen wir gemeinsam die letzten Korrekturen zum Textband der Briefe. Früh um 7 Uhr saß ich ihm in seinem geräumigen Eckzimmer in der ersten Etage des Hauses Mittelweg 101 gegenüber. Bis der Band in Druck ging, arbeiteten wir zwei Stunden täglich. Ich lernte so mitarbeitend Hölderlins Briefe gründlich kennen, und es lag nahe, daß mir Beck eines Tages den Vorschlag machte, über die Briefe des Dichters zu promovieren. Ich war im vierten Semester.

Meine Hauptarbeit bestand in der Ermittlung, Beschaffung und Auswertung literarischer Quellen zur Erläuterung einzelner Briefstellen. Das waren frühe Lebensbeschreibungen, Autobiographien, Reiseberichte, lokalgeschichtliche Arbeiten, genealogische Abhandlungen in Büchern und Zeitschriften. Beck hatte im Laufe der Zeit viele Titel in seinem Zettelkasten gesammelt, die nun aus der Staats- und Universitätsbibliothek Hamburg oder aus der Landesbibliothek Oldenburg besorgt werden mußten. Oft ging es bei den Nachforschungen um die Lebensläufe von Personen aus Hölderlins nahem oder weiterem Umfeld. Dazu mußte mit Wissenschaftlern korrespondiert und in Kirchenämtern und Archiven angefragt werden. Beck ging jeder noch so abseitigen Spur nach und scheute keine Zeit und Mühe, seine Fährten zu verfolgen. Er tat es mit einer bewunderungswürdigen Geduld. Diese Art selbstloser Hingabe und Treue hat mich nachhaltig beeindruckt. Das Ergebnis waren die zwar manchmal ausufernden, aber mit äußerster Sorgfalt und Präzision erarbeiteten Erläuterungen zu den einzelnen Bezügen in Hölderlins Briefen.

Daß diese Nachforschungen auf den Spuren Hölderlins bei meinem Lehrer Adolf Beck eine existentielle Krise auslösen konnten, gehört zu den unvergessenen Erinnerungen an einen Gelehrten, der sich dem Gegenstand seiner Arbeit vollkommen auslieferte. Uns beschäftigte das Leben der Wilhelmine Marianne Kirms, der Gesellschafterin der Charlotte von Kalb in Waltershausen. Dort war Hölderlin zur gleichen Zeit 1794 Hauslehrer. Beck hatte ihre Herkunft, ihre Verwandtschaftsverhältnisse, ihren Aufenthalt in Meiningen, sogar die Geschichte ihrer Mutter herausgefunden. Über diese »Dame von seltnem Geist und Herzen« schrieb Hölderlin in einem Brief: »In Waltershausen hatt' ich im Hause eine Freundin, die ich ungern verlor, eine junge Witwe aus Dresden, die jetzt in Meiningen Gouvernante ist. Sie ist ein äußerst verständiges, festes und gutes Weib.« Über nähere Beziehungen war nichts bekannt. Das sollte sich durch Zufall ändern.

Eines Tages brachte ich Beck den von ihm bestellten Jahrgang einer Frankfurter Geschichtszeitschrift mit dem Abdruck des Briefes eines jungen Kaufmanns namens Ernst Schwendler. Dieser war mit einer Hofrätin Heim in

Meiningen bekannt und schrieb ihr im Mai 1796 aus Frankfurt: »Hölderlin habe ich vor 14 Tagen in einem Conzert gefunden, angeredet und lange mit ihm gesprochen, nur nicht von der Kirms. Ich glaube ohne dies, daß er mich vielleicht, wenn er vermutet, daß ich etwas davon weiß, lieber 10 Meilen weiter gewünscht hat. Ein hübscher Mann ist es.« Was sollte das heißen? fragten wir uns.

Beck hatte fast gleichzeitig aus einem Eintrag im Sterbebuch der Hofkirche in Meiningen erfahren, daß die Kirms am 20. September 1796 ihre kleine Tochter durch die Blattern verloren hatte, »ein Jahr, 9 Wochen und 5 Tage alt«. Wir rechneten nach: Die kleine Louise Agnese mußte um den 20. Juli 1795 zur Welt gekommen sein, und das hieß, daß die Mutter schwanger wurde, als Hölderlin unter dem gleichen Dach wohnte. Es bestand kein Zweifel: Der Dichter mußte der Vater des unehelichen Kindes gewesen sein. Der arme Beck verstand in diesem Moment die Welt nicht mehr. Adolf Beck, der selbst ein glücklicher Familienvater war und einen reizenden Jungen hatte, konnte es nicht fassen, daß sich »sein« Hölderlin allzu menschlichen Lüsten hingegeben haben könnte. Man kann es heute kaum mehr nachvollziehen: Die Geschichte der Kirms löste bei meinem Doktorvater eine seelische Erschütterung aus, in der er sein ganzes Werk in Frage gestellt sah.

Neben seinen Vorlesungen, Seminaren und Prüfungen widmete sich Adolf Beck seit Jahren ausschließlich seiner wissenschaftlichen Arbeit, die er mit Hingabe und Ausdauer in den Dienst Hölderlins stellte. Er hatte sich zum Lebensziel gesetzt, eine umfassende, aus den Quellen erarbeitete Hölderlin-Biographie zu verfassen. Seine Aufsätze, die seit 1948 erschienen, verstand er als »Bausteine für eine künftige Biographie«, die nach seinem Verständnis die »*regina* der Literaturwissenschaft« war.

Becks Leben ist eine gewisse Tragik nicht abzusprechen. Er verlor sich, im treuen Dienst an der Sache, immer mehr in den Einzelheiten von Hölderlins Leben. Nach dem Erscheinen der beiden Briefbände widmete er sich der Sammlung und ausführlichen Kommentierung der Lebenszeugnisse, die seine ganze Arbeitskraft erforderten und in vier Bänden 1968 bis 1977 herauskamen. 1969 hatte er seine Lehrtätigkeit aufgegeben und sich zur Arbeit in die schwäbische Heimat zurückgezogen. Doch er war erschöpft und starb 1981 nach langer Krankheit, ohne daß er sein gestecktes Ziel erreicht hatte. Für die jungen Leute der Studentenbewegung von 1968 war Adolf Beck der typische Vertreter einer bürgerlichen Gelehrtenwelt, die es zu überwinden galt. Doch seine Schüler haben ihm ein dankbares Andenken bewahrt. Ich selbst hatte das Privileg, einige Zeit mit ihm den Schreibtisch zu teilen. Welch eine prägende Erfahrung der Umgang mit einem solchen Gelehrten für einen jungen Wissenschaftler war, wird mir erst heute im Alter bewußt.

Im Dienste Goethes

Im Literaturwissenschaftlichen Seminar hatte es sich offensichtlich herumgesprochen, daß einer der Studenten, der neben seinem Studium einen Beruf als Bibliothekar ausübte, Unterstützung verdiente. Jedenfalls bestellte mich Becks Kollege, Professor Hans Pyritz, der gefürchtete und manchmal auch bewunderte Großordinarius, eines Tages zu sich und erzählte mir von seinem Plan einer Goethe-Bibliographie, zu deren Vorbereitung bereits seit einigen Jahren eine Schar von Hilfskräften planmäßig bibliographische Werke exzerpierte. Er stellte mir für das kommende Jahr 1954 eine Redaktionsassistentenstelle in Aussicht. Bis dahin würde er mich stundenweise bezahlen, so daß ich davon in Hamburg leben könne.

Das Angebot war so verlockend, daß ich sofort einwilligte, denn es enthob mich nicht nur finanzieller Sorgen, sondern zeigte mir auch ungeahnte Perspektiven auf. Ich konnte mich einerseits meiner Lieblingstätigkeit, der bibliographischen Arbeit, widmen, andererseits den Stand der Goetheforschung in permanenten *privatissimi* aus erster Hand kennenlernen.

Pyritz plante den seltenen Typ einer anspruchsvollen kritischen Goethe-Bibliographie, wofür die gesamte Goethe-Literatur zu sichten war. Die Gliederung, die er den »Bauplan« nannte, hatte klare Konturen, und so erwies sich das entstehende Werk als wohldurchdachte Vorarbeit einer eigenen geplanten umfassenden Goethe-Darstellung, zu der es aber nicht mehr kam. Daß sich ein namhafter Professor, der sich seit langem mit Goethe befaßte, nicht zu schade war, eine Bibliographie zu bearbeiten, bewunderte ich.

Ich hatte ein kleines Zimmer im Gebäude am Bornplatz, das ich mit einer Pyritz-Mitarbeiterin teilte. Dort habe ich, mit dem Blick auf eine schäbige Hauswand, fünf Jahre lang täglich sechs Stunden gearbeitet, 40 000 angelieferte Zettel mit Goethetiteln gesichtet, unklare Fälle bestimmt und das Ganze in eine verläßliche Form gebracht. Neben meiner Arbeit an der Goethe-Bibliographie setzte ich mein Studium fort, richtete es so ein, daß ich Vorlesungen und Übungen besuchen konnte, und verband damit auch die Hilfsarbeiten für Professor Beck, der inzwischen mein Doktorvater geworden war. Samstag vormittags war ich im Kubin-Archiv tätig und hielt Dr. Otte die Treue.

Montags und freitags arbeitete ich mit Professor Pyritz in

seiner Wohnung. Ich fuhr mit der Straßenbahn zum Eppendorfer Baum, eine von einem Schuster hergestellte Tasche in der Hand, die so genäht war, daß gerade ein Karteikasten mit den bibliographischen Zetteln im DIN-A6-Format darin Platz hatte. In kürzester Zeit hatte ich die bibliographischen und technischen Wünsche von Pyritz verinnerlicht und die einzelnen Zettel so gestaltet, daß sie in der Folge ein bestens lesbares Druckmanuskript ergaben. Als ich ihm am 31. Januar 1958 mit Beendigung meiner Tätigkeit meine Arbeit übergab, hatte ich auf 20 Maschinenseiten die Grundregeln für die Herstellung des Druckmanuskripts samt den detaillierten Grundsätzen der Aufnahmetechnik wie in einem bibliographischen Testament verfaßt. So lautete darin der Abschnitt über die »Technik des Schreibens« – wir lebten ja damals noch im Zeitalter der Schreibmaschine – folgendermaßen:

»Als Faustregel beachten:
Kräftig und gleichmäßig anschlagen.
Schreibraum nicht überschreiten.
Zweideutige Verschreibungen vermeiden (stets radieren oder – besser neu schreiben).
Farbband ständig erneuern.
Vor und nach dem Doppelpunkt stets eine Leertaste.
ß tippen, nicht ss (ss selbstverständlich in ausländischen Titeln und Namen).
Stets mit einem Durchschlag arbeiten:
Kräftig und deutlich durchschreiben.
Kohlepapier oft erneuern.«

Gemeinsam wurden die vorbereiteten Titel eines Abschnitts durchgesprochen, ergänzt und für den Druck vorbereitet, so daß ich sie nach der Sitzung in die endgültige Form bringen konnte. Alles war von äußerster Akkuratesse. Beck pflegte zu mir zu sagen: »Wenn Sie das durchhalten, sind Sie ein gemachter Mann.« So habe ich es in meinem Jahresheft 1955 notiert und fuhr fort: »Pyritz kann mich nicht mehr entbehren und ist besorgt um mich und bemüht sich um mich, hat mir eine Prämie (die zweite in meinem Studium) verschafft.« Ich erhielt 200 Mark.

In den ersten Jahren war die Zusammenarbeit sachlich und angenehm. Der übersichtliche Aufbau der Bibliographie sagte mir sehr zu. Mit dem Carl Winter Verlag in Heidelberg war die Herausgabe in einzelnen Lieferungen vereinbart, und so erschien das erste Heft mit 80 Seiten im November 1955, die zweite und dritte Lieferung folgten im Abstand von jeweils einem Jahr. In gemeinsamer Arbeit haben Pyritz und ich die ersten 3000 Titel redigiert und zum Druck vorbereitet. Im Vorwort dankte Pyritz seinen »Schülern, die als treu bemühte Exzerptoren den Grundstock des Zettelmaterials zusammentrugen ... Sodann aber und in vorderster Linie meinem Redaktionsassistenten, Herrn Diplombibliothekar Paul Raabe, ohne dessen aufopfernde Hingabe und unermüdliche Tatkraft, beharrlichen Jagdtrieb und fast unwahrscheinlichen Spürsinn der lang gehegte Plan kaum Gestalt gewonnen und jedenfalls nicht diese Gestalt gewonnen hätte.« So nannte Pyritz auch meine Mitarbeit auf dem Titelblatt.

Unter den erwähnten Schülern war auch Helmut Heißenbüttel. Ich lernte ihn damals als einen immer freundlichen und höflichen Mann kennen. Er war hochgewachsen und hatte im Krieg den linken Arm verloren. Über der Schulter trug er eine große Tasche, aus der er dann immer ein Bündel mit seinen Exzerpten zog. Stets übergab er sie mir mit triumphierender Miene. Eines Tages sah ich auf dem Schreibtisch von Pyritz ein schmales Heft liegen. Es war Heißenbüttels frühester Lyrikband *Kombinationen* mit einem Nachwort von Hermann Kasack, in dem sich die künftige Abkehr von dem konventionellen Umgang mit den Gedichtformen ankündigte. Der Autor stand am Anfang einer Karriere, die ihn zum wichtigsten Vertreter der experimentellen Poesie und zu einem der gescheitesten Literaturkritiker machte. Pyritz blätterte überrascht in dem bescheiden daherkommenden Heft mit den ungewohnten Texten, und ich sah ihm an, daß er stolz auf seinen Schüler war.

Interieur

Hüte Picassophotos Bücherstapel
Papierblumen von den Festen der letzten Jahre
Kaurimuscheln chinesische Knöpfe eine Eidechse aus
Bronze
der Kalender mit dem Datum vergangener Tage
Würfelbecher und Patiencekarten
abgelagert von den Jahren
abgelagert von den Jahren die ich gewesen bin

In diese fruchtbare Zeit fiel auch der 50. Geburtstag meines Lehrers. »Aus dem Kreise der Hamburger Kollegen und Mitarbeiter« entstand ein *Festgruß für Hans Pyritz zum 15. 9. 1955*. Die zwölf Beiträger versammelten sich in Pyritz' häuslichem Arbeitszimmer. Adolf Beck hielt eine wohlpräparierte Festrede und übergab das erste fertige Exemplar. »Ist ja bißchen dünn«, maulte der Geehrte, aber das war wohl eher scherzhaft gemeint. Ich war mit einem Beitrag über Goethes Umschlag zu *Kunst und Alterthum* vertreten. In der Brahms-Stiftung in Hamburg hatte ich einen Goethebrief und in Weimar die darin erwähnte »wilde Scizze«, Goethes Umschlagentwurf zu seiner Zeitschrift, entdeckt.

Um für die Goethe-Bibliographie Titel einzusehen, die in Hamburg nicht zu finden waren, unternahm ich im Januar 1956 meine erste DDR-Reise nach Weimar. Enthusiastisch tauchte ich, der Reisende aus dem Westen, in eine fremde Welt ein, die ich in meinem Jahresheft beschrieb.

»Die Reise ging über Bebra, und als wir die Zonengrenze bei Wartha passiert hatten, fühlte man, daß man in einer anderen, trostlosen Welt war, die grau in grau dalag. Grau in grau, die Menschen, die Städte, das Leben, freudlos, trostlos. So fand ich Weimar, die Stadt der Träume. Es war Abend, ein alter Bus holperte durch die dunkle, fahl beleuchtete Stadt. Das Hotel war einfach. Manche Leute verstanden sich noch als Bürger einer Stadt, die heute als erstes ihr Mähdreschwerk anpreist.

Beim nächtlichen Spaziergang fand ich das Goethehaus am Frauenplan. Am Tage wehen rote Fahnen am Mast. Ergriffenheit und Empörung. Welt des Geistes und Geist einer barbarischen Welt durchkreuzten einander immer wieder, auf allen Gängen. Fassungslos stand man dort, wo der Geheimrat ein und aus ging, und gespenstisch war man gleich darauf Zeuge, wie die Volkspolizisten nächtlicherweise Einsätze übten und mit gräßlichem Geknatter durch die ausgestorbene Stadt rasten.

Am anderen Tag sah ich all die klassischen Stätten, die mich tief beeindruckten, ich stand vor dem ehrwürdigen Schloß Carl Augusts, in dem ich in diesen Tagen arbeitete, ich fand das Nationaltheater, in dem ich abends Johannes R. Bechers *Winterschlacht* wieder wie einen Schlag ins Gesicht erlebte. Dankbar grüßte man das Dioskurenpaar Goethe und Schiller auf dem hohen Podest, nicht weit davon sah ich das hübsche, schlichte Schillerhaus.

Die Menschen waren freundlich, offen, zugetan, dankbar für jedes Gespräch: Dr. Vulpius, Dr. Hahn, Frau Schubert, Prof. Dr. Flach im Goethe- und Schiller-Archiv, jenem uns so fremden Pantheon der wilhelminischen Zeit.

In der Mittagszeit bummelte ich durch den Goetheschen Park, ging an der Ilm spazieren, es war Winter. Entzückt durchlebte ich hier die große Zeit der Freundschaft und Liebe und Geselligkeit. Wie unvergleichlich war der Blick auf das Gartenhaus Goethes am Stern, und wie unvergeßlich jene Stunde, die ich in den heiligen Räumen zugebracht habe. ›Öffentlich‹ fast dagegen das Goethehaus am Frauenplan. Nur im Arbeitszimmer überkam mich der Schauer andächtiger Erfurcht. So waren es ein paar reiche Tage, deren viele unauslöschliche Eindrücke ich hier nicht alle aufzählen kann. In Gedanken schlendere ich noch immer durch die Stadt, stehe ich vor den Denkmälern, vor den alten Gebäuden der Goethezeit und vergegenwärtige mir die alte Zeit, die auf immer dahin ist. In Weimar reden die Häuser, die Bauten eine tief bedeutende Sprache.

Die Tage gingen rasch dahin. Der Fürstengruft stattete ich einen Besuch ab, der Eindruck wurde wieder zerstört durch den riesigen Kranz einer kommunistischen asiatischen Volksrepublik an Goethes Sarg, durch die lieblos an den Seiten zusammengeschobenen Särge der Fürsten und durch den öffentlichen Charakter dieser Stätte. Glücklichen Abschied dagegen feierte ich am letzten Vormittag in Tiefurt, dem entzückenden Palais Anna Amalias, vor der Stadt. Es war ein weiß gereifter Wintermorgen, ich wanderte durch den Webicht, plötzlich kreuzte ein russischer Soldat meinen Weg, doch es war alles still und friedlich, der Park von Tiefurt lag in tiefem Frieden, die vielen kleinen Gedenkstätten luden zur besinnlichen Schau ein, das Palais selbst war hübsch und gepflegt, mit vielen Kunstschätzen. Da war wieder das Schöne greifbar, und ich war glücklich, dort noch gewesen zu sein. So kehrte ich mit vielen neuen Eindrücken zurück in die reichere Welt des Westens, zerrissen von den Gefühlen zwischen Ost und West.«

Dieser ersten Begegnung mit Weimar sollten noch viele folgen. 1960 gab es sogar die Überlegung, ob ich meine Arbeit in Marbach mit der Herausgabe einer neuen Gesamtausgabe von Goethes Briefen in Weimar verbinden könnte. Die Idee zerschlug sich zwar, aber die Kontakte blieben über Jahrzehnte bestehen.

Die Arbeit an der Goethe-Bibliographie hat für mich persönlich Folgen gehabt. Als wir die zweite Lieferung bearbeiteten, stellten wir bei der Nennung der Goethe-Briefeditionen zu unserer Verwunderung eine große Zahl von Nachträgen zur historisch-kritischen, der sogenannten Weimarer Ausgabe, die 1912 abgeschlossen worden war, fest. Wieder einmal packte mich das Entdeckungsfieber: Ich machte Jagd auf verschollene oder versteckt gedruckte Goethe-Briefe. Das Wort »ungedruckt« übte eine geradezu magische Wirkung auf mich aus. In den Goethe-Jahrbüchern teilte ich nach meiner Hamburger Zeit 1958/59 zahlreiche unveröffentlichte Goethe-Briefe mit. Die Goethe-Gesellschaft unter dem damaligen Präsidenten Andreas B. Wachsmuth war bereit, meine gesammelten Nachträge in einem eigenen Band ihrer Schriftenreihe zu veröffentlichen. Doch die Arbeit blieb liegen, ich hatte mich inzwischen in Marbach der Erforschung der expressionistischen Literatur zugewandt. So lagen die Karteikarten mit meinen Aufzeichnungen der Briefnachträge nutzlos im Keller. Jahrzehnte vergingen. Als dann 1987 Heinz Friedrich, der risikofreudige Verleger des Deutschen Taschenbuch Verlags in München, die 143bändige Weimarer Goethe-Ausgabe als Reprint im Taschenbuch herausgab, war ich über diese kulturelle Tat so begeistert, daß ich ihm drei Nachtragsbände mit den gefundenen Goethe-Briefen und einem Gesamtregister vorschlug. In den nächsten Jahren haben meine Frau und ich die alte Sammlung in vielen Aufenthalten in Weimar ergänzt und überarbeitet. Unser gemeinsames dreibändiges Werk erschien 1990 und war Anlaß zu einem differenzierten Repertorium aller 14 000 Goethe-Briefe als Grundlage einer neuen kritischen Gesamtausgabe der Briefe, die nun seit den 1990er Jahren in Weimar vorbereitet wird. So trug meine Tätigkeit im Dienste des Goethe-Forschers Hans Pyritz späte Früchte.

Neues Leben

Als sich abzeichnete, daß ich meinen Lebensunterhalt in Hamburg mit Hilfe der Professoren würde bestreiten können, mietete ich zum Sommersemester 1953 ein helles möbliertes Zimmer an der Rothenbaumchaussee bei Frau Ramm, gegenüber dem HSV-Sportplatz, das einen beliebten Ausblick bei den Fußballspielen bot. Ich erbat mir von der Landesbibliothek Oldenburg einen längeren unbezahlten Urlaub. 1954 schied ich dann endgültig aus dem niedersächsischen Landesdienst aus.

Der Wechsel in die Großstadt fiel mir nicht schwer. Ich liebte die Atmosphäre, die positive Aufbruchstimmung, den erstaunlichen Wiederaufbau, die großzügige Lage an der Alster, die Menschen, die einen selbstbewußten Eindruck machten, die den Krieg und sein Elend hinter sich gelassen hatten. Die aufstrebende Hansestadt mit ihrer glanzvollen Geschichte und ihrem berühmten Hafen war auf dem Wege, wieder Weltgeltung zu erlangen.

Von meiner verehrten Freundin Mechthild hörte ich wenig. Nach ihrem Bibliotheksexamen war sie einige Monate zu Freunden nach St. Gallen in die Schweiz gegangen, sie hatte mir sogar geschrieben, und wir feierten Silvester zusammen. Aber ich war nun einmal kein gewandter Gesellschafter, und das Tanzen machte mir im Gegensatz zu ihr keinen Spaß. Sie hatte seit kurzem eine interessante Stelle als Bibliothekarin in dem gerade gegründeten UNESCO-Institut für Pädagogik an der Feldbrunnenstraße, und sie hatte familiären Anschluß: Ihr Onkel Hermann Holthusen war ein berühmter Arzt und Wissenschaftler, der letzte Assistent von Conrad Röntgen, seine Frau Agnes eine hochgebildete Dame, die in den zwanziger Jahren mit den Künstlern des Expressionismus befreundet gewesen war. Der älteste Sohn Wilhelm, inzwischen ebenfalls Arzt, war mit einer lebenslustigen Schwäbin verheiratet, die zuvor als Bibliothekarin im Schiller-Nationalmuseum in Marbach gearbeitet hatte. Der jüngere Vetter, Johannes Holthusen, habilitierte sich gerade in Hamburg und wurde ein bekannter Slawist, der früh starb.

So stürzte sich Mechthild Holthusen erneut in das Großstadtleben, im Sommer reiste sie mit ihrer Mutter in die Schweiz. Ich sah meine chancenlose Situation ein und versuchte, sie zu vergessen, was auch gelang, da ich eine neue Freundin fand, in die ich mich verliebte. Renate war hübsch, hatte langes dunkles Haar und wunderbare sanfte Augen, die mir unendlich gefielen. Ich hatte sie noch in Oldenburg kennengelernt, wo ihr Onkel, der frühere Minister Kästner, ihr die bibliothekarische Ausbildung ermöglichte. Ihre Eltern lebten in Babelsberg, in der »Ostzone«, und ihr Freund, ein Patensohn ihres Vaters, litt noch immer darunter, daß seine Eltern bei einem Bombenangriff auf Jena ums Leben gekommen waren. Renate gab sich große Mühe, ihn ins Leben zurückzuführen. Sie besuchte die Bibliotheksschule und stand nun zwischen zwei Feuern. Ihr zartes Wesen empfand ich wie ein Wunder.

Eines Tages erfuhr meine aufgegebene Freundin von

meiner neuen Liebe. Das versetzte sie in eine Panik, die sie wohl nicht für möglich gehalten hätte. Sollte sie ihn, an dessen bedingungslose Treue sie sich so sehr gewöhnt hatte, vielleicht verlieren? Unter dem Druck der »Konkurrenz« fand sie plötzlich so leidenschaftliche Gefühle für mich, daß ich ganz irritiert war. Jahrelang hatte ich mehr heimlich als öffentlich um sie geworben, denn vom ersten Moment an – und der lag drei Jahre zurück – liebte ich sie hoffnungslos. Nun änderte sich die Welt von einem Tag zum anderen. Mechthild kämpfte um meine Rückkehr, und im Sturm der Wechselbäder fiel ich ihr in die Arme.

Wir machten – es war September – einen langen Spaziergang an der Außenalster. Wir fuhren ein Wochenende nach Lübeck und Ratzeburg und dachten an eine gemeinsame Zukunft. Dann ging alles Hals über Kopf. Im Oktober verlobten wir uns, wir überwanden den verständlicherweise empörten Widerstand meiner Mutter und der Holthusenschen Familie. Am 28. November 1953 heirateten wir in Hildesheim. Zufällig war es der Tag des Buches, und mein Schwager Hans Egon Holthusen signierte in der Buchhandlung Gerstenberg seine Bücher. Er hielt dann während des Hochzeitsmahls eine launige, sehr witzige Tischrede auf das junge Paar. Die Hochzeitsreise führte uns für drei Tage in den Harz. Zum erstenmal in meinem Leben sah ich Berge.

Der Abschied von Renate fiel schwer. Später überließ sie uns, als sie aus Hamburg fortging, einen kleinen Tisch, an dem ich in den nächsten Jahren meine Doktorarbeit schrieb – Renates Tisch, ein geliebtes Möbelstück, das uns immer an die Herbststürme unserer Ehestiftung erinnerte.

Frau Ramm stutzte, als ich ihr meine Verlobte vorstellte. »Aber sie war doch dunkel«, entfuhr es der alten Dame. Sie überließ uns nach unserer Heirat ihr geräumiges, teilmöbliertes Wohnzimmer. Wir hatten zusätzlich ein Wandbett für 176 Mark angeschafft und zahlten es in drei Monatsraten ab, eine Stehlampe hatten wir zur Hochzeit erhalten, auch einige Küchenutensilien. Wir fanden es sehr romantisch: eigene vier Wände für uns jung Verheiratete.

Wir genossen das gemeinsame Leben, vor allem an den Wochenenden hatten wir Zeit füreinander. Im UNESCO-Institut hatte Mechthild viel zu tun: Sie baute ihre Bibliothek auf und hatte an den internationalen Veranstaltungen mitzuwirken. Ich hörte Vorlesungen und schrieb Seminararbeiten, im Frühjahr erhielt ich einen Vertrag und hatte nun täglich für die Goethe-Bibliographie zu arbeiten.

Meiner Frau genügte das Rammsche Paradezimmer auf längere Zeit nicht, sie suchte für uns eine Wohnung, studierte geduldig und ungeduldig die Anzeigen im *Hamburger Abendblatt*, das wir zu diesem Zweck abonniert hatten. Sie schrieb sich die Finger wund, einmal kam endlich eine Antwort. Die pensionierte Direktorin einer Frauenfachschule suchte für ihre Wohnung »ein älteres ruhiges kinderloses Ehepaar« als Untermieter. Umgehend besuchte ich sie, wenngleich wir keine der Bedingungen erfüllten. Ich redete mit Engelszungen, erzählte von den berühmten Verwandten meiner Frau, ein Bad sei nach dem Senator Holthusen benannt, sein Bildnis hinge im Rathaus. Frau Falcke ließ sich überzeugen, und so erhielten wir unter 140 Bewerbern den Zuschlag. Sie überließ uns zwei Zimmer mit Küchenbenutzung zur Untermiete, sie selbst zog in ihre rheinische Heimat zurück und hatte für sich eines der vier Zimmer reserviert, es war immer verschlossen. Das dritte Zimmer bewohnte eine Frau Gorella, die als Fürsorgerin tätig war und mit der wir uns gut verstanden.

Möbel für die beiden Räume wurden angeschafft, dafür Schulden gemacht. So bezogen wir die Oberwohnung in dem großen Friedrich-Ebert-Block, einem Klinkerbau aus den zwanziger Jahren, in Bahrenfeld, in 15 Minuten mit der S-Bahn vom Dammtorbahnhof zu erreichen.

Nach einem Jahr starb plötzlich Frau Gorella, ihr Zimmer unterlag noch der sogenannten Bewirtschaftung. Um der Behörde zuvorzukommen, meldeten wir Fräulein Stockfisch pro forma bei uns an, eine Studentin, der ich bei ihrer Seminararbeit geholfen hatte. Als dann eines Tages Frau Falcke ihr Zimmer aufgab, waren wir Mieter einer Vierzimmerwohnung, was damals für Nichthamburger ungewöhnlich war. Herr Hennefriend, ein Bibliotheksbenutzer meiner Frau, gab seinen Namen für das leerstehende Zimmer her. So mögen sich die Nachbarn gewundert haben, daß am Hauseingang fünf Namen standen, aber offensichtlich nur zwei Personen in der Wohnung lebten. Sie amüsierten sich über die Namensschilder: Falcke, Gorella, Raabe, Stockfisch, Hennefriend. »Hagenbeck läßt grüßen«, sagten sie.

Meine Frau war äußerst sparsam, und so konnten wir in absehbarer Zeit unsere Schulden tilgen. Dazu trugen zwei zusätzliche Einnahmen bei. Für eine Nachbarin im Block verkaufte ich die theologische Bibliothek ihres verstorbenen Bruders für 4000 Mark an die Universität, und wir erhielten zehn Prozent der Verkaufssumme als Erfolgshonorar. Unwillig spielte ich Toto und hatte, was unglaublich war, alle zwölf richtig. Wir träumten bei dem Hauptgewinn von einer fünfstelligen Summe, aber da auch andere genau gleich getippt hatten, reduzierte sich der Betrag von Tag zu Tag. Immerhin wurden uns 580 Mark ausgezahlt. Es war der einzige Gewinn aus einem Glücksspiel unseres Lebens.

In den Sommerferien machten wir vierzehntägige Reisen mit Touropa an die Weser, an die Nordsee und in den Schwarzwald. Der Jahresurlaub betrug damals 18 Tage, wir genossen die freie Zeit und waren glücklich. Wir hatten unsere Bücher aus Oldenburg und Hildesheim kommen lassen, als wir die neue Wohnung bezogen, und waren stolz darauf, daß sich die Reihen in den neuen Regalen füllten. Allerdings mußten wir uns Bücherkäufe weitgehend versagen. Dazu reichte unser Geld nicht, denn der Aufbau des Haushalts hatte Vorrang. So kam es, daß ich, so seltsam es klingt, nie eine eigene Bibliothek systematisch habe aufbauen können. Wenn ich heute dennoch eine große Büchersammlung habe, so ist sie im Laufe der Jahre mehr durch Zufall zusammengekommen.

Über die Namen unserer gewünschten Kinder waren wir uns von Anfang an einig: Die ältesten sollten Katharina und Daniel heißen. Doch an eine Erfüllung dieser Wünsche war unter den Umständen, unter denen wir lebten, nicht zu denken. Zuerst mußte ich mein Studium abschließen und neben meinem bibliographischen Broterwerb meine Doktorarbeit über Hölderlins Briefe schreiben. So vergingen seit der Heirat noch vier Jahre: ein weiter Weg mit vielen Hindernissen, die wir glücklich, uns endlich gefunden zu haben, beiseite räumen konnten.

Pyritz-Geschichten

Die Tätigkeit bei Professor Pyritz, der zwar mit meiner Arbeit zufrieden war, verlief dennoch nicht ohne Zwischenfälle. Gleich zu Anfang kam es zum ersten Konflikt. Ich saß am frühen Morgen um 7 Uhr meinem Doktorvater Adolf Beck an seinem häuslichen Schreibtisch gegenüber. Wir lasen die Fahnen zu Hölderlins Briefen Korrektur. Plötzlich – es war inzwischen 8 Uhr geworden – klingelte das Telefon. Beck ließ sich nicht stören, es vergingen fünf Minuten, wieder ein Anruf. Mir wurde mulmig zumute, Beck ignorierte das lange Klingeln. Als dann abermals fünf Minuten später das Telefon zum drittenmal läutete, fragte ich den inzwischen nervös gewordenen Beck: »Herr Professor, soll ich nicht den Hörer abnehmen?« »Nein«, war die Antwort, »wir lassen uns nicht stören.« Es verging keine Viertelstunde, da klingelte es an der Haustür. Frau Beck öffnete, Frau Heidtmann, die Hilfssekretärin des Seminars, stand in der Tür: »Herr Raabe soll sofort zu Herrn Professor Pyritz kommen.« Verärgert ließ mich Beck gehen.

Im Seminar ging ein lautstarkes Donnerwetter auf mich nieder, so daß die Angestellten neugierig zusammenliefen. Pyritz machte mir Vorhaltungen, wie ich es wagen könne, vor der Dienstzeit mit seinem Kollegen zu arbeiten. Außerdem war er erbost, daß ich einen Buchstaben in einem von ihm geschriebenen englischen Titel angestrichen und mit einem Fragezeichen versehen hatte, da er sich für unfehlbar hielt. Eine solche Szene hat sich allerdings nicht wiederholt. Ich stellte mich auf seine Empfindlichkeiten ein, und wir kamen in der Arbeit gut miteinander aus.

Wir saßen in seinem Arbeitszimmer mit den Plüschmöbeln, umgeben von Teilen seiner Privatbibliothek, die in einer mustergültigen Ordnung aufgestellt war. Wir arbeiteten an seinem Schreibtisch, tranken zwischendurch Perlwein, und Frau Pyritz, immer besorgt um ihren Mann, brachte einen Teller mit leckerem Gebäck. Pyritz grapschte sich die schönsten Kekse heraus und schob mir den Rest hin. Er konnte unglaublich unhöflich sein.

Ich hatte jeweils die Zettel in dem zu bearbeitenden Abschnitt exakt vorbereitet. Immer häufiger beschränkte sich die Arbeit von Pyritz auf das Verfertigen der kurzen Vorspanne – die längeren hatte ich nach seinen Konzepten ins reine zu schreiben –, die ihn viel Mühe kosteten, denn er konnte manchmal über ein Wort eine halbe Stunde nachdenken.

Am Tag seines Urlaubsantritts – er wollte mit seiner Frau den Nachtzug an den Rhein nehmen, wohin er jedes Jahr auf den Spuren Goethes fuhr – hatte mich Pyritz zu sich bestellt. Wir arbeiteten den ganzen Nachmittag verbissen an der Fertigstellung des letzten Abschnitts. In der Zwischenzeit erhielt Frau Pyritz Aufträge, was zu tun sei: die gepackten Koffer sicher zu verschließen, den Gashahn im Keller abzustellen, nachzusehen, ob alle Fenster fest verschlossen seien usw. Als Pyritz nicht im Zimmer war, kam seine Frau herein und bat mich um Hilfe, den Wasserhahn im Badezimmer abzustellen. Ich kroch also beflissen hinter Pyritzens Klo und versuchte, was der gnädigen Frau nicht gelungen war, ebenfalls vergeblich, den Wasserhahn zu schließen. Ich hatte zuwenig Kraft und mußte Frau Pyritz meinen Mißerfolg eingestehen. »Ach«, entfuhr es ihr, »vielleicht merkt er es nicht.«

Mittlerweile war es Abend geworden, die Zeit drängte, Pyritz dachte immer noch über eine Formulierung im letzten Vorspann nach. Er gab nicht auf. Wir bestiegen gemeinsam das Taxi zum Hauptbahnhof, es wurde schon dunkel, Pyritz hatte die Zettel auf dem Schoß und das Licht eingeschaltet, er wollte seinen Text fertigstellen. »Was ist denn hier los«, polterte der Taxifahrer und schaltete das Licht aus. Pyritz sank in das Polster und gab auf. In seiner Abwesenheit habe ich die Sätze zu Ende geschrieben.

Im Sommer aßen wir hin und wieder am späten Nachmittag zu dritt auf dem Balkon zu Mittag. Frau Pyritz, eine gelehrte Dame, die bei Julius Petersen über Heinrich Heine promoviert hatte, verstand nicht gut zu kochen. Doch das störte uns weniger als die Hänseleien der Kinder unter uns auf der Straße. »Pu-ritz, Pu-ritz«, riefen sie immer wieder, ehe sie davonrannten. Mit den Kindern hatte sich Pyritz längst angelegt. Einmal soll er gebrüllt haben, als sie ihn wieder bei der Arbeit störten: »Wenn ihr nicht sofort ruhig seid, nehme ich den Ruf nach Heidelberg an.« Ob dies authentisch überliefert ist, weiß ich nicht, denn der Ausruf erinnert ja an eine ältere entsprechende Professorengeschichte. In der Tat steigerte Pyritz sich in seinen letzten Lebensjahren in eine groteske Selbstüberschätzung hinein. Er hielt sich für den größten Germanisten aller Zeiten und dachte in meiner Gegenwart laut darüber nach, ob die Sudeckstraße, in der er wohnte, eines Tages wohl in Pyritzstraße umbenannt werden würde.

Im Sommer 1956 bekam Pyritz den ersten Herzinfarkt. Danach wurde die Zusammenarbeit immer schwieriger. Manchmal mußte ich bis zu acht Stunden in dem winzigen Raum neben seinem Arbeitszimmer warten, dann erschien er endlich im roten Bademantel. Wir versuchten zu arbeiten, Pyritz legte sich auf das Sofa und schloß die Augen. Wachte er auf, schob ich ihm meinen getippten Zettel mit der Titelaufnahme vors Gesicht, und wenn er nickte, fügte ich die laufende Nummer hinzu, und so machte die Arbeit mühsam langsame Fortschritte.

Im Seminar verfolgte man Pyritz' Krankheit mit gemischter Anteilnahme und manchmal gehässigen Bemerkungen. Sein Assistent Karl Ludwig Schneider, der eine makabre Phantasie hatte, erfand immer neue Geschichten und gab tägliche Bulletins heraus: »Das Wasser steigt, es steht schon an den Knien« usw.

Doch der Zustand des erkrankten Professors stabilisierte sich im nächsten Jahr. Unsere Arbeit ging weiter, auch wenn er immer unleidlicher und die Wartezeiten immer länger wurden. Im Sommer 1957 steuerte unser Verhältnis auf eine Katastrophe zu.

Erfüllungen

Martin Luther soll gesagt haben, der Mann soll in seinem Leben einen Baum pflanzen, ein Haus bauen und ein Kind zeugen. In abgewandelter Form ist dies 1957, sechs Jahre nach der Aufnahme meines Studiums und vier Jahre nach unserer Heirat, in Erfüllung gegangen.

Das Kubin-Archiv von Dr. Otte hatte ich in all den Jahren nicht vernachlässigt. Die Samstagvormittage unter den Blättern und Büchern Alfred Kubins zu verbringen empfand ich jedesmal als ein Privileg. Im Sommer 1954 hatte ich den Zeichner ein paar Tage in seiner Klause in Zwickledt bei Wernstein am Inn besucht. Es war ein großes Erlebnis. In vielen Paketen brachte ich Kubins Briefnachlaß nach Hamburg. Als sein 80. Geburtstag am 10. April 1957 näherrückte, beschlossen Dr. Otte und ich, zu diesem Termin endlich den immer wieder ergänzten Œuvre-Katalog herauszubringen. Doch inzwischen genügte mir die bisherige Form nicht mehr. Ich hatte in der Anfertigung von Bibliographien so viel gelernt, daß ich einen erweiterten Buchplan entwickelte, dem Dr. Otte seine volle Zustimmung gab. Er verhandelte erfolgreich mit dem Ernst Rowohlt Verlag in Hamburg, gab auch selbst einen Druckkostenzuschuß, und so konnte ich letzte Hand an das Manuskript legen.

Das Herzstück, das chronologische Werkverzeichnis, beschreibt Kubins Mappenwerke und Lithographien, seine illustrierten Bücher, die Reproduktionen seiner Zeichnungen in Zeitschriften, die Gelegenheitsgraphik und seine eigenen Texte für die Zeit von 1898 bis 1956 in 778 Nummern. Vorangestellt ist ein ausführlicher Lebensbericht in Dokumenten mit zahlreichen unveröffentlichten Briefen von Paul Scheerbart, Max Dauthendey, Stefan Zweig, Wassily Kandinsky, Franz Marc, Lyonel Feininger, Thomas Mann, Franz Werfel, Alfred Mombert und anderen in sechs Abschnitten: Kindheit und Jugend, Früher Ruhm, Jahre des Suchens, Lebensmittag, Jahrzehnte der Ernte, Abendrot. Im dritten Teil, dem bibliographischen Lebensbericht, wird alles mitgeteilt, was sich auf Kubins Leben und Werk bezieht: eine Zeittafel, Berichte über Besuche, Erwähnungen Kubins in Büchern, Darstellungen im Bilde, seine Beziehungen zu Zeitgenossen, eine Übersicht seiner mehr als 130 Ausstellungen. Dann folgen die Würdigungen, wiederum in zahlreichen Untergliederungen, insgesamt eine Auflistung von fast 850 Titeln. Den Abschluß bildet ein umfangreicher Registerteil, der das Buch nach allen Möglichkeiten erschließt und den meine Frau und ich in wochenlanger Abendarbeit erstellt haben. Was heute zum Teil der Computer leistet, mußte damals in mühsamer Handarbeit angefertigt werden.

Im Laufe von acht Jahren war das Manuskript des Buches herangereift. Nun legte ich es an einem Oktobertag 1956 meinem Patron Dr. Otte vor, der es in der ganzen Zeit seiner Entstehung begleitet hatte, und übergab es dann dem Verlag, der damals noch in der Biberstraße residierte. Dort gestaltete Siegfried Buchenau, Mitgeschäftsführer und Herstellungsleiter, Büchersammler und Herausgeber des bibliophilen Jahrbuchs *Imprimatur*, den Haufen beschriebener Blätter zu einem wundervollen Buch. Es erschien unter dem Titel: *Alfred Kubin. Leben – Werk – Wirkung. Im Auftrage von Dr. Kurt Otte Kubin-Archiv in Hamburg zusammengestellt von Paul Raabe. MCMLVII Rowohlt Verlag Hamburg.* Ich hatte das Glück, daß mein erstes Buch als eines der »schönsten Bücher des Jahres 1957« ausgezeichnet wurde.

An vielen Abenden haben der unbestechliche Buchenau und ich im Kubin-Archiv gesessen, den Text für den Druck ausgezeichnet, die verschiedenen Typengrößen, die Versalien, Kapitälchen und Kursive gekennzeichnet und so das Ganze einer letzten kritischen Prüfung unterzogen. Bis die Fahnenabzüge aus der Druckerei kamen, wurden aus den mehr als 2500 Zeichnungen, Illustrationen und Dokumenten 150 Blätter ausgewählt, die Buchenau vermaß und dann in die Klischeeanstalt gab. Anhand der Fahnen und der Abzüge der Bilder wurde danach der Umbruch Seite für Seite geklebt, und so sah ich, wie unter den Händen eines Meisters seines Faches unser Buch entstand, das dann pünktlich eine Woche vor Kubins Geburtstag ausgeliefert wurde. Der erste der drei Wünsche war in Erfüllung gegangen. Ich hatte zwar keinen Baum gepflanzt, wohl aber ein Buch publiziert als Abschluß meiner frühen Bücherjahre. Daß es von der Firma Stalling in meiner Vaterstadt Oldenburg gesetzt, gedruckt und gebunden wurde, empfand ich als heimliche Krönung.

Am fünften Hochzeitstag, am 28. November 1957, löste meine Frau Luthers wichtigste Forderung ein: Unsere älteste Tochter Katharina kam gesund und kräftig um 0.50 Uhr zur Welt, geboren in einer Privatklinik an der Johnsallee. Man hatte mich benachrichtigt, und eine halbe Stunde später sah ich überglücklich Mutter und Kind. Unsere kleine Tochter mit dem vollen Haar und weit geöffneten Augen erschien uns wie ein wahres Wunderwesen. Mutterglück und Vaterfreude waren unbeschreiblich groß. In der Nähe wohnte unsere Freundin Ilse Bötticher, genannt Bettina. Dort habe ich mitten in der Nacht geklingelt und mit ihrer Mutter auf das Ereignis angestoßen. Wir zeigten die Geburt »voll Dankbarkeit und Freude« auf den hübsch gedruckten Karten an. Daß wir sieben Jahre später mit Katharina, Daniel, Christiane und Benjamin vier Kinder hatten, machte das Familienglück vollkommen.

Ein paar Wochen nach diesem Ereignis bestätigte Professor Otto Brunner, der Dekan der Philosophischen Fakultät der Universität, daß mein Rigorosum mit der Note »sehr gut« bewertet worden sei und meine Arbeit das Prädikat »gut« bekommen habe. Damit war das Promotionsverfahren abgeschlossen, einige Monate später lieferte ich die erforderliche Anzahl von Exemplaren ab.

Es war ein langer und zugleich kurzer Weg dorthin. Neben meiner täglichen Pyritz-Arbeit hatte ich mich in den letzten zwei Jahren ganz auf die Anfertigung meiner Dissertation konzentriert. Gemeinsam hatten meine Frau und ich die Briefe Hölderlins exzerpiert und bestimmte Wörter, Begriffe und Zusammenhänge jeweils auf eine Karteikarte mit dem Namen des Empfängers, dem Datum und der Quelle geschrieben. Ich ordnete die Belege, die einige Karteikästen füllten, zunächst den Korrespondenten zu und untersuchte anhand der Einzelbriefschaften Hölderlin in seinen Lebensbeziehungen. Dann sortierte ich das Material um und erarbeitete einen entwicklungsgeschichtlichen Teil, der Hölderlin in seinen inneren Wandlungen über die Perioden seines Lebens darstellte. Erst danach konnte ich nach abermaliger Umordnung meiner Karten Briefstil, Grundhaltungen und Wesenszüge Hölderlins, soweit sie sich aus den Briefen abstrahieren ließen, untersuchen.

Meine Frau stand mir trotz ihrer beruflichen Belastung zur Seite und schrieb mein Manuskript ins reine. Inzwischen war der Herbst 1956 gekommen. Die Suezkrise und der Volksaufstand in Ungarn bewegten uns zeitweise mehr als unsere Arbeit. Schließlich fehlte in meiner Dissertation nur noch ein Abschnitt über die monotonen Briefe aus der Zeit der Krankheit Hölderlins. Ich erinnere mich, daß ich den fehlenden Text wie in einem Rausch in sieben Stunden ohne Unterbrechung niedergeschrieben habe. Ich schloß ihn mit einer kurzen Interpretation des erschütterndsten dieser 66 Briefe, gerichtet an seine Mutter: »Nehmen Sie sich meiner an. Die Zeit ist buchstabengenau und allbarmherzig.« Das Kapitel trägt die Überschrift *Reste des Bewußtseins in den Briefen aus der Wahnsinnszeit* – heute spricht man von Hölderlins »Turmzeit«.

Die Arbeit umfaßte 450 Maschinenseiten, ich übergab sie mit einigem Bangen meinem Doktorvater, dem besten Kenner der Materie, zur Beurteilung – eine Woche, bevor das Manuskript des Kubin-Buches fertig wurde. Der Winter verging. Anfang April lud mich Professor Beck zu einem Gespräch ein, er hatte meine Arbeit mit sorgfältiger Gründlichkeit gelesen und äußerte sich entgegen meinen Befürchtungen mit großer Zufriedenheit. In den nächsten Wochen führte ich seine Korrekturwünsche aus und reichte sie zum letzten Termin ein.

Da sich die Ablieferung des Nebengutachtens, das Professor Pyritz zu schreiben hatte, wegen seiner Erkrankung verzögerte, beschloß die Fakultät, meine mündliche Prüfung vorzuziehen und auf das Ende des Sommersemesters zu legen. Sie fand an zwei Tagen bei Professor Beck und Professor Johansen statt. Die dritte Prüfung bei Professor Pretzel war am letzten Tag auf 15 Uhr angesetzt. Ich war bei Pyritz in meinem schwarzen Anzug in der Sudeckstraße erschienen, wir arbeiteten an der dritten Lieferung. Er entließ mich so, daß ich noch gerade rechtzeitig auf dem tiefen Sofa im Arbeitszimmer des mir sehr gewogenen Pretzel Platz nehmen konnte. Er geleitete mich freundschaftlich durch die Prüfung. Einigermaßen überstand ich die Interpretation eines Textes aus dem *Parzival* und wußte die übrigen Fragen halbwegs zu beantworten – ich war erlöst. Ich hatte nach Luther zwar kein Haus, wohl aber, wie man damals noch hin und wieder sagte, den »Doktor gebaut«. So waren alle drei Wünsche in diesem einen Jahr 1957 in Erfüllung gegangen.

Ein dramatisches Ende

Die Arbeit bei Professor Pyritz wurde zunehmend schwieriger, die Herzerkrankung quälte ihn, er wurde immer unleidlicher. Gerade in den Juniwochen der intensiven Vorbereitung auf das Rigorosum wurden die Arbeitssitzungen noch mehr ausgedehnt, die vielstündigen Wartezeiten waren zermürbend. Sonntagsarbeit wurde eingeführt. Ich spürte, daß mich Pyritz nun kurz vor der Doktorprüfung noch enger an sich ketten wollte.

Am 28. Juni 1957 war ich seit 11 Uhr vormittags bei ihm. Nach zwölf Stunden rief ich meine Frau an, daß ich bald nach Hause käme. Doch als mich Pyritz endlich eine halbe Stunde nach Mitternacht an der Haustür verabschiedete, klingelte in seiner Wohnung das Telefon, und als ich mit dem Taxi zu Hause ankam, war meine Frau, die durch die Schwangerschaft ohnehin labil war, in Tränen aufgelöst. Sie war es, die es gewagt hatte, in der Nacht anzurufen und in ihrer Verzweiflung nach dem Ausbleiben ihres Mannes zu fragen. Pyritz muß sehr ausfallend geworden sein, jedenfalls kündigte sich Schlimmes an.

Am nächsten Tag fuhren wir mit Bettina, Mechthilds Freundin, in das Landhaus ihrer Eltern in der Heide und genossen das Wochenende bei Spaziergängen und langen Gesprächen. Als wir am Sonntag abend zurückkamen, klingelte gegen 10 Uhr das Telefon. Frau Dunkel, die Sekretärin, befahl: »Sie sollen sofort zu Herrn Professor Pyritz kommen. Er ist über den Anruf Ihrer Frau empört.« Wir verabredeten uns am Dammtorbahnhof. Frau Dunkel redete auf mich ein, ich solle auf alle Forderungen eingehen. Eine Stunde vor Mitternacht saß ich Pyritz in seinem roten Bademantel in seinen Plüschmöbeln gegenüber: Er hatte mir wortlos die Tür geöffnet und mir den Weg über den langen, beidseitig mit Büchern vollgestellten, schwach erleuchteten Flur gewiesen. Er war kreidebleich, sein aufgedunsenes Gesicht war noch unansehnlicher geworden.

Pyritz verlangte von mir ein Dreifaches: eine schriftliche Entschuldigung meiner Frau, die eidesstattliche Erklärung von mir, daß ich die Arbeit an der Goethe-Bibliographie bis zur letzten, vermutlich zehnten Lieferung fortsetzen würde, und drittens eine Zusicherung, daß diese Vereinbarung von keiner dritten Seite in Frage gestellt werden dürfe. Das hieß also in der germanistischen Terminologie Mannestreue vor Ehetreue! Damit wurde ich mitten in der Nacht entlassen.

Am nächsten Tag holte ich mir Rat bei Bettinas Vater, Professor Bötticher, einem berühmten Juristen und vormaligen Rektor der Universität. Mit seinen Kollegen beriet er den Fall, sie waren sich darin einig, daß Pyritz mich kurz vor dem Examen zu erpressen versuchte. So folgte ich seinem Rat, daß ich, abgesehen von einer Entschuldigung meiner Frau, auf nichts Weiteres eingehen dürfe.

Für den frühen Nachmittag hatte mich Pyritz zu sich bestellt. Vor der Sitzung schaute er durch die Tür: »Na, wie kommen Sie, mit schwarzen oder weißen Segeln?« »Mit schwarzen und weißen Segeln, Herr Professor.« Pyritz: »Wie soll ich das verstehen?« und verschwand. Unser Gespräch verlief ohne Ergebnis. Ein paar Tage später kündigte ich schriftlich, nicht ohne mich mit meinem Doktorvater beraten zu haben. Zu kündigen war riskant, denn Pyritz konnte mir mein Examen verderben.

Es kam keine Reaktion. Vierzehn Tage lang konnte ich mich, da ich den Dienst quittiert hatte, intensiv auf meine Prüfung vorbereiten. Dann holte mich Pyritz zurück. Wir saßen wieder in seinem Arbeitszimmer in den Sesseln, tranken Perlwein, und Frau Dunkel protokollierte unser Gespräch. Zu meiner Überraschung lenkte Pyritz ein: Ich solle die Arbeit fortsetzen, bis ich Klarheit über meine Zukunft hätte. Außerdem wurde vereinbart, daß die Sitzungen künftig abends nicht über 22 Uhr hinausgehen sollten.

Inzwischen hatte Adolf Beck die Verbindung zu Dr. Wilhelm Hoffmann, dem Direktor der Württembergischen Landesbibliothek in Stuttgart und Präsidenten der Deutschen Schillergesellschaft, hergestellt. Ich wurde zu einem Vorstellungsgespräch nach Stuttgart eingeladen, lernte das Schiller-Nationalmuseum in Marbach kennen und erhielt die Zusage, daß ich zum Februar 1958 als wissenschaftlicher Mitarbeiter eingestellt würde. Damit war das Ende der Zusammenarbeit mit Pyritz abzusehen.

Nach einem zweiten Herzinfarkt lag Pyritz längere Zeit im Krankenhaus. Im November setzten wir, immer öfter durch seine Unpäßlichkeit unterbrochen, die Arbeit fort. Ich berichtete ihm, daß ich mich von ihm trennen wolle, und übergab ihm zur Vorsicht eine erneute schriftliche Kündigung. Pyritz war empört, er hatte sie nicht erwartet. Nach einiger Zeit fing er an, einen Nachfolger für mich zu suchen. Er wandte sich an einen ehemaligen Schüler, der Assistent in Edinburgh war. Dieser kam zu Weihnachten nach Hamburg, sah die Lage, lehnte ab und reiste zurück.

Anfang Januar rief Pyritz an. Er hatte erfahren, daß ich nach meiner Prüfung nunmehr als wissenschaftlicher Mitarbeiter eine Nachzahlung von der Deutschen Forschungsgemeinschaft erhalten hatte. Er verlangte von mir, daß ich ihm die Hälfte der Summe überlassen solle, da er doch so viel für mich getan hätte. Ich lehnte das Ansinnen ab. Pyritz insistierte: *»à tout prix«*. Ich antwortete mit den gleichen Worten, und so verlief das unerfreuliche Telefonat ergebnislos.

Das letzte Gespräch fand am 31. Januar 1958 um 18 Uhr in Pyritz' Wohnung statt. Nun war ich ein freier Mann. Ich überreichte ihm das ausgefeilte Übergabeprotokoll, mit dem er offensichtlich zufrieden war. Er hatte sich mit unserer Trennung abgefunden. Als ich mich verabschieden wollte und ihm gegenüberstand, sagte er ganz unvermittelt: »Na, Herr Raabe, Sie haben ja eine ganz schöne Nachzahlung erhalten.« Dabei begann er, vor Erregung so zu zittern, daß ihm die Zigarette – er war Kettenraucher – aus dem Mund und auf den Teppich fiel und ein kleines Loch hineinbrannte. Die Situation war uns beiden peinlich. Mit einiger Beherrschung brachte er mich zur Haustür, seine Frau ging eine halbe Treppe hinter ihm. Es war ein verkrampfter Abschied, der nicht nur ihm schwerfiel.

Vierzehn Tage später trat ich meine neue Stelle in Süddeutschland an, fand eine Interimswohnung im ältesten Teil von Marbach, und meine Frau bereitete den Umzug vor. Am Abend des 22. März kam ich nach Hamburg zurück. Am anderen Morgen rief ein Kollege an und berichtete, Pyritz sei in der letzten Nacht gestorben. Er war zwei Tage nicht mehr zu Bett gegangen, sondern hatte vor seinem Diktiergerät gesessen und versucht, immer wieder von Erschöpfung überwältigt, das Gutachten über die Raumverteilung des Literaturwissenschaftlichen Seminars im

Neubau zu verfassen. Als er es beendet hatte und sich hinlegen wollte, bekam er einen dritten Herzinfarkt und war sofort tot.

Meine Frau fuhr mit unserer Tochter zu ihrer Mutter, mit einer Hilfe machte ich den Umzug, und als die Möbelpacker das Haus verlassen hatten und ich allein zurückgeblieben war, hing an jenem Freitag nur noch mein schwarzer Anzug am Fensterkreuz der leeren Wohnung. Ich zog mich um, fuhr zum Dammtorbahnhof, verstaute meine Klamotten im Schließfach und fuhr weiter zum Ohlsdorfer Friedhof, kaufte einen Kranz und nahm an der bedrückenden Trauerfeier für Professor Pyritz im Krematorium mit Musik von Edvard Grieg teil. Zum Dammtor zurückgekehrt, zog ich mich in der Toilette um, bestieg den Nachtzug nach Stuttgart und kehrte mehrere Jahre nicht in die Stadt zurück, die durch das Zerwürfnis mit meinem Chef belastet war. Noch Jahre später träumte ich von Hans Pyritz in seinem roten Bademantel.

Nachbemerkung

Über mein berufliches Leben habe ich in drei Büchern Rechenschaft abgelegt, über die Anfänge von 1958 bis 1968 im Deutschen Literaturarchiv in Marbach am Neckar in dem Buch *Mein expressionistisches Jahrzehnt* (2004), über den Ausbau der Herzog August Bibliothek Wolfenbüttel zu einer internationalen Forschungsstätte zwischen 1968 und 1992 in dem Band *Bibliosibirsk oder Mitten in Deutschland* (1992). Ein drittes Buch *In Franckes Fußstapfen* (2002) berichtet über den Wiederaufbau der Franckeschen Stiftungen zu Halle an der Saale von 1992 bis 2000.

Die drei Bücher sind keine Autobiographie. Ich wollte mein bibliothekarisches und wissenschaftliches Wirken darstellen. Daß es dazu kam, verdanke ich meinen beiden Arche-Verlegerinnen, Elisabeth Raabe und Regina Vitali. In meiner Schwester, die auch meine Lektorin ist, habe ich eine ideale Partnerin in geschwisterlicher Liebe und kritischem Verständnis gefunden. Wenn ich nun ein viertes Buch vorlege, in dem ich meine Kindheit und Jugend schildere, so steht das eigene Ich und nicht mehr eine Institution im Mittelpunkt der Darstellung. Ich machte mich auf die Suche nach den Wurzeln meines Bücherlebens.

Meine Jugend liegt weit zurück, sie war von Krieg und Not überschattet. Die NS-Diktatur hat jeder aus meiner Generation anders erlebt. Die Kenntnis oder Unkenntnis, das Wissen oder Nichtwissen hing mit den örtlichen Verhältnissen, vor allem mit dem familiären Leben und dem Verhalten der Eltern, auch mit dem schulischen und sozialen Umfeld zusammen. Daher kann man diese Zeit nur so schildern, wie sie dem Schreibenden im Gedächtnis geblieben ist. Aber die Erinnerung hat, was menschlich ist, viele Lücken.

Mein Buch erscheint zu einem Zeitpunkt, in dem die Flakhelfergeneration, zu der auch ich gehöre, in vielfacher Hinsicht Gegenstand kritischer Auseinandersetzungen geworden ist. Im Zentrum dieses Buches aber steht nicht die Wahrnehmung einer unseligen Zeit, sondern die Entwicklung eines jungen Menschen, für den die Bücher die Welt bedeuteten.

Nach dem Kriege begegnete ich Persönlichkeiten, die mich Halbverwaisten an die Hand nahmen und mich in ihre Welt einführten. Sie wurden meine Mentoren, in Oldenburg der Bibliotheksdirektor Dr. Wolfgang G. Fischer und in Hamburg der Kubinsammler Dr. Kurt Otte. Der dritte war mein Doktorvater Professor Adolf Beck. Auch Professor Hans Pyritz will ich hier nennen. Ihnen möchte ich an dieser Stelle danken.

Aber alles, was ich in meinem langen beruflichen Leben in Marbach, Wolfenbüttel und Halle habe leisten können, wäre nicht möglich gewesen ohne die selbstlose, kritische und langmütige Unterstützung durch meine verstorbene Frau. Ihr verdanke ich die Richtung, die mein Leben nahm, als sie zu mir sagte: »Herr Raabe, Sie müssen studieren.« Ihrem Andenken widme ich mein Buch.

Editorische Notiz

Seite 77f. Das Gedicht *Spaziergang* erschien zuerst in Alfred Momberts erstem Gedichtband *Tag und Nacht* (Heidelberg 1894). Wiederabgedruckt in: Momberts Gesamtausgabe, hg. von Elisabeth Herberg, Bd 1, S. 13 © 1963 bei Kösel Verlag, München.

Seite 203 Das Gedicht *Interieur* von Helmut Heißenbüttel erschien 1954 in seinem ersten Gedichtband *Kombinationen. Gedichte 1951–1954.* Esslingen 1954, S. 51. Mit freundlicher Genehmigung von Ida Heißenbüttel.

Personenregister

Paul Raabe, Prof. Dr. Dr. h.c.mult., geboren 21.2.1927 in Oldenburg (Oldb.). 1948 Diplombibliothekar, 1951–57 Studium der Germanistik und Geschichte in Hamburg, 1957 Promotion. 1958–68 Leiter der Bibliothek des Deutschen Literaturarchivs in Marbach a.N. 1967 Habilitation in Göttingen. 1968–92 Direktor der Herzog August Bibliothek Wolfenbüttel. 1992–2000 Direktor der Franckeschen Stiftungen in Halle a.d.S. Ehrendoktor der Universitäten Braunschweig, Krakau und Halle. Ehrenbürger von Wolfenbüttel und Halle. 2006 Karl-Preusker-Medaille. Zahlreiche Veröffentlichungen zum Expressionismus, zur Aufklärungsforschung, zum Buch- und Bibliothekswesen (vgl. Barbara Strutz, *Bibliographie Paul Raabe.* 2. Ausgabe. München 2002).

Bei Arche erschienen u.a.: *Spaziergänge durch Goethes Weimar* (1990), *Bibliosibirsk oder Mitten in Deutschland. Jahre in Wolfenbüttel* (1992), *Spaziergänge durch Nietzsches Sils-Maria* (1994), *Spaziergänge durch Lessings Wolfenbüttel* (1997), *In Franckes Fußstapfen. Aufbaujahre in Halle an der Saale* (2002), *Mein expressionistisches Jahrzehnt. Anfänge in Marbach am Neckar* (2004). Herausgeber der *Arche-Editionen des Expressionismus.*

Paul Raabe – Stationen eines Bibliothekars

Mein expressionistisches Jahrzehnt
Anfänge in Marbach am Neckar
368 Seiten. Gebunden. 22 Abb.
»Paul Raabe hat mit seiner Marbacher Arbeit nicht nur den Expressionismus an die Nachgeborenen weitergereicht, sondern auch eine praktische Wiedergutmachung geleistet an jenen, die ihrer Literatur wegen aus Deutschland vertrieben worden sind.« *Heinz Ludwig Arnold*

Bibliosibirsk oder Mitten in Deutschland
Jahre in Wolfenbüttel
398 Seiten. Gebunden. 19 Abb. 1 Karte
»Ein nobler und außerordentlich instruktiver Rechenschaftsbericht.« *Jörg Drews, Süddeutsche Zeitung*

In Franckes Fußstapfen
Aufbaujahre in Halle an der Saale
312 Seiten. Gebunden. 7 Abb.
»Paul Raabe hat seine ganze Kraft und Erfahrung in den Dienst der Franckeschen Stiftungen gestellt.«
Hans-Dietrich Genscher

Weitere Veröffentlichungen bei Arche

Spaziergänge durch Goethes Weimar
244 Seiten. Broschur. 177 Abb. 6 Karten
10. Auflage

Spaziergänge durch Lessings Wolfenbüttel
176 Seiten. Broschur. 142 Abb. 5 Karten

Spaziergänge durch Nietzsches Sils-Maria
159 Seiten. Broschur. 119 Abb. 6 Karten
6. Auflage

Gottfried Benn
Statische Gedichte
Hg. und mit einem Nachwort
Zur Druckgeschichte der »Statischen Gedichte«
von Paul Raabe
130 Seiten. Gebunden. Mit CD

Jakob van Hoddis
Weltende
Gedichte
Hg. und mit einem Nachwort von Paul Raabe
112 Seiten. Gebunden. 3 Abb.

Klabund in Davos
Texte Bilder Dokumente
Hg. von Paul Raabe
232 Seiten. Broschur. 85 Abb.